KAMPENWAND
VERLAG

ISBN: 978-3986600822

Raiffeisenstr. 4 · D-83377 Vachendorf
www.kampenwand-verlag.de

Versand & Vertrieb durch Nova MD GmbH
www.novamd.de · bestellung@novamd.de · +49 (0) 861 166 17 27

Text: Jane Hell
Lektorat: Zeilenfeuerlektorat - Raphaela Schöttler-Potempa,
www.zeilenfeuerlektorat.com
Korrektorat: Anne Schünemann - Lektorat am Meer,
www.lektorat-am-meer.de
Bilder: Bildagentur Zoonar GmbH / Shutterstock,
Mulevich / Shutterstock, Don Pablo / Shutterstock,
mitchFOTO / Shutterstock, Natali Zakharova / Shutterstock,
Galyna Syngaievska / Shutterstock, Birgit Reitz-Hofmann / Shutterstock
Druck: CUSTOM PRINTING
Wał Miedzeszyński 217, 04-987 Warszawa, Polen

Instagram: JaneHell_Autorin
Facebook: AutorinJaneHell

JANE HELL

Fischbrötchen und Schokoküsse

FÖRDELIEBE 4

Für Baab

Kapitel 1

MÜNCHEN

Die S-Bahn war rappelvoll. Es roch nach Schweiß und Leberkässemmel. Ich zog mir den hauchdünnen Schal über die Nase, schwankte und umklammerte die Haltestange. Sie war schmierig und ich hoffte, dass das nur mein eigener Schweiß war, den ich da fühlte.

Die Türen öffneten sich. Es war nicht meine Haltestelle, aber ich hastete hinaus. Die drei Blocks konnte ich auch laufen.

Meine Schuhe klackerten auf dem Gehweg und die Aktentasche hing mir schwer auf der Schulter. Die Luft, die mir entgegenkam, lag drückend in den Straßen. Was für ein ätzender Arbeitstag.

Die Huber aus dem Wohnkomplex in Neuhausen hatte mir ein Ohr abgekaut, dass ihre Dusche undicht sei. Dann war da noch die Sache mit den Ratten in Hausnummer 74 a-f. Auf dem Schreibtisch vom Chef stapelten sich Handwerkeraufträge, die er gegenzeichnen musste, damit die Firmen einen Termin mit den Mietern ausmachen konnten. Immerhin hatte er so noch nicht den Mietrückstand von

Frau Seifert entdeckt, den ich ganz nach unten in die Postmappe geschoben hatte.

Das Treppenhaus der Altbauwohnung, in der ich gemeinsam mit meinen Eltern lebte, war herrlich kühl. Ich schloss die massive Haustür hinter mir und lehnte mich gegen die Wand. Kraft schöpfen. Der vierte Stock ohne Aufzug hielt fit, war aber nicht das, was ich mir jetzt wünschte.

Mein Magen rumorte und ich sehnte mich nach einer kalten Dusche.

Auf geht's, Mari!

Ruckartig zog ich die schwarzen Businessschuhe von meinen angeschwollenen Füßen. Die Feinstrümpfe lösten sich nur widerwillig, weil sie mit der Haut verwachsen zu sein schienen.

Barfuß auf dem erfrischend kalten Boden, Schuhe und Socken in der Hand, erklomm ich die sechsundneunzig Stufen zu unserer Wohnung. Ich schloss auf und trat in den hellen Flur.

Der weiß lackierten Tür verpasste ich einen Tritt. Krachend fiel sie hinter mir zu. Ich lehnte mich erschöpft dagegen und ließ alles an Ort und Stelle fallen, was ich die vielen Treppen hinaufgetragen hatte.

»Kommst du mal kurz, Mari?«

Ich zuckte zusammen. Diesen Ton kannte ich von Papa. Das hieß nichts Gutes. Aber ich war keine fünfzehn mehr, auch wenn ich mich in diesem Moment so fühlte.

Mit dem Handrücken wischte ich mir den Schweiß von der Stirn. Die Dielen knarzten unter meinen Schritten und ich trat über die erhöhte Schwelle in die Küche.

»Mari-Schatz. Setz dich.« Meine Mutter säuselte etwas zu freundlich und deutete auf den freien Stuhl an unserem Küchentisch.

»Du, Mari …«, druckste mein Vater rum und kraulte sich mit den Fingern den Bart. »Du bist ja nun schon gut fünfundzwanzig Jahre alt. Und deine Mutter …«, er nahm ihre Hand und sie drückte seine auffordernd, »… äh, und ich … wir … also, wir möchten dir ans Herz legen …«, er atmete einmal durch, löste sich aus Mamas Griff und lehnte sich im Stuhl zurück, »… dass du ausziehst.«

Mein Kinn klappte herunter. Mama wich meinem Blick aus und kratzte sich am Arm.

»Echt jetzt?« Mein Ton war pampig. »Was meint ihr, was ich seit drei Jahren versuche?« Ich schlug mit der Faust auf den Tisch.

Mama riss die Augen auf.

Papa verzog keine Miene.

»Habt ihr euch mal die Mieten angesehen? Ich kann mir keine Wohnung in München leisten – und ich zahle euch Miete.«

»Ja, mein Schatz.« Mama rückte auf ihrem Stuhl näher an mich heran und strich mir über den Rücken, doch ich wich ihren Berührungen aus. »Wir wissen, dass das nicht einfach ist, aber du arbeitest bei einer Hausverwaltung. Da muss doch was gehen. Irgendwie.«

»Ach, Mama.« Ich vergrub das Gesicht in den Händen. »Das macht die Mieten auch nicht kleiner. Die meisten Wohnungen sind Sozialwohnungen. Und ich bin für einen Schein vom Amt gerade über der Grenze.«

»Aber vielleicht … Weißt du, es ist wirklich eng hier. Und das wäre das Beste für dich. Und für uns. Wir dürfen uns nicht so aneinanderklammern. Da hat Frau Dr. Grünbaum schon recht.« Mama legte den Kopf schief. »Du musst deinen eigenen Weg gehen. Für dich und für uns.« Sie rieb mit der Hand über die Tischdecke und sammelte imaginäre Krümel mit den Fingern auf.

Mir verschwamm die Sicht und etwas drückte in meinem Hals. Ich wusste, dass sie seit einiger Zeit zu einer Psychotherapeutin ging, aber ich hatte nicht erwartet, dass ich etwas damit zu tun hatte. Meine Hände schmerzten, weil ich sie so fest knetete.

Wortlos stand ich auf und verschwand im Badezimmer. Die kalte Dusche rief nach mir. München bei dreißig Grad war unerträglich. Und das Gespräch mit meinen Eltern ebenso.

Was dachten die beiden sich? Dass ich es cool fand, mit fünfundzwanzig noch zu Hause zu wohnen?

Außerdem fragte ich mich, wer sich hier an wen klammerte. Es war doch Mama, die mich bei jedem Schritt umkreiste.

Als ob es an mir lag, dass ich nicht schon lange auf eigenen Beinen stand. So ein Quatsch. Der Wohnungsmarkt in München war kompliziert und Mama hatte immer wieder betont, dass ich gerne noch bei ihnen wohnen bleiben dürfe.

Sie hatte gar nicht gewollt, dass ich auszog, und irgendwie hatte ich das Gefühl gehabt, ich müsste auf sie aufpassen. Als wäre sie traurig, wenn ich ginge.

Mit einem Salat und einem Stück von Mamas Lasagne hockte ich auf meinem Bett. Ich hatte eine Folge *Bridgerton* angeschaltet, aber ich beachtete den Bildschirm des Laptops kaum. Meine Gedanken lenkten mich viel zu sehr ab.

In meinem Zimmer sah es so aus wie zu Schulzeiten und tatsächlich verhielt ich mich, als wäre ich nicht für mich selbst verantwortlich.

Wer sonst wohnte mit Mitte zwanzig noch zu Hause und aß im Bett Mamas Essen?

Eine Träne kullerte meine Wange hinunter. Ich brauchte Trost. Unbedingt. Und da konnte nur Edward helfen.

Ich griff nach dem ersten Teil von *Twilight*, der wie ein Erste-Hilfe-Kasten auf dem Nachtschrank bereitlag, als mein Handy klingelte. Hektisch ließ ich das Buch fallen und tastete im direkten Umkreis die Bettdecke ab. Wo hatte ich das blöde Ding hingelegt? Der Ton klang dumpf. Ich sprang auf und durchwühlte die Klamotten, die ich heute im Büro getragen hatte, und fand das Smartphone in der Tasche des Jacketts.

Anni!

Mein Herz machte einen Hüpfer. Wir hatten schon ein paar Wochen nicht mehr miteinander gesprochen.

»Hey!«

»Moin Mari, wie geht's dir? Sorry, dass ich mich so lange nicht gemeldet habe, aber wenn das Wetter so gut ist …«

»Ach, kein Problem.« Ich plumpste zurück auf mein Bett und stabilisierte in der letzten Sekunde den bedrohlich schwankenden Teller. »Und seit wann sagst du ›Moin‹? Das hätte es damals in Berlin nicht gegeben!«

Wir kicherten wie früher.

»Sag schon. Wie geht's dir?«, fragte sie.

»Ach. Wie soll's mir gehen?« Ich strich eine Falte aus der Bettdecke. »Sag, wie läuft das Café?«

»Super! Die Sonne scheint, die Leute essen Eis. So will es das thermische Eisgesetz.« Sie lachte und hörte sich glücklich an. »Aber was ist mit dir? Alles roger in München? Was ist aus der Wohnung geworden, die du dir letztens anschauen wolltest?«

Ich schluckte. »Ach ja, die. Das. Also, die war nichts. Viel zu dunkel. Und lag auch wirklich ungünstig. Und stell dir vor!« Ich holte einmal tief Luft. »Meine Eltern haben mir gerade tatsächlich gesagt, dass ich ausziehen soll.«

»Ja, wird ja auch Zeit. Also, finde ich.«

Jetzt fing Anni auch schon an. Konnten mich nicht mal alle damit in Ruhe lassen?! Ich verdrehte die Augen und stocherte mit der Gabel durch eine zähe Nudelplatte. »Ja. Vielleicht. Also, mein Verstand sagt das ja auch. Aber … du kennst mich doch.«

Ich hörte Anni am anderen Ende schnaufen.

»Ja. Eben.« Sie erhob ihre Stimme.

Was soll denn das jetzt heißen?!

»Träumst du nicht von einem eigenen Leben? Ich meine, du bist doch auch gut in deinem Job. Da lässt du dir ja auch nicht die Butter vom Brot nehmen.«

Nun brummte ich zustimmend ins Telefon. »Ich weiß ja, dass du recht hast. Aber …«

»Ich habe da was Cooles, wovon ich dir erzählen muss. Da habe ich sofort an dich gedacht.« Annis Stimme überschlug sich fast. »Du wirst mich wahrscheinlich für bekloppt halten, aber hör mal zu.«

Neugierig setzte ich mich auf und legte die Gabel beiseite. »Na, dann schieß mal los.«

»Also. Eine entfernte Bekannte von meiner Tante – die hat ein wunderschönes Anwesen direkt am Meer. Etwas außerhalb von Eckernförde. Wirklich ein Traum. Mit Strand!«

Ich lachte hart auf. »Von da aus wäre es für mich etwas weit zur Arbeit, aber teurer als 'ne Zweizimmerwohnung in München wird die Miete vermutlich nicht sein.«

»Ach du. Mal im Ernst. Die Bekannte, also Frau Larssen, sucht jemanden, der ihr hilft, das Anwesen zu verwalten. Den ganzen Papierkram, Handwerker koordinieren, Regelung der Finanzen und so. Das volle Programm. Sie hat auch irgendwo noch Wohnungen und was auch immer.« Anni machte eine kurze Pause und ich presste mir das Telefon fester ans Ohr. Ich ahnte, worauf sie hinauswollte.

»Frau Larssen will aber keine Anzeige für den Job schalten. So was macht man nicht, sagt sie. Sie sucht jemanden auf Empfehlung. Am liebsten eine Frau.« Irgendetwas rumpelte bei Anni im Hintergrund und sie verstummte für einen Moment. Dann fuhr sie fort: »Also, wo war ich? Ach ja! Kjell kennt den Enkel ihrer Schwester, der die Verwaltung momentan nebenbei macht, und da bist du mir spontan eingefallen. Du wärst perfekt für den Job!« Vor meinem inneren Auge klatschte sie aufgeregt in die Hände.

Kannte sie mich wirklich so schlecht? Sie wusste doch, dass ich nicht so weit weggehen würde. Dass ich Angst hatte vor solchen Veränderungen. Richtige Scheiß-Angst. Und außerdem … »Ich bin Immobilienkauffrau und habe keine Ahnung von Altenpflege.«

»Mensch, Mari. Hast du mir überhaupt zugehört? Das ist kein Pflegejob. Du wärst die Verwalterin und würdest kostenlos eine Wohnung auf dem Gutshof bekommen. So wie sich das angehört hat, ist Geld nicht das Thema. Du kannst bestimmt mehr verlangen, als du jetzt verdienst. Und wie oft hast du mir schon erzählt, dass dir München zu stickig ist?«

Mein Ohr schmerzte, so fest presste ich das Smartphone dagegen. Ich hörte mein Blut rauschen, gleichzeitig schnürte sich mir der Hals zu. Ich schloss die Augen und beruhigte meinen hektischen Atem.

»Mari? Bist du noch da?«

»Äh … ja. Aber ich … das hört sich … Also, ich muss darüber nachdenken. Aber eher nicht. Dann müsste ich ja … Das wäre wirklich weit weg und …« Ich massierte mir die Schläfe.

»War mir klar, dass du nicht gleich die Koffer packst. Aber denk mal drüber nach, okay? Ich schicke dir noch Bilder vom Anwesen und die Adresse. Kannst dir das ja mal online ansehen.«

Ich schwieg. Meine Gedanken rasten bei dem Versuch, die Informationen zu sortieren. Ich hatte einen guten Job hier in München. Warum sollte ich den aufgeben? Außerdem konnte ich doch nicht einfach … Es war so weit weg. Wie sollte ich alleine dort klarkommen? Mein Brustkorb verengte sich und das Atmen fiel mir schwer.

»Mari? Alles gut?«

»Ja. Vielleicht. Allein der Gedanke an einen Umzug versetzt mich in Panik.«

»Ach, du kannst es dir ja mal überlegen. Ein Vorstellungsgespräch bei einer alten Dame tut doch nicht weh. Ich verspreche dir, dass ich auch dabei sein werde!« Anni lachte aufmunternd und verabschiedete sich von mir. Nicht, ohne noch einmal darauf hinzuweisen, dass ich mir diese Chance wirklich ernsthaft durch den Kopf gehen lassen sollte.

Ich warf das Handy auf die andere Seite des Bettes, als hätte ich mir die Finger verbrannt.

Ich konnte doch nicht einfach kündigen und zu einer alten Dame in die Pampa ziehen. Ich hatte nicht einmal einen Führerschein, geschweige denn ein Auto.

Mit dem Zeigefinger tippte ich mir an die Stirn.

Ach, Anni! Bereits im Kindergarten wollte ich Wochen vorher wissen, in welchen Zoo es beim Ausflug ging und wie der Ablauf sein würde. Ja, ich mochte nicht besonders spontan sein, aber so war ich nun einmal.

Dazu kam Mamas Aufregung. Vor jedem Ausflug hatte sie die Erzieher und später die Lehrer wahnsinnig gemacht mit ihren Fragen.

Wollte sie wirklich, dass ich auszog? Wir hatten ab und zu mal über eine eigene Wohnung für mich geredet, aber jede von uns hatte es auf die lange Bank geschoben.

Ein dumpfes Bauchgefühl erinnerte mich daran, dass ich als alte, verbitterte Frau immer noch bei meinen Eltern wohnen würde, wenn ich nichts änderte. Aber nach Norddeutschland? Das war für den ersten Schritt etwas übertrieben.

Ich ballte die Hände zu Fäusten und schlug auf die Matratze. Der Teller hüpfte in die Luft und die Gabel verteilte etwas Lasagne auf dem geblümten Bezug. Schnell fischte ich sie von der Decke und rieb über den roten Fleck.

Ich gähnte. Morgen wartete wieder jede Menge Arbeit auf mich. Wurde Zeit, dass der Chef aus dem Urlaub zurückkam. Die Post stapelte sich schon auf seinem Schreibtisch und ich hatte eine dringende Frage zu den Buchungen vom Mai.

Als ich am nächsten Morgen ins Büro kam, standen die Türen offen und ich musste mich an zahlreichen Männern vorbei zu meinem Schreibtisch drängeln.

»Bitte keine Panik. Wir sind von der Staatsanwaltschaft München. Wir gehen nur einem Verdacht auf Veruntreuung nach. Es geht um Herrn Schmidhuber. Ist der im Büro?«

Ich traute mich nicht, zu atmen. Vor mir stand ein Mann mit hochgekrempeltem weißen Hemd. Ein Polizist in Uniform begleitete ihn und wedelte mit einer Dienstmarke vor meinem Gesicht rum.

»Ich … ich weiß nicht«, stammelte ich. »Herr Schmidhuber ist seit einigen Tagen nicht mehr im Büro gewesen.« Ich deutete auf den Arbeitsplatz meines Chefs. Auf dem ausladenden Schreibtisch am hinteren Ende des Büros türmten sich die Unterlagen und die Postmappen. Wir waren zu dritt in der Firma und teilten uns den großen Raum.

»Okay. Es besteht der dringende Verdacht, dass sich Herr Schmidhuber mit den Instandhaltungsrücklagen und den Mieten der letzten drei Monate ins Ausland abgesetzt hat. Wissen Sie etwas darüber?«

Entsetzt sah ich den Mann vor mir an. »Das ist doch nicht … Wie konnte er?« Ich schüttelte den Kopf.

Weitere Männer betraten den Raum und packten alle Unterlagen, die sie fanden, in Kisten. Ich schnappte mir meine Tasche und stand auf. »Wie kann ich …? Was wird jetzt aus …?«

»Was ist denn hier los?« Vroni stolperte ins Büro und schlug sich die Hände vor den Mund.

»Der Chef ist anscheinend durchgebrannt. Mit der Kohle der Vermieter.« Erläuterte ich ihr knapp mit zitternder Stimme.

»Was – ach du meine Güte! Nee! Das ist … Was wird aus uns?« Vronis Augen füllten sich mit Tränen.

Ich löste den Klammergriff um meine Tasche, wühlte in ihr herum und reichte Vroni ein Taschentuch.

»Danke.« Sie tupfte sich die Augen ab und schnäuzte sich laut.

Mir drückte der Magen. Der Polizist, der meinen Computer abbaute, setzte einen bedauernden Gesichtsausdruck auf.

»Entschuldigen Sie.« Ich trat einen Schritt auf den Mann von der Staatsanwaltschaft zu.

Er unterbrach das Gespräch mit einem uniformierten Kollegen. »Ja?«

»Also, meine Kollegin und ich«, ich ruderte mit den Armen, »was wird jetzt aus uns?«

»Tja, Mädchen, das weiß ich nicht. Ich denke aber, dass ihr vom Chef keinen Cent mehr seht. Wir nehmen gleich eure Personalien auf … und dann – Feierabend.« Er grinste schief.

Was für ein Idiot! Warum behandelte er mich wie ein kleines Kind?! Meine Atemfrequenz erhöhte sich.

»Bin gleich wieder da.« Meine Lider flackerten hektisch und ich rempelte einen der Polizisten an. Endlich erreichte ich die Tür und trat ins Freie.

Das konnte doch alles nicht wahr sein! Mein Magen krampfte und ich hatte keine Ahnung, was nun aus mir werden sollte. Nun hatte ich nicht einmal mehr einen Job. Vermutlich würde ich noch mit vierzig zu Hause wohnen.

Verdammt! Warum passierte so eine Scheiße? Mein Blick verschwamm. An der Hauswand stützte ich mich ab. Rau und kühl gab sie mir Halt und ich zählte von zehn runter. Bei eins angekommen richtete ich mich auf und straffte die Schultern. Vor diesen arroganten Polizisten würde ich bestimmt nicht heulen. Ich musste hier weg!

Mit erhobenem Haupt betrat ich das Büro. »Komm, Vroni. Wir lassen den Herren jetzt unsere Kontaktdaten da und dann gehen wir rüber zu Rosi und ich geb dir einen Kaffee aus.«

»Ich brauche was Härteres als Kaffee«, schluchzte sie.

»Meinetwegen auch das. Aber wir müssen unbedingt hier raus.« Ich zerrte sie am Ärmel hinter mir her und suchte uns einen zuständigen Polizisten, bei dem wir unsere Daten hinterlassen konnten.

Es war nicht einmal Montag, aber es fühlte sich an wie alle Montage eines ganzen Lebens zusammen.

Wir saßen an einem Tisch im Schatten vor dem kleinen Straßencafé, in dem wir schon oft unsere Mittagspause verbracht hatten.

Rosi stellte neben dem Kaffee noch zwei Schnapsgläser ab. »Mei ihr zwoa, die Birne geht aufs Haus.« Kopfschüttelnd sah sie von mir zu Vroni und tätschelte ihr tröstend die Schulter. »Männer – san so lange guad, bis Geld oder Weiber ins Spuil kimma.«

Vroni brach in Tränen aus und ich stocherte mit dem Löffel im Milchschaum herum.

»Sind wir jetzt arbeitslos?« Sie wischte sich mit dem Ärmel über die Augen.

»Ich weiß es nicht. Vermutlich ja – irgendwie.«

»Dieser Hundling!« Sie griff nach dem Schnapsglas, kippte den klaren Inhalt herunter und schüttelte sich.

»Ich hatte schon so ein komisches Gefühl. Hab letzte Woche die Buchungen gecheckt. Das hat alles nicht zu den Büchern gepasst.« Mit Daumen und Zeigefinger massierte ich meine Stirn. »Darüber wollte ich mit ihm sprechen, wenn er zurück ist. Hätte ich bloß schon vorher genauer hingesehen. Aber das kann man doch nicht ahnen.« Mir war immer noch übel. Ich betrachtete den Schnaps vor mir, schob ihn zu Vroni und nippte stattdessen am Kaffee.

Sie schüttelte ununterbrochen den Kopf und griff nach dem kleinen Glas. »Danke, Mari.« Diesmal verzog sie nicht einmal das Gesicht, als sie den Hochprozentigen herunterstürzte. Mit leerem Blick starrte sie an mir vorbei, ohne sich zu bewegen.

Ich nahm ihre Hand auf dem Tisch in meine und drückte sie fest.

Als hätte diese Berührung sie wieder in die Gegenwart zurückgeholt, riss sie die Augen auf, legte die Stirn in Falten und holte tief Luft. »Du bist noch jung. Lauf, Mari! Spring über deinen Schatten. Verlasse diese stinkende Stadt – und halte dich von Kerlen fern. Alles Vollidioten und Betrüger.« Sie löste ihre Finger aus meinem Griff und schlug auf den Tisch. »Ich brauch noch einen Kurzen. Rosi! Wo bist du? Rette mich!«

Kapitel 2

ENGLISCHER GARTEN

Mamas trippelnde Schritte im Treppenhaus erkannte ich selbst in der Küche. Ihr Schlüssel kratzte im Schloss, kurz darauf kam sie herein und trat zu mir an den Esstisch. Sie runzelte die Stirn und versuchte, in meinem Gesicht zu lesen, was los war, zumindest sah ihr angestrengter Ausdruck danach aus.

»Liebes, Mari.« Ihr Blick fiel auf die Packung Schokoküsse vor mir. »Was …?« Sie eilte auf mich zu, nahm meine Wangen in ihre Hände und legte den Kopf schief.

»Mama, mein Chef. Die Polizei. Sie haben alles mitgenommen.« Ich wischte mir mit dem Handrücken über die Augen, schnappte mir einen weiteren Schokokuss und biss in die Waffel.

»Wer hat was mitgenommen? Bist du bestohlen worden? Warst du bei der Polizei? Bist du verletzt?! Und warum isst du die Schokoküsse ohne Semmel? Das machst du doch sonst nie.« Sie trat einen Schritt zurück, schob mir einen Stuhl zu und setzte sich an meine Seite.

»Nein. Mir geht es … Alles gut. Aber mein Job …« Schnell stopfte ich den restlichen Schokokuss in den Mund und leckte mir die klebrigen Finger ab. »Mama, stell dir vor! Mein Chef hat das Geld der Kunden mitgenommen. Er ist weg. Und meine Arbeit auch.« Ich hob die Füße hoch auf die Stuhlkante und presste die Knie an die Augenhöhlen.

»Kindchen, das ist ja fürchterlich!«

Ich spürte ihre warme Hand auf meinem Rücken.

Beruhigend strich sie mir über die Schultern. »Das tut mir so leid, Mari. So sehr.« Sie stand auf, füllte Wasser in den Kocher und hängte zwei Teebeutel in die dunkelblaue Kanne mit dem Deckel, dem eine Ecke fehlte. »Weißt du, egal, was Frau Dr. Grünwald sagt – natürlich kannst du hier wohnen bleiben.« Sie lehnte sich an die Arbeitsfläche und die Falten auf ihrer Stirn erschienen mir noch tiefer zu sein.

Mit einem Becher Tee schlurfte ich in mein Zimmer. Ich stellte ihn auf dem Nachttisch ab, legte mich aufs Bett und vergrub das Gesicht im Kissen. Ich weiß nicht, wie lange ich so dalag. Minuten? Stunden? Tage? Letzteres wohl nicht.

Die Gedanken in meinem Kopf fuhren Karussell. Ich hatte keinen Job mehr. Das Geld der Kunden war weg. Ich fühlte mich klein, hilflos und unnütz. Die Luft wurde dünn. Um meine Nase und in meinem Leben.

Das Handy summte. Ohne den Kopf zu heben, streckte ich den Arm aus und ertastete es in der Handtasche vor meinem Bett. Schwerfällig rollte ich auf die Seite und betrachtete die Nachricht auf dem Sperrbildschirm.

Hast du am Samstag um zehn Uhr Zeit? Nur ein unverbindliches Online-Kennenlerngespräch mit Frau Larssen.

Du weißt schon – die mit dem Anwesen an der Ostsee. Ich drück dich.

Anni

Zahlreiche Emoticons grinsten mich an und Anni nahm vor meinem inneren Auge meine Hand und lächelte mir aufmunternd zu. Wie oft hatte sie mich schon aus meiner Komfortzone geschubst? Damals in der siebten Klasse zum Beispiel. Als ich mich nicht getraut hatte, vom Dreier zu springen. Da hatte sie einfach meine Hand genommen und bis drei gezählt.

Ich seufzte. Anni hatte schon oft für mich entschieden und es immer gut gemeint.

Ich legte das Handy mit dem Display nach unten auf die Matratze. Als könnte ich so die Welt aussperren. Denn die konnte mich heute mal.

»Friyay – hoch die Hände! Nach der Arbeit einen guten Start in ein wundervolles Wochenende.«

Ich riss den Stecker des Küchenradios aus der Buchse, um dem viel zu gut gelaunten Radiomoderator den Saft abzudrehen. Der sollte schon sehen, was er von seiner guten Stimmung hatte. Ich zumindest hatte verdammt schlechte Laune, weil ich keine Arbeit hatte, nach der ich ins Wochenende starten konnte. Ich hatte kein Wochenende mehr, weil ich arbeitslos war.

Arbeitslos. Wie das klang!

Ein flaues Gefühl breitete sich in meinem Brustkorb aus.

»Mensch, Mari – jetzt muss ich die Uhrzeit wieder neu einstellen.« Mama raufte sich die Haare. »Hättest du das Ding nicht einfach ausschalten können?« Sie drängte sich an mir vorbei und steckte den Stecker in die Dose. Fluchend drückte sie auf den Knöpfen herum.

»Sorry.« Ich schluckte. Mama konnte nun wirklich nichts für meine bescheuerte Situation.

»Wollen wir vielleicht spazieren gehen?« Sie wanderte mit zwei Fingern die Arbeitsfläche entlang, als wären sie zwei gehende Beine.

»Meinetwegen. Ich habe ja sonst nichts zu tun«, sagte ich pampig. »Ich zieh mir kurz was Richtiges an.«

Mama und ich überquerten schweigend ein paar Kreuzungen und schlenderten durch den Englischen Garten.

Die Sonne kitzelte meine Nase und ich musste kräftig niesen. Ich blinzelte und kniff die Augen zusammen. Wo war meine dämliche Sonnenbrille? Ganz unten in meiner Tasche ertastete ich sie und setzte sie auf.

»Was … äh … willst du jetzt machen?« Mama zögerte bei ihrer Frage zu Recht, denn wenn ich das gewusst hätte, hätte ich deutlich bessere Laune gehabt.

»Ein Eis kaufen«, antwortete ich und reihte mich in die Schlange am Eiswagen ein.

»Das meinte ich doch nicht.« Mama stellte sich neben mich. Sie konnte so besorgt gucken mit ihren dunkelgrauen Augen und den vielen Furchen auf der Stirn.

»Ach, Mama. Ich weiß es nicht.« Ich strich mir über den Rock meines Sommerkleides und bohrte die Fußspitze in den sandigen Weg. »Anni hat mich die Woche angerufen. Sie hat anscheinend den perfekten Job für mich an der Ostsee. Als Verwalterin eines Anwesens und quasi Privatsekretärin für eine ältere Dame.«

Mamas Augen weiteten sich.

»Wie viele Kugeln? In der Waffel oder im Becher?« Die Eisverkäuferin trug eine alberne weiße Mütze und sah aus, als wäre sie einem Wimmelbuch für Kinder entsprungen.

»Eine Kugel Schokolade in der Waffel für mich, bitte.« Ich zeigte auf die ausgesprochen cremige braune Masse im gekühlten Metallbehälter.

»Und für mich bitte eine Kugel Erdbeere in der Waffel«, sagte Mama und kratzte sich am Kopf. »Kindchen, das ist ja … ein interessantes Angebot.«

»Aber ich kann doch nicht einfach meine Sachen packen und an die Ostsee ziehen. Weißt du, wie weit das weg ist?« Ich fummelte das Portemonnaie aus meiner Jeans. »Ich habe das gestern mal gecheckt. Das sind neunhundert Kilometer. Stell dir das mal vor. Da muss man mit dem Zug bestimmt einen ganzen Tag fahren.«

Mama nahm unsere Waffeln entgegen und runzelte immer noch die Stirn.

»Danke«, sagte ich, griff nach meinem Eis und probierte die herrlich süße Schokomasse.

»Ja, da hast du vermutlich recht. Das ist wirklich nicht um die Ecke.« Sie wischte sich mit der freien Hand über die Stirn. »Ganz schön heiß heute.« Sie hielt ihr Eis vor sich und es löste sich bereits ein rosaroter Tropfen, der die Waffel entlang rann.

»Dein Eis!«, ermahnte ich sie.

Sie leckte das triefende Sorbet ab und ließ mich dabei nicht aus den Augen.

»Was ist?«, fragte ich misstrauisch. »Das Gute wäre, wenn ich das Angebot annehme, gehe ich euch wenigstens zu Hause nicht mehr auf den Geist.«

Ich konzentrierte mich auf das schmelzende Eis in meiner Hand.

»Mensch, Mari. Du weißt, dass das so nicht gemeint war, oder? Ich habe dich gerne in meiner Nähe und mir wäre gar nicht wohl dabei, wenn du so weit wegziehst.« Sie hob die Augenbrauen. »Aber wenn du dich dafür entscheidest, stehe ich natürlich hinter dir. So ein Ortswechsel kann auch ein Neuanfang sein. Du kannst auf eigenen Beinen stehen und dich komplett neu erfinden.«

Ich verschluckte mich an meinem Eis und blieb stehen. Nach einem kurzen Hustenanfall sagte ich: »Was soll das denn heißen? Glaubst du, ich bin unselbständig? Und überhaupt!« Ich stemmte eine Hand in die Seite. »Wozu soll ich mich neu erfinden? Hast du das auch von Frau Dr. Grünwald? Redet ihr da eigentlich über dich oder über mich? Bin ich nicht gut, so wie ich bin?«

Mama legte beschwichtigend ihre freie Hand auf meinen Arm. »Nein, nein. Mäuschen, das meine ich nicht. Nur vielleicht wäre das deine Chance, auf eigenen Füßen zu stehen. Einfach mal dein eigenes Ding zu machen.«

Ich sagte nichts und kickte einen Stein vom Weg ins Gras. Was sollte das heißen, mein eigenes Ding? Das machte ich doch schon. Ich hatte die Schule abgeschlossen, studiert und einen Job gefunden, der mir Spaß brachte und in dem ich gut war. Aber anscheinend reichte es für Mama nicht aus.

Alles an mir fühlte sich auf einmal schwer an. Als würde an meinen Schuhen eine Bleisohle haften. Das letzte Stück Eiswaffel klebte mir wie Pappe am Gaumen.

Ich deutete auf eine freie Parkbank und wir setzten uns.

»Findest du mich wirklich unselbständig?« Meine Stimme war so leise, dass ich mich selbst kaum hörte.

Mama legte einen Arm um mich. Sie drückte mich fest und seufzte. »Ach, Mäuschen. Nein. Du bist deinen Weg gegangen und du hast immer alles großartig erledigt, was von dir erwartet wurde.« Sie strich mir eine Strähne aus dem Gesicht.

Ich kuschelte meinen Kopf an ihre Schulter und schloss die Augen.

»Aber weißt du – genau das ist der Punkt. Du hast immer das gemacht, was wir erwartet haben oder was deine Lehrer erwartet haben oder dein Chef. Ich weiß gar nicht, ob du überlegt hast, was *du* von deinem Leben erwartest.« Sie seufzte. »Und es ist immer einfacher, sich selbst zu finden, wenn man bei null anfängt. Also, wenn man … wie soll ich das sagen … wenn man in eine neue Umgebung kommt und sich ausprobieren kann. Selbst, wenn es nur für eine begrenzte Zeit ist.«

Ich sagte nichts und sog Mamas blumig-frischen Duft ein. Was sollte das heißen? Mich ausprobieren? Ich würde wohl kaum zur Partymaus werden und reihenweise Typen abschleppen. Oder an ein Gummiband geknotet von einer Brücke springen. Eine Draufgängerin war ich noch nie gewesen. Im Gegenteil.

Ich richtete mich auf und wischte meinen Pony zur Seite. »Und was ist, wenn ich Heimweh bekomme? Wenn es mir im Norden nicht gut geht und ich mich jeden Abend in den Schlaf weinen muss?« In meinen Gedanken war ich wieder die Grundschülerin in Jugendherbergslaken. Meine Augen wurden feucht.

Mama legte die Hand auf meine Schulter. »Stopp! Durchatmen, Mäuschen. Alles ist gut. Du bist im Englischen Garten und außerdem nicht mehr in der vierten Klasse.«

Ich schluckte schwer. Die Klassenfahrt in die Uckermark. Was für ein Reinfall! Ich bin so hysterisch geworden, dass Mama mich am dritten Tag abholen musste. Das war keiner der Momente, an die ich gerne zurückdachte, weil er eine tiefe Kerbe in meine Kindheitserinnerungen gebrannt hatte.

»Aber wir sind schon einmal umgezogen – damals in der zehnten Klasse. Nach München. Das war doch ein Neuanfang.« Ich verschränkte meine Hände vor der Brust.

Mama zuckte mit den Schultern. »Joa – das war ein kleines Drama. Aber du hattest ja uns. Weißt du. Da dachtest du auch, eine Welt würde untergehen und am Ende war's gar nicht so übel.«

Mein Herzschlag beschleunigte sich. Nicht so übel? Mama musste sich ja auch nicht vor fünfundzwanzig fremden Jugendlichen vorstellen und die Fragen der Lehrer vor der ganzen Klasse beantworten. Ich wäre fast gestorben vor Aufregung.

Ich presste die Lippen aufeinander. Ich bin ein bemuttertes Küken gewesen. Da gab es nichts schönzureden. Und in diesem Moment fühlte ich mich wieder genau so wie damals vor dem Umzug.

Mama stand auf und reichte mir die Hand. »Komm, wir gucken noch, ob wir ein paar Enten beobachten können, und dann koche ich uns was Schönes.« Sie reichte mir die Hand, half mir hoch und ich hakte meinen Arm in ihren.

Alle düsteren Gedanken, die in meinem Kopf herumspukten, verdrängte ich und spielte mir vor, ich hätte einfach einen Tag freigenommen, den ich mit Mama verbrachte. Das hatten wir bereits öfter getan und so schob ich all meine Zweifel beiseite und genoss das bunte Treiben in der grünen Oase Münchens an diesem herrlichen Frühsommertag.

Wir kauften noch frischen Salat und ich half Mama beim Kochen. Die Verdrängungsstrategie funktionierte genau so lange, bis ich nach dem Essen die Tür von meinem Zimmer hinter mir schloss und kraftlos aufs Bett sackte.

Anni rief am Samstagmorgen zweimal an, um zu fragen, ob ich das Online-Vorstellungsgespräch auch wirklich wahrnehmen würde. Also saß ich pünktlich mit weißer Bluse, dunkelblauem Blazer und ordentlich gebürsteten Haaren am Schreibtisch vor dem Laptop und kaute auf dem Kugelschreiber herum, den ich für mögliche Notizen zurechtgelegt hatte.

Durch die Kamera des Computers wirkten meine Haare zu rot, meine Haut zu blass und meine grünen Augen zu klein. Außerdem schwitzte ich wie blöd. Gut, dass man über das Internet keinen Schweiß riechen konnte.

Eine Nachricht leuchtete auf dem Sperrbildschirm meines Handys auf:

Bereit?

Ich sendete einen gelben Daumen nach oben. Testhalber räusperte ich mich. Nur um zu prüfen, ob meine Stimme noch funktionierte.

Plötzlich dudelte der Anruf im Laptop. Mit verkrampftem Zeigefinger klickte ich auf den grünen Hörer.

Ein wackeliges Bild erschien. Ich lächelte, weil ich Annis Locken erkannte, die vor der Kamera baumelten.

»So, da muss ich noch … ja, jetzt müsste … so.«

Der Vorhang aus ihren Haaren verschwand und gab den Blick frei auf meine Gesprächspartner.

Ja, da war Anni. Und eine ältere Dame, die kurz darauf scharf gestellt wurde.

»Und ich kann jetzt einfach sprechen, min Deern?« Das musste Frau Larssen sein. Sie trug einen geblümten Blazer und hatte ihre grauen Haare zu einem strengen Dutt zurückgebunden.

»Ja. Als würde Frau Schwarz direkt mit Ihnen am Tisch sitzen. Einfach mal losschnacken.« Anni lachte hell auf und ich umklammerte den Stift in meiner Hand.

»Guten Tag, ich bin Marina Schwarz. Können Sie mich hören?« Meine Hände schwitzten.

»Guten Tag, Frau Schwarz. Na, das ist ja herrlich. Ich kann Sie sogar sehen!« Sie winkte in die Kamera.

Ich zögerte und winkte zurück. Niemand sagte mehr etwas und ich hatte das Gefühl, als würde die alte Dame mich anstarren.

Sie wandte den Blick zur Seite. »Anni, min Deern, was soll ich nun tun?«

Anni kicherte und ihr vertrautes Gesicht erschien in einer Ecke des Bildes, als sie über Frau Larssens Schulter lugte.

»Moin Mari! Schön, dass es geklappt hat. Vielleicht magst du Frau Larssen ein wenig über dich erzählen. Was du studiert hast, welche Berufserfahrung du hast und so weiter.« Sie streckte einen Daumen nach oben und strahlte mich aufmunternd an.

»O-kay«, stammelte ich. »Also, ich bin Marina Schwarz, fünfundzwanzig Jahre alt, habe einen Bachelor in Immobilienwirtschaft und bin seit zweieinhalb Jahren bei einer Hausverwaltung angestellt.«

Bis vorgestern, dachte ich. Aber das sagte ich lieber nicht. Ich schüttelte mich unmerklich und wischte mir den Pony aus dem Sichtfeld.

»Das klingt solide.« Frau Larssen nickte und fummelte an der Lesebrille herum, die in ihrer Frisur steckte. »Und nun?« Sie wandte sich wieder an Anni.

»Nun könnten Sie erzählen, für welche Aufgaben Sie jemanden suchen.« Ihre Stimme klang weit entfernt.

»Ach ja. Genau. Ich war ganz abgelenkt von der Technik.« Frau Larssen zupfte an ihrer hellblauen Bluse und dem um den Kragen geschlagenen, zusammengerollten Seidentuch. »Also, seitdem mein geliebter Herbert gestorben ist, verwalte ich unser Anwesen und das Mietshaus in Schwedeneck. Und –« Sie stockte, kramte ein Stofftaschentuch aus ihrer Jacketttasche und tupfte sich die Stirn ab. »In letzter Zeit komme ich damit nicht mehr gut zurecht. Das wird mir alles etwas viel und ich würde gerne den ganzen Zettelkram an jemanden abgeben, der jünger und fitter ist als ich. Mit Computern, Sie wissen schon. Das ist nichts für mich.« Sie zeigte auf die Kamera, also auf mich, meinte aber vermutlich das Gerät vor ihr stellvertretend für alle Technik dieser Welt.

Ich lächelte verständnisvoll. »Wie sind Sie denn bisher zurechtgekommen ohne Computer? Ich stelle mir das sehr schwer vor, zum Beispiel bei den Jahresabrechnungen für die Mieter oder anderen Verwaltungstätigkeiten.«

»Oh ja. Sehr schwer. Momentan lebt der Enkel meiner Schwester hier. Der hat mich großartig unterstützt. Aber das kann er schließlich nicht die ganze Zeit machen. Nun muss mal alles in geregelte Bahnen gelenkt werden.« Sie nickte ausdrucksstark und ich lächelte.

»Also, was meinen Sie?«, fragte Frau Larssen. »Sie bekommen kostenlos eine geräumige Zweizimmerwohnung auf dem Anwesen gestellt und ich zahle Ihnen zweitausendeinhundert Euro pro Monat und Weihnachtsgeld. Natürlich gibt es bei mir auch Gehaltserhöhungen.« Spendabel gestikulierte sie mit der Hand vor ihrem Körper.

Ich biss mir auf die Zunge. Das waren gut hundert Euro mehr als ich bei Herrn Schmidhuber verdient hatte. Und ich hätte zusätzlich eine eigene Wohnung.

Wann fuhr der nächste Zug in den Norden?

»Ich …« Einen winzigen Moment war ich versucht, sofort zuzusagen. Aber verdammt – es war am Arsch der Welt! Mein Herzschlag beschleunigte sich und ich atmete flach. Ich stand kurz vor einer Panikattacke.

Im Kopf wiederholte ich Mamas beruhigende Worte. Ich war hier in München, in meinem Zimmer. Alles war gut.

»Danke. Das ist sehr großzügig.« Ich erinnerte mich daran, zu lächeln, bedankte mich erneut für das Angebot.

Anni moderierte ein wenig hin und her und ich erbat Bedenkzeit bis Montag. Wir verabschiedeten uns und ich starrte eine Weile auf den schwarzen Bildschirm.

Das Angebot war wirklich großartig. Aber der Job war am falschen Ort. Viel zu weit weg. Ich massierte krampfhaft meine Schläfen.

Was wäre, wenn ich all meinen Mut zusammennahm? Könnte ich vielleicht …? Mir brummte der Schädel. Mein Kopf benötigte eine Auszeit.

Ich zog das Businessoutfit aus und schlüpfte in ein übergroßes Sweatshirt. Ein Buch! Ich brauchte ein Buch. Sofort! Edward und Bella mussten mich in eine andere Welt bringen, also blätterte ich zu meiner Lieblingsstelle. Dorthin, wo die

Spannung zwischen den beiden nicht mehr auszuhalten ist und sie merken, wie sehr sie sich begehren.

»Hast du deine warme Jacke? Und die für den Übergang? Und …« Mama rannte durch die Wohnung wie ein aufgeschrecktes Huhn. »Und eine Mütze! Da oben ist es windig. Nimm eine Mütze mit! Und Gummistiefel. Hast du welche? Warte, ich suche meine.«

Es rumpelte in der Abstellkammer und ich verpasste meiner Zimmertür einen Tritt.

Mama machte mich wahnsinnig mit ihren Ratschlägen. Als ob ich nicht in der Lage wäre, zu packen.

Ich faltete meine rosafarbene Lieblingssweatpants zusammen und legte sie in den aufgeklappten Koffer, der auf dem Bett thronte.

»Hier! Meine Gummistiefel. Es ist doch so nass im Norden. Und es regnet die ganze Zeit.« Sie hielt zwei grünbraune Stiefel hoch und guckte zwischen ihnen hindurch.

»Mama, du hast Schuhgröße achtunddreißig. Wie soll ich denn da reinpassen?« Ich strich die bereits gepackten Klamotten glatt und überlegte vorm Bücherregal, welche von meinen Lieblingsstücken ich mitnehmen sollte.

»Ach ja. Und nun? Was machst du denn, wenn es regnet?« Sie ließ den Kopf hängen. Die Stiefel fielen ihr aus den Händen.

»Ach Mama.« Ich nahm sie in den Arm. »Das wird schon alles klappen. Ich gehe nur nach Schleswig-Holstein, nicht ans Nordkap.«

Sie nickte bedrückt und trat einen Schritt zurück. »Ja. Stimmt. Und … ach, so ein Mist.« Sie schlug sich an die

Stirn. »Ich wollte doch nicht so sein – so …« Sie rang nach Worten und ich streichelte ihren Rücken.

»Ist schon gut, Mama.«

Sie sammelte die Gummistiefel vom Boden auf. »Du schaffst das. Natürlich schaffst du das, meine kleine Große«, murmelte sie leise und verließ mit hängenden Schultern das Zimmer.

Mein Bauch grummelte. Warum sollte ich es nicht schaffen, mit dem Zug nach Eckernförde zu fahren und dort zu arbeiten? Mama machte mich noch nervöser, als ich eh schon war. Ich schloss die Zimmertür.

Ab sofort würde ich alleine klarkommen.

Alleine im Norden.

Kapitel 3

TIM-OVE

Das Quietschen der haltenden Regionalbahn schmerzte mir in den Ohren. Ein Kind fuchtelte mit seinem Kescher vor meinem Gesicht herum. Der Geruch von Schweiß und Sonnencreme waberte durch den Waggon.

Endlich öffnete jemand die Tür und ich wuchtete den Koffer auf den Bahnsteig und pustete die Luft aus, die ich im Gedränge angehalten hatte.

Die Sonne stand hoch am Himmel. Geblendet kniff ich die Augen zusammen.

Anni hatte gesagt, mich würde jemand abholen, denn das Anwesen von Frau Larssen lag einige Kilometer außerhalb von Eckernförde und dorthin fuhr kein Bus.

Die anderen Fahrgäste eilten zur Ampel oder begrüßten ihre Freunde oder Verwandten.

Langsam leerte sich das Gleis.

Mit aller Kraft zerrte ich an dem ausfahrbaren Koffergriff, der klemmte.

Ein Schmerz durchfuhr meine Fingerkuppen. Reflexartig verpasste ich dem Hartschalenmonster einen Tritt.

»Scheißding!« Ich zerrte das sauschwere Ungetüm gebückt neben mir her, wobei mir meine Tasche von der Schulter rutschte und auf halb acht an meinem Arm hing.

Ein belustigtes Lachen erreichte meine Ohren. Hastig wischte ich mir die Haare aus dem Gesicht, um meine Umgebung zu sondieren.

»Na, Fingernagel abgebrochen?«

Ich kniff die Augen zusammen. Gegen die Sonne erkannte ich die Silhouette eines Typen mit schlanker Statur, der die Arme vor der Brust verschränkt hatte.

»Nein. Mit meinen Fingernägeln ist alles in Ordnung. Und was geht dich das eigentlich an?« Ich richtete mich auf, betrachtete meine Hände und schob sie in die Taschen meiner Jeans.

»Verstanden.« Der Typ nickte.

Er war einen knappen Kopf größer als ich, also vermutlich eins fünfundachtzig oder so. Seine dunklen Haare waren gelockt und fielen ihm ins Gesicht. Das schwarze T-Shirt und die dunkelgraue Jogginghose standen ihm gut, auch wenn sein Outfit etwas zerknittert war.

Ich fragte mich, ob er gerade erst aufgestanden war.

Er grinste immer noch, als würde er sich über mich lustig machen.

»Dann stelle ich mich mal lieber vor.« Der Typ streckte die Hand in meine Richtung aus. »Ich bin Tim-Ove Larssen.« Seine Hände waren gepflegt manikürt, was man von meinen nicht behaupten konnte.

Ich ergriff sie und sein fester Druck quetschte mir die Finger zusammen. Sofort riss ich meinen Arm zurück und vergrub die Hände wieder in den Hosentaschen.

»Und du? Bist du …« Er fummelte sein Handy aus der Hosentasche und tippte darauf herum. »Marina Schwarz?«

Ich wischte mir den Pony seitlich über die Stirn. »Ja, aber die meisten Menschen nennen mich Mari. Außer meine Mutter, wenn ich was ausgefressen habe.«

»Na dann. Ist das dein Koffer, Marina?«

Blöde Frage. Ich verpasste dem widerspenstigen Ding einen Tritt und der Trolley rollte in seine Richtung.

Mit Leichtigkeit entriegelte er den Mechanismus und zog den Griff nach oben. »Sieht aus, als kämst du alleine nicht klar.«

Der Typ hörte sich ja an wie Mama. Ärger brodelte in meinem Bauch. Das Letzte, was ich brauchte, war jemand, der mich bemutterte und sich dabei noch über mich lustig machte. Was für ein Kasper war das bitte?

»Du kannst mich gerne Mari nennen«, war das Einzige, was mir auf seine Bemerkung einfiel.

Er wandte sich um und rollte den Koffer mühelos zum Parkplatz.

Ich stolperte ihm hinterher.

Im Gehen schaute er sich zu mir um. »Können ist freiwillig, oder? Also kann ich dich auch Marina nennen. Oder Frau Schwarz, wenn ich mag. Liege ich richtig?« Er zwinkerte mir zu und ich verdrehte die Augen.

»Meinetwegen kannst du mich auch Bayerntrulla nennen. Mir egal.« Ich spuckte die Worte aus und knetete meine Hände. Mein Benehmen hatte ich wohl in München gelassen.

»Bayerntrulla?« Er lachte auf und kramte einen überdimensionierten Schlüssel aus seiner Hosentasche hervor.

»Das gefällt mir.« Vor uns klackte die Entriegelung eines BMW, der zur Begrüßung die Scheinwerfer aufleuchten ließ.

Als wäre das notwendig an einem so sonnigen Tag wie heute.

Der Kofferraum öffnete sich wie von Zauberhand und Tim-Ove hob mein Gepäck ins Auto, als wäre es voller Federn. »Sach mal, hast du Wackersteine eingepackt?« Er umrundete das riesige Auto und hielt mir die Beifahrertür auf.

Der frische, aber etwas aufdringliche Duft seines Eau de Toilette wehte mir entgegen. »Nein. Bücher.«

»Bücher?« Falten bildeten sich auf seiner Stirn.

»Kennst du bestimmt. Die Dinger mit den Buchstaben zwischen zwei Deckeln. Du hast bestimmt auch eins.« Ich stemmte die Hände in die Seite.

Er grinste schief. »Na dann, steig mal ein, Büchertrulla.«

Ich schnappte nach Luft, setzte mich aber in den Wagen, ohne ihm an den Kopf zu knallen, dass ich seit drei Uhr morgens wach war und den ganzen Tag in fürchterlich stickigen Zügen verbracht hatte. Mein T-Shirt klebte an mir und ich stank vermutlich wie ein Käfig voller Paviane. Und dann kam dieser schnoddrige Kerl an und ging mir auf die Nerven. Davon hatte Anni nichts erwähnt!

Ich sollte die persönliche Assistenz von Frau Larssen übernehmen und ich freute mich auf diesen Job. Wer war dieser Kerl? Ihr Enkel oder ihr Neffe? Hoffentlich hatte ich nicht zu viel mit diesem Tim-Ove zu tun. Was ist das überhaupt für ein Name!

Die Tür neben mir glitt sanft ins Schloss. Ich schnallte mich an und drückte wütend die Fäuste ins weiche Leder des zugegeben ziemlich gemütlichen Autositzes.

Tim-Ove nahm hinter dem Steuer Platz und startete den Motor über einen Knopf am Armaturenbrett.

Dunkle Elektromusik erfüllte im nächsten Moment dröhnend den Innenraum des Autos.

Ich presste mir die Hände auf die Ohren und Tim-Ove kreiste mit seinen Fingern auf dem Bildschirm, bis die Musik kaum noch zu hören war.

»Zu laut?« Er grinste.

Hatte er dieses süffisante Schmunzeln die ganze Zeit in sein Gesicht getackert oder gab es auch andere Mienen in seinem Repertoire?

»Passt schon«, antwortete ich und ließ den bayrischen Dialekt raushängen.

»Na dann, Bayernbuchtrulla. Dann woll'n wir mal nach Hause fahren.«

Nach Hause? Hieß das, dieser Typ wohnte auch auf dem Anwesen von Frau Larssen? Vermutlich.

Ich sank tiefer in meinen Sitz und betrachtete das Straßenschild, während er den Blinker setzte und auf eine Lücke zum Rechtsabbiegen hoffte.

»Reeperbahn«, las ich laut.

»Jo. Wir haben hier auch einen Jungfernstieg und einen Gänsemarkt. Im Prinzip wie in Hamburg hier.« Er lachte aus voller Kehle über seinen eigenen Witz und lenkte den Wagen dynamisch auf die Reeperbahn.

Die Reifen quietschten und ich klammerte mich an der Armauflage der Tür fest.

»Sag mal, hast du deinen Führerschein im Lotto gewonnen?«, fuhr ich ihn an.

Gleich darauf ging er in die Eisen, weil die Ampel vor uns auf Rot geschaltet hatte.

Mein Oberkörper schnellte nach vorne und ich stützte mich an der Mittelkonsole ab. Mein Mageninhalt war schon auf halbem Weg nach oben. Ich presste eine Hand auf meinen Bauch, um ihn zu beruhigen.

»Immerhin habe ich einen.« Wieder dieses süffisante Grinsen.

Der Kerl hatte Nerven … und sich anscheinend über mich informiert. Na klar, ich würde auf dem Anwesen seiner – »Sag mal, Mika Häkkinen, in welchem Verwandtschaftsverhältnis stehst du zu meiner Chefin?«

»Deine Chefin?« Er schien sich gut zu amüsieren. »Ach, du meinst Tante Ingeborg.« Er richtete seinen Blick auf die Straße und fuhr dieses Mal sanft an.

Na ja, er wäre ansonsten auch in das Heck des vorausfahrenden Volkswagens gekracht.

»Also bist du der, äh, wie nennt man das? Großenkel von Frau Larssen?«, fragte ich zögernd und strich über die Naht der in Leder gefassten Armauflage.

»Wow – du bist echt klug. Kein Wunder, dass Tante Ingeborg dich ausgewählt hat.« Sein Ton war überheblich. Er schüttelte den Kopf und ich überlegte, ob ich es riskieren könnte, ihn zu schlagen. Nur ganz leicht. Aber ich hing sehr an meinem Leben und an dem Job, den ich morgen beginnen würde.

»Und ich hab sie noch gefragt, ob sie noch ganz sauber tickt. Wählt eine aus ohne Führerschein. Bei uns zwischen Schwedeneck und Nichtslosby. Da fährt nicht einmal ein Bus«, zeterte er vor sich hin. »So brauchst du immer jemanden, der dir hilft.« Sein Lächeln verschwand und er fuhr so dicht auf den VW vor uns auf, als würde er ihn von der Straße schieben wollen.

Was für ein arroganter Idiot! Nur weil ich keinen Führerschein hatte, tat er so, als ob ich immer Hilfe bräuchte. Der Kerl war noch schlimmer als meine Mutter.

Ich schluckte meine Wut runter und angelte mein Smartphone aus der Handtasche. Na warte, Anni! Hatte sie etwa gewusst, dass Tim-Ove Larssen auch auf dem Anwesen wohnte und dass er so schroff war?

Auf dem Telefon waren tausende Nachrichten eingegangen. Alle von Mama.

Bist du schon da?

Wie geht es dir?

Ist es schön? Geht es dir gut? Wurdest du schon abgeholt?

Melde dich mal, Mari. Ich bin ja so gespannt, wie es dir geht.

Ich sperrte das Handy wieder und steckte es umständlich in meine Hosentasche.

Die Autos drängten sich die Straße entlang und nach einer kurzen Weile breitete sich die Eckernförder Bucht auf der linken Seite aus. Es war dasselbe Panorama, das ich bereits vom Zug aus gesehen hatte.

Die See erstreckte sich mit leicht gekräuselten Wellen bis zum Horizont. Weiße Segel zahlreicher Sportboote durchbrachen das tiefe Blau, das in Richtung Strand türkis schimmerte.

Tim-Ove drosselte den BMW auf 40 km/h runter. Vor einer weißen Wohnanlage mit klaren Linien standen würfelförmig geschnittene Bäume. Das passte nicht zum wilden Strand, der sich links von uns befand.

Kaum war die Aufhebung der Geschwindigkeitsbeschränkung in der Ferne zu erkennen, spannte sich Tim-Oves Bein an und er drückte das Gaspedal nach unten. Der Motor dröhnte erst und säuselte dann ruhig vor sich hin. Die Bäume am Wegesrand flogen an meinem Fenster vorbei und das Meer verschwand hinter einem Wald.

Die Stille im Auto war mir unangenehm. Ich rutschte auf meinem Sitz hin und her. »Ist es noch weit?«, fragte ich und kam mir vor wie ein kleines Kind.

»Nö.« Er setzte den Blinker und bog rechts ab, um einer langgezogenen Kurve zu folgen.

Ein wenig mehr Informationen wären nett gewesen.

Wir überquerten die Bundesstraße über eine Brücke und fuhren auf einer anderen zwischen hochgewachsenen Bäumen hindurch.

Später kamen wir an ein paar einzelnen Höfen und Häusern vorbei. Der Wald lichtete sich und Wiesen erstreckten sich über sanfte Hügel. In der Ferne schien das Meer zwischen dem Grün hindurch.

Wieder blinkte Tim-Ove und lenkte das Auto auf einen Feldweg. Der BMW schaukelte bei jeder Unebenheit und ich krallte mich am Griff der Tür fest.

»Bist du sicher, dass …?«

»Du willst mich nicht wirklich fragen, ob ich den Weg zu meinem zu Hause kenne, oder?« Er wischte sich die Haare aus dem Gesicht und betrachtete mich belustigt. Er schaffte es, dass ich mir ausgesprochen unbeholfen vorkam. Und genau das wollte ich auf keinen Fall sein.

Ach verdammt, irgendwie hatten wir einen schweren Start.

Vor uns lag ein winziger Weg, dessen Spuren für die Reifen mit Kies verstärkt und die Mitte bewachsen war.

Das Grün an den Seiten ragte fast bis zu meinem Fenster. Hier muss mal wieder jemand das Gestrüpp zurückschneiden, dachte ich, aber das sprach ich nicht aus. Ansonsten hätte ich vermutlich den restlichen Weg zum Anwesen laufen dürfen.

Ich hielt die Klappe und hoffte, dass ich mich mit der Tante meines wortkargen Fahrers so gut verstehen würde wie bei dem Online-Vorstellungsgespräch.

Kapitel 4

GUT LARSSEN

Tim-Ove lenkte das Fahrzeug geschickt um die Schlaglöcher und bog in eine Allee ab. Der lose Kies ächzte unter dem Gewicht des Autos und es rumpelte ordentlich in den Radkästen.

Am Ende der Allee lag der weiße Gutshof, den ich von meinen Recherchen kannte.

Mein Herz klopfte schneller.

Die Gebäude waren um einen Platz mit hellem Kies angeordnet, in dessen Mitte eine riesige Buche thronte. Ihre Blätter leuchteten satt grün und wiegten sich in der sanften Meeresbrise. Das Reetdach und die blau lackierten Sprossenfenster hätten einem Postkartenmotiv entsprungen sein können.

Ich hielt mir die Hand vor den Mund, denn meine Kinnlade war bei diesem Anblick nach unten geklappt und ich wollte nicht aussehen wie ein Fisch, der an Land nach Luft schnappt.

»Du kannst jetzt wieder atmen«, erinnerte mich mein Fahrer mit einem belustigten Unterton in der Stimme.

»Es ist … wunderschön«, stammelte ich und schnappte mir meine Tasche aus dem Fußraum.

»Ja. Und es ist alles voller Kies. Das heißt, ich muss dir deinen Wackersteinkoffer bis zum Kuhstall tragen.«

»Kuhstall?« Ich versuchte, in seinen Augen zu lesen, ob er mich verarschte.

»Ja. Das Gebäude da hinten. Der Kuhstall halt.«

Er zeigte auf ein Nebengebäude, das ebenfalls ein Reetdach und blaue Sprossenfenster hatte, und ich grübelte darüber nach, ob das ein blöder Scherz war oder ob er mich tatsächlich gerne neben dem Vieh schlafen lassen würde.

Im nächsten Moment lachte er. »Du solltest dein Gesicht sehen. Siehst du immer so aus, wenn du angestrengt nachdenkst?« Er öffnete die Fahrertür und stieg aus dem Wagen. Seine Schritte knarzten auf dem Kies.

»Nein, so sehe ich aus, wenn ich mich frage, ob ich mit Rindern in eine WG ziehen soll. Ich befürchte, die halten sich nicht an den Putzplan«, antwortete ich und schwang mich vom Beifahrersitz.

»Das war halt mal einer. Also ein Kuhstall. Früher«, nuschelte er hinter der geöffneten Kofferraumklappe.

Ich schloss die Autotür und fuhr mit den Turnschuhen über die hellgrauen Kieselsteine. Es roch nach Rosen und gemähtem Gras, aber da war noch etwas in der Luft: süßsalzig und frisch. Das musste die Ostsee sein, die direkt an das Anwesen grenzte. Zumindest hatte es auf der Onlinekarte so gewirkt.

Ich konnte es kaum erwarten, alles zu erkunden, ging auf die mächtige Buche zu und legte eine Hand an ihren Stamm. Wie alt sie wohl sein mochte?

»Soll ich dir jetzt deine Wohnung zeigen, oder möchtest du den Baum noch umarmen?« Tim-Ove schnaufte, denn er schleppte schon meinen Koffer Richtung Kuhstall.

»Ein wenig mehr Respekt. Dieser Baum ist älter als wir beide zusammen.« Ich folgte ihm gemächlich und drehte mich im Kreis, um diesen wundervollen Fleck Erde in mich aufzusaugen. Dabei übersah ich einen Findling und stolperte rückwärts über den kniehohen Stein. Ich ruderte mit den Armen, konnte mich aber nicht mehr abfangen.

Mein Steiß schmerzte und es fühlte sich so an, als würde mir ein spitzer Kieselstein in der linken Pobacke stecken. Neben mir gackerte eine Henne laut auf. Ich hatte sie anscheinend beim Picken gestört. »Sorry, Huhn«, stammelte ich.

Vom Kuhstall her hörte ich schallendes Gelächter. Umständlich stützte ich mich am Findling ab und richtete mich wieder auf. Ich klopfte mir den Staub von der Jeans. Mein Hintern tat bei jedem Schritt weh, doch ich lächelte und nickte dem mächtigen Baum noch einmal zum Abschied zu.

Zügig schloss ich zu Tim-Ove auf, der immer noch gluckste.

»Schön, dass ich zu deiner Erheiterung beitragen konnte.« Ich baute mich vor ihm auf und reckte mein Kinn nach vorn.

»Ja, danke. Dafür hat sich das Rumgeeier nach Eckernförde gelohnt. Hast du noch mehr solcher Einlagen drauf?« Er öffnete eine hutzelige, blaue Tür mit quadratischen Fenstern im oberen Bereich.

Ich schnaubte genervt und schob mich an ihm vorbei.

»Pass auf deinen Kopf auf!«, rief er, fasste meinen Pulliärmel und riss mich zurück.

Ich spürte den Hauch von kaltem Putz an meiner Stirn, aber der Schmerz blieb aus.

»Das war knapp.« Er ließ mich los und wischte sich mit dem Unterarm über die Stirn.

»Danke«, sagte ich leise und gewährte ihm den Vortritt.

Er drehte einen schwarzen Lichtschalter und eine Glühbirne erhellte den Flur. Durch die winzigen Fenster strahlte die Sonne und kleine Staubkörner wirbelten in ihrem Licht durcheinander.

Im Flur standen eine Holzbank und ein wuchtiger Buffetschrank. An der Wand waren gusseiserne Garderobenhaken angebracht.

Mit einem krachenden Geräusch rumste mein Koffer auf den gesprenkelten Terrazzoboden. »Ab hier kommst du klar, oder?« Tim-Ove entriegelte den ausziehbaren Griff meines Gepäckstücks und fuhr sich durch die Haare.

»Ah ja. Wo … ist mein Zimmer?« Auf einmal war ich unsicher. Das hier würde in den kommenden Monaten mein Zuhause sein und vielleicht auch für eine längere Zeit. Alles war neu und ich kannte mich nicht aus. Was sollte ich beachten? Wo war die Küche? Mein Magen meldete sich geräuschvoll.

»Vielleicht zeige ich dir erst mal die Küche, bevor du verhungerst.« Er zog einen Mundwinkel hoch und deutete auf meinen lärmenden Bauch. Machte er sich wieder über mich lustig?

Ich folgte ihm geradeaus.

Die Küche war mit restaurierten Möbeln aus massivem Holz eingerichtet. In der Mitte stand ein runder Tisch mit einer rot-weiß karierten Tischdecke und einer Vase frischer

Wiesenblumen. Die Sonne schien durch die geöffneten Fenster und wärmte den Steinboden.

»Der Kühlschrank ist da hinten.« Tim-Ove zeigte in die rechte Ecke des Zimmers. »Den habe ich dir gefüllt. Ich wusste nicht, was du essen magst. Brot, Käse, Eier, Butter, Gurke und Tomaten sind drin. Morgen können wir nach Ecktown zum Supermarkt fahren. Dein Zimmer ist hinter einer der Türen, die von der Diele abgehen. Wenn du im Bad stehst, bist du verkehrt.« Er lachte auf und eilte aus der Küche.

Im nächsten Moment hörte ich die Haustür scheppern.

»Aber … wo?«, rief ich ihm hinterher. Aber er sagte mir nicht mehr, wo ich ihn finden konnte, wann wir Einkaufen fahren würden und wo und wann ich seine Tante Ingeborg treffen sollte, um meinen Job im Detail zu besprechen.

Ich stellte meine Tasche auf einen der drei Stühle und räumte die Lebensmittel aus dem Kühlschrank auf den Tisch. Teller fand ich schnell. Sie standen im Buffet. Aber wo war das Besteck? Und ein Schneidebrett für das Gemüse wäre auch gut.

Ich öffnete alle möglichen Schränke und Schubladen, bis ich den Tisch hübsch eingedeckt hatte. Aus dem Hahn zapfte ich mir Wasser in einen mit Blumen verzierten Krug.

Keine Schokolade. Es gab keine Schokolade und Kaffee hatte ich auch nicht gefunden. Hoffentlich würde meine Aufregung am kommenden Tag für einen wachen Geist sorgen. Ohne zwei Tassen Kaffee war ich morgens im Zombie-Modus. Wie sollte das gehen?!

Ich biss in mein Käse-Tomaten-Brot und stellte mir einen Stuhl in die Sonne, die durchs Fenster schien. Gierig verschlang ich die erste Scheibe. Besser.

Ich dachte an Tim-Ove.

Irgendwie hatte ich mir eine herzlichere Begrüßung an meinem neuen Lebensmittelpunkt gewünscht. Aber was hatte ich bekommen? Einen Typen, der mir die ganze Zeit das Gefühl gab, ein kleines dummes Mädchen zu sein.

Eine Strähne fiel mir vor die Augen und ich klemmte sie zurück hinters Ohr. Ach, ich wusste auch nicht, was ich erwartet hatte. Jedenfalls würde ich mir von dem Kerl nicht meine Freude über den neuen Job nehmen lassen.

Ich rieb mir den schmerzenden Hintern. Meine Wangen erhitzten vor Scham. Wie peinlich! Erst legte ich mich vor seinen Augen lang und dann hatte er mich auch noch vor einer Riesenbeule bewahrt. Ich massierte mir die Schläfen, wischte diese beklemmenden Gedanken beiseite und raffte mich auf, um meine neue Unterkunft zu begutachten.

Ich öffnete eine der zwei Türen im Flur und betrat ein Zimmer, das von Licht durchflutet wurde. Es hatte zwei große gläserne Flügeltüren nach draußen, die vermutlich nachträglich in das alte Gebäude eingebaut worden waren. Am hinteren Ende thronte eine Vitrine mit Büchern. Davor standen zwei Ohrensessel. Ich betrachtete die Buchrücken im Schrank durch das Vitrinenglas, und mein Lächeln spiegelte sich in der Scheibe.

»Euch schaue ich mir noch in Ruhe an. Versprochen«, sagte ich zu den Büchern.

Ich wandte mich ab und strich mit der flachen Hand über das seidige Polster eines hellblauen Sessels. Aber wo sollte ich schlafen? Ich konnte ja schlecht die Nacht auf zwei zusammengeschobenen Ohrensesseln verbringen.

Gegenüber von der Flügeltür entdeckte ich einen hellen Vorhang aus schwerem gewebtem Stoff. Ich öffnete ihn mit einem Ruck und kreischte auf.

Wie cool war das denn?!

Ein Alkoven! Ein Bett eingemauert in die Wand. Mit Vorhang! Ich kickte meine Schuhe auf den Boden, zerrte die Socken von den Füßen und warf mich drauf.

Es war länger und breiter, als ich erwartet hatte. Das Kissen duftete nach Rose und Lavendel. Die rankende Blumenmalerei an der Decke war verblichen.

Ich setzte mich auf und prüfte die Entfernung zwischen meinem Kopf und dem Gemäuer. Behutsam schloss ich den Vorhang und öffnete ihn wieder, um ihn dann mit der dafür vorgesehenen Kordel an der Seite zu fixieren. Ich stieß mich vom Bett ab und stand auf, noch einmal darauf bedacht, mir an der oberen Holzkante nicht den Kopf zu stoßen.

Mit einem Kribbeln im Bauch öffnete ich die Fenster und trat barfuß auf eine runde Terrasse. Die kühlen, unregelmäßigen Pflastersteine drückten sich in meine Fußsohle. Zwischen den Rosensträuchern und kleineren Stauden erkannte ich am Horizont die Ostsee.

Wie herrlich war dieser Ausblick!

Ein Pfad führte entlang der Beete um die großen Büsche herum und ich folgte ihm.

»Autsch!« Zischend sog ich die Luft ein. Barfuß über Kies zu gehen, war nicht die beste Idee, aber ich war zu neugierig, was ich am anderen Ende des Pfades finden würde.

Behutsam setzte ich einen Fuß vor den anderen und bemühte mich, die Steinplatten zu treffen, die zwischen den Kieseln platziert waren.

Ich fühlte mich wie Alice im Wunderland und betrachtete die großen und kleinen Wunder in diesem Garten.

Eine Ameisenstraße bahnte sich ihren Weg vor meinen nackten Zehen und ich stieg behutsam über sie drüber, um die geschäftige Arbeit der winzigen Tiere nicht zu stören.

Der Pfad schlängelte sich an gepflegten Büschen und Grünflächen vorbei. Ich sah auf und stand nur wenige Meter vor einer geöffneten Flügeltür entfernt.

»Jo, Alter. Wie geht's? Alles fit?«

Ich hielt die Luft an. Auf der Terrasse saß Tim-Ove in der Sonne und telefonierte. Er trug nur seine Boxershorts und ich betete, dass er mich nicht gesehen hatte.

Flink sprang ich zur Seite, stieß mir den Fuß an einer der Steinplatten an und biss mir auf die Zunge, um nicht laut zu fluchen. Der Typ sollte nicht denken, dass ich ihn stalkte.

Durch die Zweige eines Rosenbuschs beobachtete ich seine Terrasse. Er ging auf und ab. Es war fast so, als würde er sich auf einem Laufsteg präsentieren. Hinter der Rose fühlte ich mich sicher, trotzdem klopfte mein Herz schneller. Seine Bauchmuskeln waren gut trainiert und seine Arme ebenso. Leider waren die Boxershorts so weit geschnitten, dass ich die Konturen seines Hinterns nur erahnen konnte.

Er strubbelte sich durch die Locken und drehte sich in meine Richtung. Ich hielt die Luft an. Er wandte sich wieder dem Haus zu und murmelte etwas in sein Telefon.

Vorsichtig atmete ich aus und schlich auf Zehenspitzen nach hinten, um mich unbemerkt zurückzuziehen.

Doch dann klingelte mein Handy.

Kapitel 5

NACHTWANDERUNG

Das Klingeln meines Smartphones war mir noch nie so schrill vorgekommen. Ohne zurückzublicken, rannte ich los, fummelte gleichzeitig das Telefon aus meiner Hosentasche und nahm den Anruf an.

»Mama!«, keuchte ich, erreichte meine Terrasse und ließ mich auf einen verschnörkelten Metallstuhl fallen.

»Kindchen! Mari! Wie geht es dir? Bist du gut angekommen? Wie kalt ist es da oben im Norden? Hast du an deine Jacke ge–?«

»Alles prima!«, unterbrach ich sie, ansonsten hätte sie sich noch nach meinem Stuhlgang erkundigt.

»Wirklich? Du klingst so … gehetzt. Ich kann jederzeit zu dir kommen, wenn etwas ist. Ich setze mich sofort in den Zug.« Es polterte im Hintergrund.

»Mama, holst du gerade deinen Koffer aus dem Abstellraum?« Das konnte doch nicht wahr sein.

»Nein, nein«, wiegelte sie ab, »keine Sorge. Ich, ähm, packe nur die Einkäufe aus und wollte unbedingt, dass du weißt, dass ich immer für dich da bin.«

»Danke, Mama.« Ich nahm das Handy vom Ohr und massierte mir die Schläfe. »Alles ist ganz wundervoll hier. Kein Grund zur Sorge. Stell dir vor, ich sehe sogar das Meer von meiner Terrasse aus! Es ist ein Traum. Und hier gibt es sogar Hühner. Ich schicke dir gleich ein paar Fotos rüber, okay? Liebe Grüße an Papa, aber ich muss jetzt aufhören. Ich melde mich bald wieder.«

Ohne ihre Antwort abzuwarten, beendete ich das Gespräch, legte das Handy auf den Tisch und sank im Gartenstuhl nach hinten. Ich kam hier super klar, also zumindest hatte ich bis zu diesem Moment das Gefühl, da brauchte sich Mama wirklich keine Sorgen zu machen. Das machte mich nur verrückt.

Mein angeschlagener Fuß pochte, als würde er mich daran erinnern wollen, dass ich möglicherweise an der ein oder anderen Stelle doch etwas unvorsichtig handelte.

Das Meer glitzerte herrlich einladend am Horizont und nach der Hitze des Reisetages wollte ich unbedingt ans Wasser. Mein Bauch kribbelte bei diesem Gedanken und ich eilte in meine neue Wohnung und kramte in meinem Koffer.

Mit Bikini, Sommerkleid und Strandtasche bahnte ich mir einen Weg über das Anwesen zum Meer. Nach der schmerzhaften Erfahrung meiner ersten Erkundung hatte ich mir Flipflops angezogen.

Ich stieg über die Ameisenstraße, umging die Terrasse von Tim-Ove im großen Bogen und folgte einem Trampelpfad über die Wiese in Richtung Bucht.

Unter dem wuchernden Grünzeug erahnte ich den Weg.

Meine Wade kribbelte höllisch.

Brennnesseln. Auch das noch.

Ich schlug mit der Strandtasche auf das Gestrüpp ein, aber es war zu spät. Meine Beine brannten wie Feuer.

In München waren die Wege zur Isar hinunter nicht so gemeingefährlich. Was machte ich hier im Norden? München war doch auch schön.

Ich biss die Zähne zusammen und richtete den Blick nach vorne. Das Meer schimmerte zwischen den Bäumen vor mir hindurch und in diesem Moment wusste ich, warum ich hier war. Die klare Luft flutete meine Lungen und der tiefblaue Himmel lag wie ein gespanntes Tuch über mir. Ein paar Möwen kreisten über der Bucht.

Einfach herrlich! Ich drehte mich im Kreis wie ein kleines Kind und die Welt um mich herum verschwamm in einem Mix aus Grün und Tiefblau.

Ich lachte auf. Nur so für mich und kam zum Stehen. Schwankend setzte ich einen Fuß vor den anderen. Hochgewachsene Grashalme kitzelten an meinen Zehen.

Der Pfad endete abrupt vor einem bewachsenen Wall.

Wie kam ich zum Meer? Ich biss mir auf die Unterlippe. Der Kindergartenspruch »Da können wir nicht drüber, da können wir nicht drunter, da müssen wir mittendurch« hallte in meinem Kopf wider und ich suchte Halt an einem herabhängenden Ast. Wuchernde Baumwurzeln nutzte ich als Stufen.

Ich schaffte es nach oben und wischte mir den Schweiß von der Stirn. Eine kühle Brise pustete durch mein Sommerkleid und ich legte die Handkante schützend über die Augen. Die Sonne leuchtete tiefstehend vom Himmel und das Wasser glitzerte wie tausend Diamanten. Ungelenk drehte ich mich um und krabbelte rückwärts die zwei Meter hohe Anhöhe hinunter zu einem Spurweg.

»So über'n Knick zu klettern, habe ich auch gerne gemacht.« Ein Typ stand mitten auf dem Weg und musterte mich von oben bis unten.

Ich zupfte an meinem Kleid und strich mir etwas Dreck vom Saum.

»Mit zwölf«, fügte er hinzu. Er lachte und seine Augenbrauen wackelten dabei. Er war ungefähr so groß wie ich und ich schätzte ihn ein paar Jahre älter, so um die dreißig.

Ich öffnete den Mund, schloss ihn wieder und wünschte mir mehr Schlagfertigkeit. Immerhin hatte ich die Brennnessel-Wall-Tortur überlebt.

»Do you speak English? Taler du dansk?« Er legte den Kopf schief.

»Äh, *yes*. Nein, ja. Also ich spreche fließend Deutsch«, stammelte ich, »und wollte zum Strand.«

»Und da hast du dir gedacht: Nehme ich doch mal den Pfad durch den Knick. Der Strandweg ist was für Weichpupen.« Er zeigte auf den Wall hinter mir und auf eine Einmündung fünfzig Meter weiter.

»Ja, nein. Ach was. Egal. Ich bin heute erst angekommen.«

»Touri? Bei den Larssens?« Er reckte sein Kinn in Richtung des Anwesens. »Die vermieten doch gar nicht.«

»Nee. Ich arbeite dort. Ab morgen«, ich klopfte auf meine Strandtasche, »und wollte mir heute noch den Strand anschauen.«

»Na dann komm mal mit.« Er drehte sich um und schlenderte zum Strandzugang.

Ich platschte mit meinen Flipflops neben ihm her.

»Ich bin übrigens Sönke«, sagte er, ohne mich anzugucken. Die Sonne schien über seine Kurzhaarfrisur und die dunkelblonden Haare sahen aus wie eine beleuchtete Krone.

Ich streckte die Hand aus. »Ich bin Mari.«

Sönke nickte mir zu und ich strich über die Falten meines Kleides.

Das waren schon komische Kerle hier im Norden. In München wäre mindestens ein Handschlag angebracht, wenn man sich vorstellte. War man im ähnlichen Alter und in der Freizeit unterwegs, wäre zumindest ein Bussi links und rechts auf die Wange Standard.

Mir wurde klar, dass ich hier damit nicht punkten konnte.

Wir betraten den Strand, ich schüttelte meine Latschen von den Füßen und kickte sie an den Rand des Laufwegs, wo noch ein paar andere Schuhe standen. Der feine Sand kitzelte an den Zehen und ich genoss die Wärme an den Fußsohlen. Die Sonne hatte heute ganze Arbeit geleistet.

»Also. Das ist der Strand. Dort hinten kann man am Wochenende SUP-Boards mieten. Und da hinten links übers Wasser ist Eckernförde, geradeaus Hemmelmark, da drüben irgendwo Waabs«, er fuchtelte vor meinem Sichtfeld herum, »und wir sind hier. Also auf der südöstlichen Seite der Bucht. Dort, wo die Sonne am längsten auf den Strand ballert.«

»Ah.« Ich blinzelte. Eckernförde hatte ich mir gemerkt. War ja auch nicht schwer. Immerhin war ich dort angekommen.

Ich erkannte einen Kirchturm in der Ferne. Irgendwo dort wohnte Anni. Ich musste mich unbedingt mit ihr treffen. Wie lange hatten wir uns schon nicht mehr gesehen? Ich war in der neunten Klasse gewesen, als meine Eltern mir eröffnet hatten, dass wir von Berlin nach München ziehen würden.

Was war ich sauer gewesen. Und Anni auch. Wir hatten sogar überlegt, abzuhauen. Aber dafür hatte Anni zu viele Sorgen um ihre Schulnoten und ich zu viel Schiss vor dem

Abenteuer. Daher fügten wir uns unserem Schicksal. Was blieb uns auch anderes übrig.

Von da an hatten wir uns nur ein oder zwei Mal pro Jahr gesehen. Und seitdem sie in Eckernförde wohnte, waren auch diese Treffen ausgefallen.

»Ich muss weiter. Man sieht sich.« Sönke hob die Hand und stapfte in die Richtung, in der nicht Eckernförde lag.

»Warte!«, rief ich ihm hinterher.

Er stoppte, kam zu mir zurück und zog die Augenbrauen nach oben.

»Wie komme ich wieder zum Anwesen der Larssens – also – ohne zu klettern?« Und ohne in Brennnesseln zu stapfen.

»Einfach dem Strandweg folgen. Dann kannst du den Hof nicht verfehlen. Du läufst im Prinzip direkt drauf zu.« Er deutete auf einen Weg in vielen Metern Entfernung und ich kniff konzentriert die Augen zusammen.

»Okay. Danke.« Ich schob mir eine Strähne hinters Ohr. Die Beschreibung hörte sich einfach an. Das sollte ich finden.

»Jo. Bis die Tage.« Er grinste schief, drehte sich um und setzte seinen ursprünglichen Weg fort.

Ich drehte mich um. Der Strand war ungefähr hundert Meter lang und gesäumt von großen Steinen und einer abgerissenen Steilküste. Es waren außer mir nur noch ein Pärchen und eine Familie mit Kindern da.

Prompt warf ich meine Tasche in den Sand und lief zum Meer. Ich streckte die Zehen aus und testete die Temperatur. Ich seufzte. Perfekt. Ich wagte mich einen Schritt vor. Das Wasser umspielte meine Knöchel und die erfrischende Kühle wurde von den Füßen durch meinen Körper geleitet. Ich beugte mich vor, schöpfte mit der hohlen Hand etwas Wasser und ließ es über meine immer noch brennenden

Waden fließen. Ein zweites Mal formte ich mit den Fingern ein Gefäß und tauchte sie ein.

Etwas sehr Glitschiges streifte sie.

Ich kreischte auf. Einen halben Meter vor mir schwamm eine durchsichtige Qualle. Ich sprang zurück ans Ufer und achtete penibel darauf, dass keine Welle meine Füße berührte. Klar, ich war super gerne am Meer. Die Luft, der warme Sandstrand und die Atmosphäre … Herrlich!

Aber ich sollte es vom Strand aus genießen. Die besorgte Stimme meiner Mutter ertönte in meinem Kopf: »Mari, sei vorsichtig! Das Meer ist zum Angucken da. Nicht zum Baden.«

Ach, Mama. Selbst wenn sie nicht bei mir war, passte sie auf mich auf. Ich atmete tief ein, kehrte zu meiner Tasche zurück, breitete mein Handtuch aus und setzte mich.

Für eine Weile betrachtete ich die winzigen Wellen, die ungleichmäßig, aber doch einem gewissen Plan folgend an den Strand schwappten. Ich gähnte. Mein Kiefer knackte und ich hielt mir die Wange. Der Tag war ganz schön anstrengend gewesen. Wie spät mochte es sein?

Ich drehte mein linkes Handgelenk. Mist. Meine Uhr war vor einigen Monaten kaputtgegangen und lag in München in der Nachttischschublade. Ich hatte sie nie reparieren lassen.

Mein Handy lag in meiner Wohnung, denn ich hatte keine Lust auf weitere besorgte Anrufe von Mama. Dieser Moment sollte nur für mich sein.

Ich rechnete grob nach. Wie war das noch mit dem Sonnenstand? Als ob ich daraus etwas ablesen könnte. Vielleicht war es halb acht?

Ich formte aus meiner Tasche ein Kopfkissen und legte mich hin. Nur für wenige Sekunden schloss ich die Augen.

Dachte ich.

»Mari? – Bayerntussi?«

Ich schreckte hoch. Meine Beine brannten von den Brennnesseln und ich zitterte am ganzen Körper. Die Sonne war untergegangen und ein letzter violetter Streifen erstreckte sich über den Horizont. Ich setzte mich auf und schlang die Hände um die Beine. Scheiße, war das kalt.

»Marina Schwarz! Bist du hier irgendwo? Verdammte Axt!«

Ich erkannte die Stimme von Tim-Ove.

»Hier.« Krächzte ich und streckte meine steifgefrorenen Arme und Beine. Mühsam stand ich auf und schüttelte mein Handtuch aus.

Eine dunkle Gestalt, die Tim-Ove sein musste, kam auf mich zu. »Meine Fresse.« Er spuckte mir die Worte quasi ins Gesicht. »Was zum Geier machst du hier? Hast du keine Uhr? Tante Ingeborg hat mich losgeschickt. Sie wollte dich begrüßen und du warst nicht da!« Mit seinem Finger pikste er in der Luft herum. »Und als du bis 22 Uhr nicht zurückgekommen bist, hat sie mich so lange genervt, bis ich nicht mehr Nein sagen konnte. Ich lag schon saugemütlich auf dem Sofa, ey.« Er streckte seine Arme aus wie ein Fußballspieler, der dem Schiri erklärte, dass er gefoult worden war.

»Ent…schuldigung.« Schnell stopfte ich das Strandtuch in die Tasche und schulterte sie. »Ich bin wohl … eingeschlafen.«

Er brummte irgendetwas, aber ich konnte es nicht verstehen.

»Kommst du jetzt oder willst du in dem dünnen Fummel am Strand erfrieren? Wir sind hier in Norddeutschland, nicht auf Malle!«

»Ist ja gut. Ich komme«, sagte ich freundlicher, als er es verdient hatte.

Einerseits war ich genervt von seiner schroffen Anrede, auf der anderen Seite war ich wirklich froh, den Weg nicht alleine im Dunklen gehen zu müssen.

Er ging zügig voran und ich eilte hinter ihm her.

»Meine Schuhe!«, rief ich außer Atem am Strandaufgang und stocherte mit den Füßen im Sand herum. »Hast du ein Handy dabei? Kannst du mir mal leuchten?«

Ich hörte ihn Luft auspusten und war mir sicher, dass er die Augen verdrehte. »Ja. Hab ich.« Kurze Zeit später glitt ein Lichtkegel über die Düne und ich erspähte meine Flipflops zwei Meter weiter hinten.

»Und du hättest auch dein Handy mitnehmen sollen. Dann wäre Tante Ingeborg nicht in Panik geraten und ich hätte mir keine Hose anziehen müssen.«

Mein Blick wanderte an seinem Schatten entlang. »Tut mir leid«, sagte ich leise, schlüpfte in meine Latschen und folgte dem Lichtkegel, mit dem er den Weg beleuchtete.

»Und spionier nicht an meinem Fenster herum. Hier gibt's zwar nicht viele Kerle, aber du musst mich ja nicht gleich in Unterwäsche begaffen.«

Was war ich dankbar, dass es stockfinster war. Vermutlich leuchtete meine Birne rot wie Erdbeermarmelade.

»Hm. Sorry. Das … ich … wollte nur gucken –«

»Ja, ja – das sagen sie alle. Sie wollten nur gucken.« Er lachte amüsiert.

Was dachte sich der Typ? Sooo gut sah er nun auch wieder nicht aus. Naja, also er war ganz gut trainiert, hatte makellose sonnengebräunte Haut und …

»Hallo? Noch da?« Er blieb stehen und ich prallte gegen seinen Oberkörper. Sein T-Shirt roch nach Waschmittel und einem frisch-herben Eau de Toilette. Flink trat ich einen Schritt zurück und taumelte kurz.

Er packte meinen Arm. »Nicht wieder umfallen. Einmal täglich reicht zu meiner Belustigung. Und Tante Ingeborg würde mir nicht verzeihen, wenn du morgen nicht einsatzfähig bist.«

Ich straffte meine Schultern und er löste den Griff. Ich fröstelte. »Keine Angst. Ich werde morgen fit sein. Bring mich einfach nach Hause.« Ich wollte ihn darauf hinweisen, dass er ruhig etwas freundlicher sein konnte, aber womöglich ließ er mich dann hier in der stockfinsteren Pampa stehen.

»Autsch!« Ich stieß mir die Zehen an. Diese Wege waren voller kleiner und großer Steine und das passte so gar nicht mit meinen Flipflops zusammen.

»Alles gut?« Nun wirkte seine Stimme besorgt. »Komm, halt dich besser fest.« Er streckte mir den Arm hin. »Ich habe weder Lust, dich zu verarzten, noch nach Eckernförde in die Klinik zu fahren.«

»Wie nett. Aber ich schaffe das schon.« Auf keinen Fall wollte ich mich bei ihm einhaken. Ein weiterer Schmerz durchzog meinen Zeh. Ich biss mir auf die Lippen und unterdrückte das Fluchen. Verdammter Schotterweg!

Mein Puls raste und ich keuchte. Das Tempo, das er vorgab, war für meine Schuhe und die Sichtverhältnisse ungeeignet. Machte er das, um mich zu ärgern, oder wollte er nur schnell wieder auf sein Sofa?

»So. Da wären wir.« Bereits das zweite Mal heute präsentierte er mir meine Haustür.

Die Außenbeleuchtung war eingeschaltet und ein schwacher Lichtstrahl beschien sein Gesicht. Seine dunklen Locken hingen ihm über die dichten Augenbrauen. Sein Kinn hatte ein Grübchen in der Mitte und er hatte sich ein paar Tage nicht rasiert. Seine Iriden wirkten pechschwarz im funzeligen Licht.

»Danke«, sagte ich und lächelte matt, »dafür, dass du dir eine Hose angezogen hast.«

Einer seiner Mundwinkel zuckte nach oben. »Da nicht für.« Abrupt drehte er sich um und ich hörte seine Schritte in der Dunkelheit. Kurz darauf verstummte das Geräusch. »Morgen 9 Uhr geht's los bei Tante Ingeborg. Drüben im Haupthaus. Findest du schon!«, rief er mir noch zu.

»Ähm. Ja. Finde ich schon«, antwortete ich und öffnete die Tür.

Im allerletzten Moment duckte ich mich.

Kapitel 6

INGEBORG LARSSEN

Tief und fest hatte ich die erste Nacht in meinem Alkoven geschlafen und war bereit für meinen ersten Arbeitstag.

Mit ein paar schnellen Bewegungen strich ich meinen marineblauen Bleistiftrock gerade. Der Spiegel war etwas stumpf und das Licht schummrig, trotzdem erkannte ich, dass mein Pony schräg über der Stirn lag, so wie ich es mochte. Ich lächelte mich an.

»Eine neue Chance für mein neues Ich!« Ich reckte meinem Spiegelbild die Daumen entgegen und zwinkerte mir zu.

»Auf geht's, Mari!« Ich hängte mir die Handtasche um, straffte die Schultern und öffnete mit klopfendem Herzen die Haustür zum Hof.

Schräg gegenüber lag das Haupthaus. Zielstrebig ging ich darauf zu. Der Kies knarzte unter meinen Füßen. Ich tätschelte die fein gemaserte Rinde der Buche in der Mitte des Platzes. Einige braune Hühner pickten neben dem Baum im Gras und gurrten leise vor sich hin.

Mit jedem Schritt, den ich auf die massive Tür mit den vielen Fenstern rundherum zumarschierte, pochte mein Herzschlag lauter in meinen Ohren.

»Ich schaffe das, ich schaffe das, ich schaffe das«, machte ich mir Mut.

»Es sind nur noch wenige Meter bis zur Tür. Das solltest selbst du schaffen, ohne hinzufallen.«

Nein! Auf einer Bank in der Sonne saß Tim-Ove mit einem Becher Kaffee.

Warum hatte ich ihn nicht vorher entdeckt?!

»Ich bin nicht so hilflos, wie ich aussehe«, stammelte ich und erinnerte mich daran, dass ich diesen Neuanfang nutzen wollte, um auf eigenen Beinen zu stehen, selbstbewusst und mutig.

Nun gut, ein Verwaltungsjob bei einer alten Dame ist vielleicht landläufig nicht als Mutprobe klassifiziert … aber was soll's.

Tim-Ove sollte mich auf jeden Fall nicht so aus der Ruhe bringen. Trotzdem traf mich seine Bemerkung. Ich holte Luft und konterte: »Lungerst du hier rum, um mich von der Arbeit abzuhalten oder um *dich* von der Arbeit abzuhalten? Du hast doch einen Job?« Ich schluckte. War das ein Fettnäpfchen? »Oder?«, fügte ich zaghafter hinzu. Meine Schultern klappten nach vorne.

Er prostete mir mit seinem geblümten Kaffeebecher zu und sagte nichts. Weder in seinen dunklen Augen noch an seinem Mund konnte ich ablesen, ob ich ins Schwarze getroffen hatte. Er war komplett verschlossen.

Na, dann eben nicht.

Ich richtete mich bewusst auf. Mit zielstrebigen Schritten erklomm ich die drei Stufen zur Tür des Haupthauses, streckte den Arm aus und presste den Zeigefinger auf die Klingel. Der helle Ton der Glocke hallte von innen nach und ich hörte Schritte. Nun gab es kein Zurück mehr.

Durch das nach außen gewölbte Glas der Fenster erkannte ich schemenhaft, dass sich eine Person gemächlich näherte.

»Ich komme schon«, flötete eine Frauenstimme gedämpft aus dem Inneren des Hauses.

Die Klinke bewegte sich nach unten und die Tür öffnete sich.

»Frau Schwarz! Kommen Sie rin! Herzlich willkommen auf meinem Anwesen. Hatten Sie eine gute Reise? Ich habe Tim-Ove aufgetragen, dass er sich gut um Sie kümmern soll. Hat er das getan? Wenn nicht, sagen Sie mir bitte Bescheid.« Die Dame vor mir war deutlich kleiner als ich und musste um die siebzig Jahre alt sein. Ihr graues Haar war zu einem strengen Dutt im Nacken zusammengebunden und mittig auf ihrer Frisur thronte eine Lesebrille wie eine Miniaturkrone. Sie trug eine dunkelblaue Hose mit Bügelfalten und ein dazu passendes Jackett. Ihre Lippen waren etwas zu rot geschminkt. Sie lächelte mich an, was ihre Augen in einem Meer aus freundlichen Falten fast verschwinden ließ.

»Danke, danke, Frau Larssen. Ja, Tim-Ove war sehr zuvorkommend.«

Aus dem Augenwinkel sah ich, wie er sich die Hand an den Kopf klatschte. Wie gut, dass seine Großtante ihn nicht sehen konnte.

»Die Reise war angenehm und der Zug ausnahmsweise sogar pünktlich«, antwortete ich.

»Kommen Sie doch rein.« Die alte Dame winkte einladend mit den Händen und ich betrat den riesigen Flur, der mit einem gepflegten Holzfußboden und einem darüber liegenden geknüpften Läufer in gedeckten Rottönen Wärme und Geborgenheit ausstrahlte. »Sie können Ihre Jacke – ach. Ist ja Sommer, Sie tragen keine. Egal. Folgen Sie mir doch in die Stube.« Sie drehte sich zur gegenüberliegenden Tür um und schritt langsam, aber elegant voran und ich folgte ihr. »Da haben Sie Glück gehabt.« Sie sprach nicht in meine Richtung, aber ihre Stimme war kräftig, sodass ich alles verstehen konnte. »Wissen Sie, letztens hat die Steffens vom Nachbarhof nur von Hamburg nach Eckernförde fahren wollen und stand erst in Neumünster verloren am Bahnhof und dann war der Ersatzverkehr auch noch ausgefallen. Tim-Ove hat sie aus Rendsburg abgeholt. Ein Goldjunge!«

Ich biss mir auf die Zunge. Goldjunge war das Letzte, was mir bei Tim-Ove in den Sinn kam.

Der Duft von gebratenen Eiern lag in der Luft und mir lief das Wasser im Mund zusammen. Vielleicht hätte ich besser etwas frühstücken sollen, aber ich war so aufgeregt gewesen. Ich drückte mir die Hand in den Magen.

Ich bin cool, souverän, spontan!

Was für ein Mantra, das ich mir da einredete. Aber ich hatte erst letztens einen Artikel gelesen, wie positive Affirmationen wirkten. Quasi automatisch.

»Set di dol, min Deern.« Frau Larssen zeigte auf einen Stuhl an einem großen, ovalen Esstisch aus Eiche. »Ich hol nur noch schnell die Kanne Kaffee aus der Küche. Frau Karin hat ein paar Wochen frei. Da muss ich selbst an die Tür gehen und den Kaffee servieren.« Sie zuckte mit den Schultern.

»Soll ich Ihnen helfen?«, fragte ich.

»Nee, nee, min Deern.« Sie musterte mich. »Sie sind für den Papierkram da.« Sie winkte ab und eilte durch eine dunkelgrün und weiß lackierte Kassettentür, die vermutlich in die Küche führte, denn kurz nachdem Frau Larssen dort verschwunden war, klapperte Geschirr aus dieser Richtung.

Ich setzte mich auf den Stuhl aus massivem Holz, legte ein Bein über das andere und wippte mit dem Fuß.

Das Wohnzimmer hatte riesige Panoramafenster. Der Ausblick verschlug mir den Atem. Die sanften Wiesen strahlten satt grün und weiter hinten erstreckte sich das glitzernde Meer in den verschiedensten Blautönen. Hin und wieder blitzten weiße Segel auf und ein paar Möwen drehten ihre Kreise.

»Mit Milch und Zucker?« Plötzlich stand Frau Larssen hinter mir und wuchtete ein mit Kaffeekanne, Zuckerdose und Milchkännchen beladenes Tablett auf den Tisch.

»Ähm. Ja. Beides. Danke, aber ich kann mir auch selber …« Ich streckte den Arm nach einer Tasse aus, aber Frau Larssen schob ihn sanft beiseite.

»Schnickschnack! Ich werde in meinem eigenen Haus ja wohl noch Kaffee servieren können.« Etwas leiser fügte sie hinzu: »Zumindest an den Tagen, an denen Karin nicht da ist.«

Sie schenkte mir eine Tasse ein und platzierte sie vor mir auf einer ebenfalls geblümten Untertasse.

Nervös wischte ich über meinen Pony.

Frau Larssen goss sich selbst auch einen Kaffee ein und summte dabei. Sie sah genau so aus, wie bei unserem Vorstellungsgespräch, das erst eine Woche her war.

Und nun war ich hier. Das war vermutlich das Spontanste und Verrückteste, was ich je in meinem Leben gemacht hatte. Ich gab einen Schuss Milch in den Kaffee und rührte mit dem Löffel hektisch um.

Der panische Kritiker in meinem Kopf heckte Fluchtpläne aus und fragte mich, ob ich noch ganz sauber im Hirn war, diesen Wahnsinn mitzumachen. Und ich weiß nicht warum, aber er hatte die besorgte Stimme meiner Mutter.

Ich könnte jetzt auch in München in meinem Zimmer liegen, lesen und vom Arbeitslosengeld leben. Ich wischte den Gedanken weg. Auch wenn er verlockend war, wusste ich tief in mir drin, dass ich dadurch verkümmern würde. Ich wollte auf eigenen Beinen stehen.

Nun trank ich mit einer freundlichen alten Dame Kaffee aus Blümchenporzellan. Sollte ich den kleinen Finger abspreizen? Ich hatte davon gelesen, aber das war vermutlich antiquiert. Ich ließ mich von dem größten Quatsch verunsichern.

»Ach. Lecker.« Frau Larssen trank einen ordentlichen Schluck. Nein, sie spreizte den Finger nicht ab, sondern umklammerte die ganze Tasse mit ihrer Hand. »Büschen stark geworden, da rollen sich einem die Fußnägel auf. Aber immerhin ist man dann wach.« Sie lachte fröhlich, wobei ihr Oberkörper auf und ab wippte.

»Nun denn. Wenn wir uns mit dem Kaffee gestärkt haben, zeige ich Ihnen das Arbeitszimmer. Nicht erschrecken. Ist ein büschen chaotisch. Aber das bekommen Sie schon hin. Da steht auch ein Computer. Aber damit kenne ich mich nicht aus. Da müssen Sie sonst mal Tim-Ove fragen. Der hilft Ihnen bestimmt gerne.« Sie lächelte versonnen.

Dafür muss er sich wieder eine Hose anziehen.

Sein nackter, gut definierter Oberkörper erschien vor meinem inneren Auge und ich verschluckte mich. Hektisch stellte ich die Tasse ab, hielt mir beim Husten den Arm vor den Mund und hoffte, dass man mir meine Gedanken nicht an der Nasenspitze ablesen konnte.

»Ich bin hochmotiviert und möchte gleich loslegen mit der Arbeit.« Ich wollte mich vom Stuhl erheben. »Was liegt denn als Erstes an, wo kann ich Ihnen am schnellsten helfen?«

Frau Larssen legte ihre Hand bestimmend auf meine Schulter. »Nun mal nicht so schnell mit den jungen Pferden. Erst mal trinken wir Kaffee und gucken in die Ferne. Die Arbeit läuft uns schon nicht davon.«

Was für eine entspannte Einstellung. Ich lehnte mich im Stuhl zurück und bemühte mich, meine Aufregung loszuwerden. Durch die geöffnete Terrassentür strömte frische Sommerluft herein. Ein Gackern tönte durch den Raum.

„Na hoppala." Frau Larssen sprang auf. »Raus hier! Kschh!« Mit den Armen wedelnd scheuchte sie ein schimpfendes Huhn aus dem Wohnzimmer. »Das ist die frechste von allen. Am liebsten pickt sie was vom Kuchen.« Meine Chefin setzte sich wieder und rührte in ihrem Kaffee. »Die Eier nehme ich ja gerne. Aber aufmüpfig sind die Federtiere!« Sie fixierte die Wand hinter mir. »Ich backe gerne, wissen Sie. In den nächsten Tagen wird es Obstpudding-Nusstorte mit Kirschen geben. Der große Kirschbaum trägt schon so viel. Da muss ich mal ran.« Sie rückte sich ihren Dutt zurecht. »Haben Sie schon mal Kirschen entsteint?«

Ich schüttelte den Kopf. »Ist das kompliziert?«

»Nee. Ich hab da so'n Apparat. Wenn Sie Lust haben, können Sie mir gerne helfen.« Sie runzelte die Stirn. »Ach nee, ich will Sie ja nicht von Ihrer Arbeit abhalten. Sie sind ja fürs Büro da. Entschuldigen Sie bitte.« Sie sah auf ihren Schoß und strich sich eine Falte aus dem Rock.

»Das hört sich super an!«, sagte ich euphorisch. »Ich kann Ihnen auch mit den Hühnern helfen, wenn Sie mögen. Ich kenne mich nur nicht aus.«

Die Augen von Frau Larssen strahlten und ein warmes Gefühl breitete sich in meiner Brust aus.

Ich hatte es wirklich getan. Ich war aus München weggegangen. Weg von Mama und Papa, weg aus meinem alten Leben. Mitten aufs Land. Ich würde Hühner füttern! Das war so verrückt, dass meine innere Stimme keine Zweifel mehr fand.

Mein Herz schlug schneller und lächelnd trank ich meinen Kaffee mit Panoramablick auf das tiefblaue Meer.

Eine weiß lackierte Holzschiebetür trennte das Arbeitszimmer vom Flur. Sie quietschte fürchterlich und hakte. Frau Larssen warf sich mit ihrem ganzen Gewicht dagegen. »Uff. Verdammte Döör.« Sie rieb sich den Arm. »Lange macht meine Schulter das nicht mehr mit.«

»Keine Sorge, Frau Larssen. Ich werde mich um alles hier kümmern. Wenn Ihnen etwas einfällt, rufen Sie mir das einfach zu und ich versuche mein Bestes, um das Problem zu lösen.«

»Danke, min Deern.« Sie nahm meine Hand und drückte sie. »Aber der Tischler nimmt immer so viel. Ich werde Tim-Ove Bescheid sagen. Der soll da mal mit dem Schmieröl beigehen. Das wirkt Wunder.« Mit gerunzelter Stirn begutachtete sie die Aufhängung, ohne mich loszulassen. Dann wandte sie sich wieder mir zu. »Da hinten sind die Ordner zum Mietshaus, da vorne die zum Anwesen hier. Und in der Rollkartei finden Sie alle Telefonnummern. Wenn Sie Fragen haben, können Sie sich gerne an Tim-Ove wenden.

Oder an mich. Aber eigentlich hat der Junge das in den letzten Monaten alles erledigt.« Sie ließ mich los und presste sich die Hand aufs Herz. »Ein wirklich guter Junge.«

Unter großer Anstrengung verdrehte ich nicht die Augen und umrundete den massiven Schreibtisch in der Mitte des Raumes. Unter den zahlreichen Briefen und Papierstapeln entdeckte ich eine Tastatur und ein analoges Telefon. Immerhin hatte es keine Wählscheibe mehr.

»Na, dann lass ich Sie mal alleine.« Sie betrachtete das Chaos und faltete die Hände vor dem Bauch. »Ich koche uns was Schönes. Karin ist ja nicht da. Mögen Sie Mehlbüddel? Mit Kirschen?«

Mehl-was? Ich lächelte trotzdem dankbar. »Das klingt lecker. Danke.«

»Ausgezeichnet. Ich rufe Sie später zum Essen. So um zwölf rum.« Sie nickte mir zu und verschwand durch die halb geöffnete Schiebetür.

Ich strich mir übers Kleid und griff nach dem Handy in meiner Tasche. Halb zehn. Ich hängte mein Jackett über die Rückenlehne des Chefsessels aus Leder und setzte mich. Mein eigenes Büro. Ich legte meine Hände auf die Armlehnen und drehte mich mit dem Stuhl einmal im Kreis. Dann krempelte ich die Ärmel meiner Bluse hoch, zog einen Stapel Papiere zu mir und sortierte diesen. Rechnung, Mahnung, Mietvertrag, Protokoll der Eigentümerversammlung, Einladung zur Jahreshauptversammlung des Sparclubs, …

»Essen ist in fünf Minuten feddich!«, flötete Frau Larssen aus dem Flur. Ich war hinter einem wackeligen Turm aus Unterlagen versteckt.

»Danke. Ich komme gleich.« Nur noch die vier Zettel in meiner Hand wollte ich vor dem Essen schaffen, um nicht durcheinanderzukommen..

Konzentriert las ich die Rechnung der Gärtnerei. Gehörte die zu den Wohnungen in Schwedeneck oder zum Anwesen? Und war sie schon bezahlt? Der *Keine-Ahnung-wozu-das-gehört-und-wie-der-aktuelle-Stand-ist-*Stapel schwankte bedenklich, als ich das Schreiben oben drauflegte.

Nur noch drei, dann konnte ich guten Gewissens in die Mittagspause gehen.

Ich kaute auf einem Kugelschreiber.

»Wenn du bei der Arbeit immer so guckst, bleiben die Falten auf deiner Stirn.« Tim-Ove lehnte an der klemmenden Schiebetür und grinste schief.

»Was glaubst du, warum ich einen Pony trage.« Ha! Das mit der Schlagfertigkeit würde auch noch werden.

Er lachte und reckte gähnend die Arme nach oben, was seinen Bauch zwischen der hellen Jeans und dem dunklen T-Shirt hervorblitzen ließ.

Machte er das mit Absicht? Na ja, war eigentlich auch egal. Ich genoss die Aussicht einen Moment und wandte mich wieder meinen Unterlagen zu.

Ohne den Kopf zu heben, sagte ich: »Aber wenn du schon mal da bist, kannst du mir nach dem Essen noch mit den Unterlagen hier helfen.« Ich stand auf und legte den letzten Zettel auf den wackeligen Stapel. »Ich hätte da ein paar Fragen und deine Großtante meinte, ihr Goldjunge würde mir gerne behilflich sein.« Demonstrativ sah ich auf seine Beine. »Immerhin musst du dir dafür nicht extra eine Hose anziehen.«

Er wühlte durch seine halblangen Locken und zog die dichten Augenbrauen zusammen. »Sehr witzig, Frau Schwarz. Aber muss ja.« Er zwinkerte mir zu, stieß sich von der Tür ab und verschwand aus meinem Sichtfeld.

Ich streckte der Stelle, an der er eben gestanden hatte, die Zunge raus, und folgte ihm ins Esszimmer.

Es duftete nach Käsekuchen.

Frau Larssen stellte einen gelben, festen Pudding auf den Tisch und eine Schüssel mit dampfenden Kirschen.

»Lecker. Mehlbüddel.« Tim-Ove schnitt sich eine Scheibe ab und begoss diese mit einer ordentlichen Portion Kirschsauce.

»Mensch, Junge. Wo sind denn deine Manieren?« Die alte Dame sah ihn streng an.

Er zuckte zusammen und reichte mir seinen Teller im Tausch gegen meinen leeren. Er schaute seiner Portion sehnsüchtig hinterher und seine Großtante nickte zufrieden.

Ich verkniff mir ein Grinsen.

»Weißt du, min Deern, früher haben wir die Mehlbüddel in ein Tuch gewickelt und mit ordentlich Kasseler zusammen gekocht. Aber es gab immer Kirschen dazu. Und das aufgeschnittene Fleisch? Dat war auch lecker. Aber ohne isses fast noch besser.« Sie hielt die Hand auf und Tim-Ove gab ihr widerwillig den zweiten Teller.

Sein dezent verzerrter Gesichtsausdruck war zum Schießen und ich biss mir so fest auf die Zunge, dass es schmerzte.

»Das riecht köstlich. Vielen Dank, dass Sie gekocht haben.« Ich lächelte Frau Larssen an.

»Da nicht für, min Deern. Bedank dich bei den Hühnern für die Eier.« Sie kniff fröhlich die Augen zusammen und teilte ein Stück von ihrem Mehlbüddel ab. »'N Guten!«

Sofort schob sie sich den Löffel mit der Süßspeise in den Mund. Sie hatte nicht gewartet, bis Tim-Ove sich aufgefüllt hatte, und ich amüsierte mich sehr über die Empörung, die ich in seinem Gesicht ablesen konnte.

Frau Larssen erzählte von Menschen, die ich nicht kannte, und sprach über das Wetter. Es sollte sehr schön bleiben. »Nur abends mal 'n Schauer.«

Tim-Ove sagte nichts und füllte sich die dritte Portion auf.

Nach einer Scheibe war ich pappsatt und lehnte mich im Stuhl zurück. Von meinem Platz aus konnte ich bis aufs Meer hinausgucken. Ich unterdrückte ein Gähnen. »Du hilfst mir dann gleich nach dem Essen mit meinen Fragen?« Ich schaute Tim-Ove fest in die Augen.

Rasch wich er meinem Blick aus, guckte kurz rüber zu seiner Großtante und zurück zu mir. Er seufzte. »Ja. Muss ja.« Seinen Löffel legte er auf den ausgekratzten Teller, streckte sich seufzend aus und rückte seinen Stuhl nach hinten.

Ich beugte mich vor und stellte die Teller zusammen.

»Das brauchen Sie doch nicht zu machen. Tim-Ove, wärst du so freundlich?« Meine souveräne Chefin drückte mich in den Stuhl zurück. »Auf geht's, Junge.«

Mit zur Seite gedrehtem Kopf täuschte ich vor, zu husten, weil ich mein Lachen nicht mehr unterdrücken konnte, ohne ein Loch in meine Zunge zu beißen.

Karma, Tim-Obercool!

»Na, dann gehe ich mal wieder an die Arbeit. Komm doch gleich einfach nach, Tim-Ove?« Meine Stimme war zuckersüß und mit den gestapelten Tellern in der Hand warf der Goldjunge mir einen vernichtenden Blick zu.

»Aber gerne doch«, spielte er das Spielchen mit, formte mit seinen Lippen irgendetwas, das wie »*Fuck you*« aussah, und lächelte dann aufgesetzt in meine Richtung. Dabei war nicht nur das Grübchen auf seinem Kinn zu erkennen, sondern auch die über seinen Mundwinkeln.

Ich bedankte mich bei Frau Larssen für das leckere Essen, verließ die Stube, ging ins Arbeitszimmer und grinste selbstzufrieden. Im Sessel drehte ich mich mit dem Rücken zur Tür und prustete los. Ich hatte mich an meine Vorsätze gehalten. Tim-Ove sollte das Übungsexemplar für mein neues Ich sein.

Schlagfertig, selbstbewusst, locker.

So wie die Protagonistinnen in meinen Lieblingsbüchern. Mein Bauch kribbelte und ich gefiel mir in meiner neuen Rolle.

Ein schabendes Geräusch hallte durch den Raum. Ich gab meinem Drehstuhl Schwung und wirbelte herum. Tim-Ove hatte sich einen der Stühle, die vorm Schreibtisch standen, neben den Chefsessel gezogen und ich erwischte ihn mit meiner Fußspitze am Schienbein.

»Pass doch auf, ey!« Er lehnte sich vor und rieb sich das Bein.

»Sorry«, stammelte ich. So schnell wie mein Hochgefühl gekommen war, war es auch wieder verschwunden. »Das wollte ich nicht.«

»Das hoffe ich doch.« Er richtete sich auf und starrte mich an. Hitze schoss durch meinen Körper. Warum glotzte der Typ so?

Ich wischte mir die Haare aus dem Gesicht und presste die Arme an den Körper, um die möglichen Schweißflecken unter den Achseln zu verstecken.

»Ähm. Was … ja.« Ich wühlte in den aufgestapelten Papieren und fegte sie dabei vom Tisch. »Mist!« Schnell beugte ich mich vor. »Autsch!«

»Fuck! Was?!« Er rieb sich den Kopf, mit dem er ordentlich gegen meinen gerasselt war.

Ich tastete meine obere Stirn ab. Es fühlte sich so an, als würde mir gleich Blut übers Gesicht laufen, aber an meiner Hand waren keine roten Spuren zu erkennen.

»Sag mal!« Er saß nach vorne gebeugt auf dem Stuhl und sammelte die verstreuten Papiere auf. »Willst du mich umbringen oder in den Wahnsinn treiben?« Sein Kopf war nur wenige Zentimeter von meinem entfernt und ich spürte die Wärme, die von ihm ausging. Panisch rollte ich mit meinem Stuhl einen halben Meter nach hinten und angelte das Papier unter dem Schreibtisch hervor, das am weitesten von Tim-Ove weggeflogen war.

Halb unter dem Tisch hängend atmete ich einmal durch.

Er sollte mich nicht nervös machen.

Ich wollte meinen Job gut erledigen.

Er sollte mir helfen. Nur helfen. Und das musste er, denn er würde sich nicht mit seiner Großtante anlegen.

Beim Essen hatte er ihr nicht widersprochen. Also. Wo war mein Selbstbewusstsein hin?

»Tauchst du von da unten auch wieder auf, oder wollen wir deine Fragen unter dem Schreibtisch besprechen?«

»Äh ja. Warte.« Ruckartig schnellte ich mit dem Kopf hoch und prallte gegen etwas, das nicht so hart war wie die Tischplatte.

Ich richtete mich auf.

Tim-Ove hatte seine Hand unter den Tisch gehalten, wie Eltern es bei Kleinkindern tun, damit sie sich nicht stoßen.

Ich wischte mir den Pony über die Stirn und ärgerte mich über meine offensichtliche Hilflosigkeit. »Danke«, murmelte ich.

Nach und nach stellte ich die ersten Fragen, die ich mir aufgeschrieben hatte, und er beantwortete sie professionell und geduldig.

»Wo finde ich die aktuellen Kontoauszüge? Ich gehe davon aus, dass deine Großtante kein Fan von Onlinebanking ist, oder?«

Er lachte dunkel. »Das stimmt.«

»Und wo sind die Auszüge?«

»Ach so – ja.« Er rubbelte sich durch seine dunklen Locken. »Dort hinten in dem roten Ordner. Glaube ich.« Er zeigte auf das Regal an der rechten Seite.

»Okay. Das schaue ich mir später an. Das war's dann erst mal. Danke.« Ich schob ein paar Unterlagen beiseite. Er knetete seine Hände, stand auf und schlenderte auf die Tür zu.

»Ach ja«, rief ich ihm hinterher.

Er blieb stehen und drehte sich zu mir um.

»Wann können wir einkaufen fahren?«

»Hm. Um 16 Uhr wäre gut. Ich habe noch was in der Stadt zu erledigen. Bekommst vor dem Einkaufen in Ecktown noch eine Stunde Zeit totgeschlagen?«

»Eck-was? Ach so. Ja. Das ist in Ordnung.« Ich stand auf und holte den roten Ordner aus dem Regal. »Kannst du mich am Café Seestern rauslassen?«

Er hob eine Augenbraue. »Ja, das sollte kein Problem sein.« Ohne ein weiteres Wort wandte er sich ab und eilte aus dem Zimmer.

Kapitel 7

ECKTOWN CITY

Der Wagen hoppelte über die Schlaglöcher des Spurwegs und ich hatte das dringende Bedürfnis, mich am Haltegriff der Tür festzukrallen.

»Ist das ein Autorennen oder eine Fahrt zum Einkaufen?« Meine Fingernägel bohrten sich ins weiche Leder.

»Fahr doch selber, wenn du was gegen meinen Fahrstil hast.« Er richtete seine Augen auf die Straße und ich erkannte an seinem Grübchen über dem Mundwinkel, dass er grinste.

»Sehr witzig.« Ich verdrehte die Augen und fand es schade, dass er es nicht sah.

»Ich hatte Tante Ingeborg ja dazu geraten, jemanden einzustellen für ihren Papierkram. Aber meine Fresse. Doch niemanden ohne Führerschein! Ich meine – wer hat mit Mitte zwanzig noch keinen Führerschein?« Er fasste sich an den Kopf.

»Bist du fertig?«, fragte ich genervt.

»Womit?« Die Reifen quietschten auf dem Asphalt, als er auf die Hauptstraße abbog.

»Na, mit Meckern. Du schimpfst die ganze Zeit über mich. Das finde ich nicht fair.« Ich verschränkte die Arme.

»Das Leben ist nun mal nicht fair«, sagte er trotzig und reckte das Kinn nach vorne.

Was hatte ihn zu dieser Aussage bewogen? Er presste verbittert die Lippen aufeinander und ich fragte mich, warum er so reagierte.

Die Bäume rauschten am Seitenfenster des Autos vorbei. Die zwischen ihnen durchblitzende Sonne hatte eine hypnotische Wirkung.

Tim-Ove bog auf eine weitere Hauptstraße ab und wir reihten uns in einen Stau ein.

»Kack Sonne!« Er hämmerte aufs Lenkrad und verstellte den Rückspiegel um einige Millimeter.

Der Wald neben uns bildete eine dunkelgrüne Wand im Gegensatz zur bunten Autoschlange vor uns. Ich öffnete das Fenster auf der Beifahrerseite und die warme Sommerluft strömte in den klimatisierten Innenraum.

»Mach das Fenster wieder zu. Es wird heiß hier drinnen«, maulte Tim-Ove.

»Heiß? Es sind vielleicht fünfundzwanzig Grad. Das ist doch nicht –«

»Schließ bitte das Fenster«, sagte er ruhig, aber bestimmt.

Ich starrte ihn eine Sekunde lang an und betätigte mit dem Zeigefinger den Kippschalter. Surrend glitt die Fensterscheibe wieder hoch.

»Warum stehen wir im Stau?«, fragte ich.

Er fixierte mich und verdrehte dann so stark die Augen, dass ich Sorge hatte, sie würden ihm gleich rausfallen. »Warum wir im Stau stehen? Weil sich der Feierabendverkehr aus Kiel mit dem *Noch-schnell-mal-an-den-Strand-fahren*-Verkehr mischt. Deshalb.«

»Ah.« Ich verstand und knetete den Henkel meiner Tasche. »Und es gibt keinen anderen –«

»Für wie blöd hältst du mich?«, fuhr er mich an.

»Auf einer Skala von eins Albert Einstein bis zehn Quastenflosser?«, rutschte es mir raus und ich vergrub mich in meinem Sitz, da ich Sorge hatte, Tim-Ove würde gleich explodieren.

»Ganz dünnes Eis!«, zischte er und ich hielt lieber die Klappe.

Wenn ich noch öfter durch die Gegend gefahren werden wollte, sollte ich die Provokationen besser nicht auf die Spitze treiben. Aber wenn ich ehrlich war, machte es jede Menge Spaß, seine coole Fassade mit blöden Sprüchen zu bombardieren.

Im Kriechtempo näherten wir uns Eckernförde. Ich hatte genügend Zeit, den Strand und das Meer zu betrachten. Mein Finger zuckte in Richtung Fensterheber. Ich wollte zu gerne die Meeresluft riechen, aber nach Tim-Oves vernichtendem Blick traute ich mich nicht mehr.

Gleich bei Anni im Café würde ich mich so hinsetzen, dass ich genügend Meeresluft, Sonne und Strand aufsaugen konnte. Und vielleicht eine Eisschokolade. Und das Ganze hoffentlich weit entfernt vom spaßbefreiten Tim-Ohne-Humor. Ich sah mich im Seitenspiegel grinsen und freute mich riesig darauf, Anni endlich wiederzusehen.

Direkt vor einem Bahnübergang bog Tim-Ove rechts ab und folgte der Einbahnstraße, die parallel zur Strandpromenade verlief. Da hinten musste das Café Seestern sein, wenn mich mein Handy nicht täuschte.

Abrupt stoppte der Wagen.

»Um Viertel nach fünf hole ich dich hier wieder ab. Dann gehen wir einkaufen. Okay?« Er zog das Okay in die Länge, als wäre ich schwer von Begriff.

Ich schnappte mir meine Tasche, öffnete die Tür und stieg aus. »17:15 Uhr hier. Alles roger. Uhrenvergleich?« Ich zwinkerte und schlug die Tür zu, ohne eine Antwort abzuwarten. In der Scheibe spiegelte sich mein Gesicht, hinter dem er übertrieben den Kopf schüttelte und schräg grinste.

Ein erfrischender Seewind wehte mir um die Nase und die Sonne kitzelte mich. Ich nieste zweimal und rückte die Sonnenbrille zurecht. Ich trug das blaue Sommerkleid mit den weißen Punkten, das ich so liebte, und strich mit der Hand über den weichen Stoff an meinen Oberschenkeln. Etwas aufgeregt und voller Vorfreude wanderten meine Mundwinkel nach oben und ich folgte dem Kreischen der Kinder und Möwen auf die Strandpromenade.

»Maariiiiii!« Anni rannte kreischend hinter dem Tresen hervor und schloss mich in ihre Arme. Einige Kunden beäugten uns neugierig, aber das störte Anni nicht.

Mich schon irgendwie, aber ich erinnerte mich an meine Vorsätze und klammerte mich an Anni fest.

»Mensch Mari, dass du wirklich hergekommen bist. Das kostet mich … Ich habe eine Wette verloren. Niemals kommst du, habe ich mit Kjell gewettet. Aber verdammt.« Sie musterte mich von den Füßen bis zum Scheitel. »Du bist wirklich da!«

Ich grinste breit. »Ja, das bin ich wohl.« Und damit hatte ich nicht nur Anni überrascht, sondern alle, die mich kannten, und am meisten mich selbst.

Sie rief einem vielleicht gerade mal achtzehn Jahre alten, schlaksigen Jungen mit dunklen, zurückgegelten Haaren und einer grauen Schürze etwas zu und schleppte mich zu einem freien Strandkorb auf der Terrasse. Wir setzten uns nebeneinander hinein und sie haute mir mit voller Wucht aufs Bein.

»Autsch! Spinnst du?« Gespielt empört sah ich sie an.

Anni lachte auf. »Nee, aber ich freu mich so sehr. Das ist ja der Hammer! Du musst mir alles erzählen. Wie ist es bei Frau Larssen? Wie war deine Fahrt?«

Ich öffnete den Mund und schloss ihn gleich wieder. Wo sollte ich anfangen?

»Aber warte – erst mal bekommst du ein Eis. Was möchtest du?« Sie sprang auf und zählte auf, welche Eissorten gerade angesagt waren.

»Ähm. Einfach nur eine Eisschokolade?« Ich hoffte, dass ich Anni mit dieser Bestellung nicht beleidigte, wo es doch so coole Sorten gab, wie Prosecco oder Mango-Cassis-Sorbet.

»Na klar! Immer noch der Schokofreak.« Sie zwinkerte mir zu. »Bin gleich wieder da!«

Ich sah ihr nach. Sie wirkte glücklich. Das letzte Mal hatte sie mich besucht, als sie im zweiten oder dritten Semester war. Sie war damals ziemlich abgemagert und hatte ordentliche Schatten unter den Augen gehabt. Aber gerade eben hatte das blühende Leben vor mir gestanden. Mit braungebrannter Haut, rosigen Wangen und einem Strahlen, das ich bei ihr seit der Grundschule nicht mehr gesehen hatte.

Ich war ziemlich gespannt auf ihren Freund, aber ich hatte schon wieder seinen Namen vergessen. Hoffentlich erwähnte sie ihn noch mal, damit ich nicht ins Fettnäpfchen trat und ganz blöd dastand. Immerhin hatte sie mir schon viel von ihm erzählt.

Der Strandkorb warf einen angenehm kühlenden Schatten und ich schob mir die Sonnenbrille ins Haar.

Hinten auf der Förde hisste ein Dreimaster die Segel. Das Schiff sah aus, als würden Piraten durch die Karibik fahren.

»Hier, für dich. Mit extra Schokoladeneis und Schokostreuseln.« Anni servierte mir ein überdimensioniertes Glas mit Strohhalm, einem Berg Sahne und zwei glitzernden Cocktailpuscheln drin.

»Nicht dein Ernst. Danke! Das sieht ja aus, als würde ich Kindergeburtstag feiern.« Ich nahm den langstieligen Löffel von der Untertasse und durchstach damit den Mount Everest aus Schlagsahne. Was hatte ich an mir, dass mich alle wie ein Kind behandelten – selbst meine beste Freundin?

»Wir haben auch noch Fischbrötchen«, sagte Anni. »Ich meine, falls dir nach was Herzhaftem ist, reserviere ich dir eines.«

Ich verzog das Gesicht. »Danke. Nein. Das ist nicht so meins.«

Anni lachte glucksend und setzte sich neben mich. »War'n Scherz. Ich weiß doch, dass du Schokokussbrötchen bevorzugst.«

Ich reckte meinen Daumen nach oben, da ich gerade ein großes Stück Schokoladeneis im Mund hatte.

Ein Typ, der auch ein Hawaii-Surfer hätte sein können und den ich schon von zahlreichen Fotos kannte, kam zu uns. Er stellte eine Flasche Wasser auf den Tisch, an der das

Kondenswasser hinunterlief. »Hier, Schneewittchen.« Er hauchte Anni einen Kuss auf die Schläfe.

»Danke.« Meine Freundin griff nach der Flasche und hielt sie sich an die Wange. Der Surfer rückte sich einen Stuhl zurecht, setzte sich zu uns und musterte mich.

Verunsichert griff ich nach der viel zu dünnen Serviette und tupfte mir den Mund ab. Nicht, dass ich aussah wie ein Schokomonster.

»Ach. Sorry. Ich musste erst mal mein Hirn kühlen.« Anni stellte die Flasche auf den Tisch zurück. »Mari, das ist Kjell, Kjell, das ist Mari.« Sie guckte von mir zu ihm und zurück, wobei sie mit den Armen abwechselnd auf uns zeigte.

»Sehr erfreut.« Kjell reichte mir die Hand über den Tisch und ich streckte ihm meine entgegen.

»Hoppla!« Ich warf fast meine Eisschokolade um. »Puh. Gerade noch mal gut gegangen.« Ich umklammerte das Glas, als könnte es sich selbständig machen und aus heiterem Himmel umkippen. »Hi. Schön, dich kennenzulernen«, stammelte ich.

»Danke, Mari!« Er nickte mir breit grinsend zu, was mich verwirrte.

»Bitte, bitte – aber wofür?« Hatte ich irgendetwas nicht mitbekommen?

»Na, dass du in den Norden gekommen bist. Ich habe dadurch eine ausgiebige Fußmassage gewonnen, die ich demnächst einlösen werde.« Er strahlte Anni an, die ihm einen sanften Hieb in die Seite verpasste und ihn danach anlachte.

»Na, damit konnte ich nun wirklich nicht rechnen. Dass meine Mari über ihren Schatten springt.« Sie legte mir einen Arm um die Schulter. »Aber das war mindestens zehn Fußmassagen wert.« Mit dem Finger wickelte sie eine ihrer

Locken auf. »Aber nun erzähl mal. Wie ist es so bei Frau Larssen?«

»Na ja.« Ich schob die fast leere Eisschokolade in die Tischmitte. »Ich bin gestern erst angekommen und kann noch gar nicht so viel sagen.« Die Sonnenbrille rutschte aus meinen Haaren nach vorne. Ich nahm sie vom Kopf, klappte sie zusammen und verstaute sie in meiner Tasche. »Aber Frau Larssen ist wirklich sehr freundlich. Und das Anwesen und meine Wohnung sind wundervoll. Ich bin gestern noch an den Strand gegangen und – ach. Einfach ein herrlich ruhiger Fleck Erde dort.« Ich lehnte mich im Strandkorb zurück und faltete die Hände vor dem Bauch. Dass ich am Strand eingeschlafen war und Tim-Ove als Suchtrupp losgeschickt worden war, wollte ich Annis Freund nicht auf die Nase binden. Meine Wangen wurden warm, aber ich hoffte, dass es niemandem auffiel.

»Sag ich doch! Das ist ein super Angebot bei Larssens!« Kjell grinste selbstzufrieden, klopfte auf den Tisch und stand auf. »Mädels, die Arbeit ruft. Sonst schimpft mich meine Chefin.« Er küsste Anni auf den Mund und ich richtete meinen Blick schnell auf den Strand. »Mari, war schön, dich kennenzulernen. Vielleicht sehen wir uns ja öfter?«

»Bestimmt!«, antwortete Anni an meiner Stelle.

Kjell strich ihr über den Rücken und verschwand in Richtung Café.

»Das ist also dieser Kjell«, flüsterte ich Anni zu.

»Jo.« Sie lächelte versonnen. »Live, in Farbe und HD.« Sie schlug sich mit den Händen auf die Oberschenkel. »Wollen wir noch an den Strand, die Füße im Wasser kühlen?« Sie sprang auf und hatte bereits unser Geschirr in der Hand.

»Na klar.« Ich folgte ihr und wir schlenderten am Geschirrwagen vorbei über die rot gepflasterte Promenade. Ich kickte meine Ballerinas neben eine Bank und Anni schlüpfte aus ihren Turnschuhen, stopfte die Socken hinein und stellte sie neben meine Schuhe.

Der warme Sand fühlte sich himmlisch unter meinen nackten Füßen an. Ich ging zwei Schritte, blieb stehen und wackelte mit den Zehen, damit die feinen Körnchen zwischen ihnen hindurchrieseln konnten. Ich liebte dieses kitzelnde Gefühl.

Anni tippte mir auf die Schulter. »Wer als Erstes am Wasser ist, hat gewonnen!« Sie rannte los und wie schon früher ging ich nicht auf ihre Wettkämpfe ein. Ich trödelte langsam hinter ihr her, spürte die Wärme von unten und die frische Brise in meinen Haaren. Vorsichtig schlängelte ich mich durch die zahlreichen Lager der Strandbesucher hindurch.

Da waren bunte Strandmuscheln, Burgen um Strandkörbe und sauber aufgereihte Handtücher. Es roch nach Pommes, Sonnencreme und Meeresluft.

»Ich hab gewonnen!« Anni stand im flachen Wasser und hüpfte auf und ab.

Ich streckte vorsichtig einen Fuß aus. »Frisch.« Ich dachte an die Qualle von gestern und wich schnell zurück.

»Ja, herrlich, oder?« Sie spritzte etwas Wasser in meine Richtung.

Ich sprang zurück.

»Trau dich. Du musst ja nicht baden. Nur mit den Füßen rein. Das ist so angenehm. Und hier sind auch keine Steine. Alles feiner Sandboden.« Sie winkte mir aufmunternd zu.

Was hatte ich mir vorgenommen? Ich wollte die Gelegenheiten nutzen, die sich mir boten. Nicht so viel Grübeln und immer wieder über meinen Schatten springen.

»Was ist mit den Quallen?«, fragte ich.

»Heute habe ich noch keine gesehen.« Anni zeigte mit dem Finger auf das glasklare Meer und ich glaubte ihr.

Also griff ich nach ihrer Hand und sie führte mich ins kalte Wasser.

»Geht doch!« Sie kicherte und wir spazierten im Meer von der Buhne zur Seebrücke und zurück.

»Kennst du eigentlich Tim-Ove? Frau Larssen ist seine Groß–. Iiihh, was ist das?« Ich sprang beiseite und versteckte mich hinter Anni. Irgendetwas hatte sich unter meiner Fußsohle bewegt.

Anni lachte hell und laut. »Mensch, Mari. Das ist nur ein Krebs. Und glaub mir, der hat viel mehr Angst vor dir als du vor ihm.«

»Das musst du mir erst mal beweisen.« Vorsichtiger als zuvor setzte ich einen Fuß vor den anderen.

»Tim-Ove?« Anni runzelte die Stirn. »Ja, von dem hat Kjell mal erzählt. Hier kennt ja irgendwie jeder jeden.« Sie zeigte mit dem Finger auf einen Schwarm kleiner Fische, der nur einen Meter entfernt von uns durchs knietiefe Wasser schwamm.

Ich wusste nicht so recht, ob ich das cool fand oder beängstigend.

»Tim-Ove. Ja. Also«, überlegte Anni laut. »Ich glaube, Kjell hat erzählt, dass der sich bisher um die Angelegenheiten von Frau Larssen gekümmert hat. Außerdem macht er irgendwas mit Informatik oder so. Keine Ahnung. Ist der nett?« Sie grinste mich zweideutig an.

»Geht so.« Konzentriert starrte ich auf das Wasser, um nicht wieder auf einen Krebs zu treten. »Eigentlich eher nicht. Er fährt wie der letzte Henker und schimpft die ganze Zeit, nur weil er sich gestern für mich eine Hose anziehen musste.«

Anni prustete los. »Eine Hose anziehen? Was genau habt ihr gemacht?«

Ich winkte ab. »Ach, ich bin gestern am Strand eingeschlafen. War so müde von der Fahrt und so. Und dann musste er mich suchen.«

»Hattest du kein Handy –?« Sie brach den Satz ab und legte den Kopf schief. »Ach nee. Du bist ja du. Es dauert manchmal Tage, bis du meine Nachrichten liest.«

Ich zuckte mit den Schultern. »Mama hat ständig angerufen. Da habe ich es lieber in der Wohnung gelassen.«

»Oh je! Ist sie immer noch so besorgt um dich?«

»Daran hat sich nicht viel geändert.« Ich dachte an Mamas Vortrag über eine warme Jacke. »Aber sie versucht das seit ein paar Monaten mit professioneller Hilfe in den Griff zu bekommen.«

»Das hört sich doch vernünftig an.« Anni strich mir über den Rücken und wir wateten schweigend weiter.

Nach einer Weile spritzte sie erneut Wasser in meine Richtung. »Wer als Erstes bei den Schuhen ist!« Sofort rannte sie los, vermutlich ohne zu erwarten, dass ich ebenfalls lossprinten würde. Dafür kannte sie mich einfach zu lange.

»War ja klar.« Tim-Ove trat in der Millisekunde aufs Gaspedal, in der ich die Beifahrertür zugezogen hatte.

»Sorry.« Ich schnallte mich an und er sagte kein Wort mehr.

Zehn Minuten Verspätung war gar nicht so schlecht für mich, fand ich. Immerhin hatte ich Anni gefühlt hundert Jahre nicht mehr gesehen und wenn man am Meer war, spielte die Zeit doch nur eine untergeordnete Rolle.

Tim-Ove schien diese Ansicht nicht zu teilen. Er starrte mit zusammengezogenen Augenbrauen auf die Straße und schwieg. Einige Abbiegungen später warteten wir eine halbe Ewigkeit vor einer Schranke, bis ein Zug in Kriechtempo an uns vorbeifuhr. Nach einer Weile erreichten wir einen riesigen Supermarkt mit einem Bäcker und einigen anderen kleineren Geschäften.

»Oh cool, ich möchte in den großen Supermarkt«, sagte ich. »Musst du auch einkaufen?«

Er brummte zustimmend und parkte den BMW in einer geeigneten Lücke.

»Ich hole uns einen Wagen.« Ohne eine Antwort abzuwarten, stieg ich aus dem Auto und eilte auf die ineinandergeschobenen Einkaufswagen zu.

Tim-Ove folgte mir und verschloss seinen BMW über die Fernbedienung.

Ich holte einen der Wagen heraus und lenkte ihn durch die automatische Tür des Einkaufstempels. »Oh, sieh mal, die haben sogar frisches Sushi hier. Ich mag aber nur die vegetarischen. Kommen wir öfter her? Das wäre –«

»Quatschst du immer so viel?«, ranzte er mich von der Seite an und warf mir einen mürrischen Blick zu.

»Bist du immer so unfreundlich?«, konterte ich und betrat die Obst- und Gemüseabteilung.

Was war ihm denn über die Leber gelaufen?

Weiter hinten gab es Süßigkeiten und ich lud zwei Packungen Schokoküsse in den Wagen.

Tim-Ove guckte stirnrunzelnd von mir zum Süßkram und zurück. »Planst du einen Kindergeburtstag?«

Ich stemmte eine Hand in die Seite. »Auf jeden Fall wärst du mit deiner miesepetrigen Stimmung nicht eingeladen.«

Er sah mir in die Augen und seine Gesichtszüge wurden weicher. Das Grübchen an seinem Kinn zuckte. Wenn er nicht so grimmig guckte, stand das seinem Gesicht viel besser.

»Wahrscheinlich kannst du gar keine gute Laune haben«, triezte ich ihn weiter und tatsächlich schlich sich ein kleines Lächeln auf seine Lippen.

Zufrieden bog ich mit dem Einkaufswagen um die nächste Ecke.

Ein ganzes Regal voller unterschiedlicher Lakritzsorten! Ich quiekte freudig. Kopfschüttelnd verschwand Tim-Ove im Gang gegenüber bei den Spirituosen.

An der Kasse trennten wir unsere Einkäufe.

Danach reihte ich mich in die Schlange vom Bäcker ein.

»Ich brauche unbedingt noch zwei Semmeln für die Schokoküsse«, sagte ich.

»Schokokussbrötchen? Dein Ernst?« Sein angewidertes Gesicht war zum Schreien komisch.

»Ja, ich mag die.« Entschuldigend zog ich die Schultern hoch. »Und das Geräusch, wenn die Schokohülle zerquetscht wird. Himmlisch.«

»Du bist dran.« Er drängte mich in Richtung Verkaufstresen.

»Zwei Semmeln bitte und ein halbes aufgeschnittenes Brot. Ja, das da. Genau.« Ich zeigte auf ein Mischbrot im hinteren Regal.

Ein seltenes Geräusch erreichte meine Ohren: Tim-Ove lachte fröhlich. »Übrigens, das heißt Brötchen,« flüsterte er mir hinter vorgehaltener Hand zu. »Wenn du hier nicht sofort als Touri geoutet werden möchtest, solltest du keine Semmeln bestellen.«

»Okay«, flüsterte ich verschwörerisch zurück.

Er stand ganz dicht neben mir und ich genoss den Moment, indem wir ein Team waren.

Mit dem Handrücken wischte ich mir den Pony zur Seite und nahm zwei knisternde Brottüten entgegen.

»Das macht vier Euro fünfzig.«

Ich kramte in meinem Portemonnaie und zahlte. Dabei stach mir die rote Bankkarte von Frau Larssen entgegen und erinnerte mich an das Problem mit den Kontoauszügen.

»Gibt es hier eine Bankfiliale mit Kontoauszugsdrucker?« Ich zückte die Karte und wedelte mit ihr vor seinem Gesicht herum.

Er riss die Augen auf.

»Deine Großtante hat mir ihre Karte gegeben, damit ich die Buchhaltung auf den neuesten Stand bringen kann«, erklärte ich.

Seine Gesichtszüge spannten sich an. »Ja. Ich denke schon. Da hinten.« Er presste die Lippen aufeinander. »Du bist ja gründlich am ersten Tag.«

»Ich will den Job ja auch behalten«, antwortete ich, legte meine Bäckertüten in den Einkaufswagen und schob ihn zum Bankbereich.

»Ich fahre die Einkäufe schon mal zum Auto.« Tim-Ove entriss mir den Wagen und eilte davon.

Ich stellte mich hinter einem älteren Herrn an und wartete, bis ich am Kontoauszugsdrucker an der Reihe war.

Durch das Fenster konnte ich Tim-Ove beim Einräumen der Einkäufe sehen. Er fasste die Schokokusspackung mit zwei Fingern an, als wäre sie etwas ziemlich Ekliges.

Ich grinste.

Was für ein Spinner.

Die Nadeln des Druckers surrten, kurze Zeit später hielt ich einen Stapel Papier in der Hand und trat ins Freie.

Der Parkplatz war unübersichtlich. Autos mit den unterschiedlichsten Kennzeichen suchten ihren Weg. Einige blieben mitten auf der Fahrbahn stehen, als müssten die Fahrer sich erst einmal orientieren, andere fuhren viel zu schnell zwischen den Menschen hindurch.

Ich schaffte es unfallfrei zum BMW, öffnete die Tür und plumpste in den Sitz. Die Auszüge hielt ich noch fest umklammert, widerstand dem Drang, sie sofort durchzusehen, und verstaute sie in meiner Tasche.

Tim-Ove starrte mich an.

»Was ist?«, fragte ich ihn und schnallte mich an.

»Vielleicht, ich meine, ich will dir nicht reinreden, aber verschaff dir doch erst einmal einen Überblick über den Papierkram, der liegen geblieben ist. Dann kannst du hinterher die Buchungen besser zuordnen. Soll ich dir die Auszüge abnehmen?«

Ich rührte mich nicht, obwohl ich lieber den Kopf schütteln wollte. Glaubte er, ich würde das nicht hinbekommen? War ich in seinen Augen inkompetent? Oder hatte er die Aufgabe eigentlich gern erledigt?

Egal. Offensichtlich war er raus aus der Nummer und nun war es mein Job! Und ich wollte nicht von ihm bemuttert werden. »Nein. Das geht schon. Sonst noch was?«, fragte ich ihn.

»Ich wollte nur sichergehen, dass du dich auch anschnallst.« Er legte seinen Gurt an, ohne mich aus den Augen zu lassen.

»Das hat dich vorhin auch nicht gestört. Da hattest du schon den Fuß auf dem Pedal, als meiner noch draußen hing.« Ich zeigte auf meine Tür.

Mit angespannten Muskeln presste er den Finger auf den Startknopf und der Motor ertönte.

Kapitel 8

SOCIAL SKILLS

Die Sonne kitzelte meine Nase und ich musste niesen. »Schönheit. Gesund wirst du von alleine.« Tim-Ove saß auf der Bank vor dem Haupthaus in der Morgensonne und rührte in einem überdimensionierten Kaffeebecher.

Ich strich mir meinen Pony aus der Stirn und ärgerte mich über diese unsichere Geste. So ein blöder Spruch.

Tim-Ove lag ein Schmunzeln auf den Lippen. Er beobachtete die Hühner weiter hinten auf dem Hof.

Ich öffnete die Tür zum Haupthaus.

»Hey. Warte mal, Bayernschnecke.«

Schnecke?!

Mit geballten Fäusten drehte ich auf dem Absatz um, stapfte auf ihn zu und baute mich vor ihm auf.

»Ich will dir doch nur helfen.« Er trank einen Schluck Kaffee und stellte den Becher neben sich auf der Bank ab.

»Ich brauche keine Hilfe! Ich komme gut alleine klar«, antwortete ich mit kräftiger Stimme und meine Fingernägel drückten schmerzhaft in meine Handflächen.

»Deine Halsschlagader pulsiert.« Er zeigte mit dem Finger auf mich und lehnte sich mit gleichgültiger Miene zurück.

»Du …! Du …!« Nun fuchtelte ich mit einem Finger herum und rang nach Luft und Worten.

Er hob belustigt eine Augenbraue, was das Gefühl von Überdruck in meinem Brustkorb nur noch befeuerte.

»Marina Schwarz. Mari, meinetwegen. Gerne auch Frau Schwarz für dich.« Meine Stimme zitterte. Ich ging einen Schritt auf ihn zu und bunte Punkte tanzten in meinem Sichtfeld. »Ist das klar?« Für jede Silbe pikste ich ihm mit dem ausgestreckten Zeigefinger in die linke Schulter.

»Aua.« Er riss die Augen etwas zu übertrieben auf.

Das konnte ich nicht ernst nehmen.

Mit einer blitzartigen Bewegung grabschte er nach meinem Handgelenk und fixierte es.

»Autsch!« Ich wollte ihn mit meiner freien Hand boxen.

Mühelos griff er meine Hand aus der Luft und hielt sie ebenfalls fest.

Das Blut rauschte in meinen Ohren. Was hatte dieser Typ an sich, das mich so aus der Fassung brachte?

Ich war ein friedliebender Mensch. Noch nie hatte ich den Impuls verspürt, jemanden zu schlagen. Im Gegenteil. Das verstieß nicht nur gegen meine pazifistische Grundeinstellung, sondern auch gegen das dringende Bedürfnis, mich und mein Leben unter Kontrolle zu haben. Wut kam in diesem Konzept nicht vor. Das brachte alles durcheinander!

Ich schnaufte und starrte Tim-Oberpenner an.

Er brauchte nicht viel Kraft, um mich festzuhalten, denn seine Gesichtszüge waren entspannt. Die Stirn glatt. Und er betrachtete mich mit seinen dunklen Augen. Er schien eher neugierig zu sein als wütend. Mit einem Ruck riss ich meine Arme nach unten, aber sein Griff lockerte sich nicht.

»Hast du dich beruhigt, Frau Schwarz?«, fragte er mit gelangweiltem Ton in der Stimme.

Ich verdrehte die Augen und atmete einmal tief in den Bauch. »Ja. Nein. Ich weiß nicht.«

»Können wir uns darauf einigen, dass du mich nicht vermöbelst, wenn ich dich loslasse?« Er hob die rechte Augenbraue und verzog zeitgleich den Mund.

»Vermutlich.« Ich spuckte das Wort förmlich aus, und war mir wirklich nicht sicher, was ich tun würde.

»Riskieren wir es.« Sein Griff um meine Handgelenke lockerte sich.

Ich riss sie nach hinten, knetete meine Hände, öffnete den Mund und schloss ihn wieder. Jedes Wort wäre verschwendet. Mit einem besonders bösen Blick strafte ich ihn für seine blöden Sprüche.

»Also, Sonnenschein«, sagte er und nahm den Kaffeebecher wieder in die Hand.

In meinem Bauch brodelte es, doch um dieser Situation schnellstmöglich zu entkommen, musste ich ihm wohl zuhören. Ich schwieg und presste meine Zähne aufeinander.

»Ich soll dir das Anwesen zeigen.« Er deutete mit dem Becher in der Hand auf den Hof. »Anweisung von oben.« Über seine rechte Schulter wandte er sich zum Haupthaus hinter ihm.

»Wie außerordentlich freundlich von dir.« Säuselte ich und zwang mich zu einem Lächeln.

Er verdrehte die Augen und pustete in seinen Becher. »Mensch, Blacky. Anscheinend legst du keinen Wert auf meine Gesellschaft und ich kann mir auch etwas Besseres vorstellen, als jeden Winkel von Gut Larssen mit dir abzulaufen. Aber Befehl ist Befehl.«

Blacky? Ich schnappte nach Luft und ermahnte mich, ruhig zu bleiben. »Befehl?«, presste ich heraus und schluckte die zahlreichen Beschimpfungen runter, die ich ihm stattdessen an den Kopf werfen wollte.

»Na ja. Anweisung, Bitte, was auch immer.« Er wedelte mit den Händen vorm Gesicht herum, als würde er eine Fliege vertreiben und rieb sich über seine Bartstoppeln. »Ist auf jeden Fall sinnvoll. Denn das hier –« Er breitete die Arme aus. »– wird jetzt von dir verwaltet. Also solltest du auch wissen, was dahintersteckt, und das verraten dir die Zahlen auf den ganzen Papieren nicht im Geringsten.« Seine Mimik verhärtete sich und er presste die Zähne aufeinander, als wäre er plötzlich doch sauer.

Ich sah mich um. Auch wenn er sich idiotisch verhielt, hatte er recht. Ich sollte mehr über diesen Ort erfahren.

»Ich trinke einen Kaffee mit Frau Larssen, dann werde ich sehen, ob etwas Dringendes anfällt. Danach stehe ich sehr gerne für die Hoftour zur Verfügung.« Meine Schultern entspannten sich und ich richtete mich bewusst auf, um meinen Worten Ausdruck zu verleihen.

»Na dann.« Er stellte seinen Kaffeebecher auf die Bank und fuhr sich durch die dunklen Locken. »Ich habe auch noch was zu tun. Ich hole dich im Büro ab.« Ohne eine Antwort abzuwarten, ging er an mir vorbei und rempelte mich an der Schulter an.

»Ey!« Ich rieb mir den Arm. »Fürs Schubsen entschuldigt man sich, oder hast du im Kindergarten nicht richtig aufgepasst?«, rief ich ihm hinterher.

Er drehte sich nicht um, aber sein Oberkörper wippte auf und ab.

Sollte er doch lachen!

Mein Blick fiel auf seinen Becher und ich widerstand dem Drang, ihn mit ins Haus zu nehmen.

Ich würde nicht hinter Tim-Ove herräumen!

»Wollen wir?«

Ich hob den Kopf und blinzelte. Mein Schädel brummte von Zahlen, vom Staub und den vielen Papierstapeln vor mir. Tim-Ove lehnte im Türrahmen des Arbeitszimmers und klopfte mit den Fingerkuppen auf das weiß lackierte Holz.

»Na gut«, antwortete ich und streckte meinen gebeugten Rücken, indem ich die Arme über den Kopf hob. Ein fieses Ziehen wanderte meine Schultern entlang.

»Schmerzen?«, fragte er.

»Seit wann interessiert dich das?«

»Nicht, dass du dich verletzt hast, als du versucht hast, deinen Finger durch meine Schulter zu bohren.«

Ich rückte den Stuhl zurück und stand auf. »Nein, deine Schulter war gut gepolstert und ziemlich weich.«

»Weich?« Er riss die Augen auf, hielt einen Arm hoch und spielte mit seinen Muskeln, dass sein schwarzes T-Shirt spannte.

Ich schnappte mir meine Jacke vom Stuhl und ging zu ihm. Der Duft von Duschgel und Sonne auf der Haut strömte mir entgegen und ich stoppte.

Moment.

Versuchte er mir mit seinen Augen zu sagen, dass er ein Kompliment für seinen muskulösen Oberkörper haben wollte? Das konnte er vergessen, auch wenn der Anblick durchaus in Ordnung war.

Ich verschränkte die Arme und sagte: »Langsam habe ich das Gefühl, du warst gar nicht im Kindergarten. Dir fehlt es anscheinend massiv an Social Skills.«

»Social-was?!« Er zog fragend die Schultern hoch. »Und dir fehlt es an –« Er rieb sich über das Grübchen am Kinn.

War er sprachlos?

Ich unterdrückte ein triumphierendes Glucksen.

Touché, Mister Vain!

Ich ging an ihm vorbei, hörte aber keine Schritte hinter mir und wandte den Kopf. »Kommst du jetzt, oder muss ich mir das Anwesen alleine zeigen?« Mein Blick haftete an seinen Lippen, die ein wenig zuckten. Ich wusste nicht, ob er sauer oder belustigt war. Seine dunklen Augen verrieten nichts. Die feuchten Haare hingen ihm ins Gesicht. Er hatte vermutlich frisch geduscht, was auch den unglaublich angenehmen Duft erklärte.

Als hätte es einen Startschuss gegeben, stieß sich Tim-Ove vom Türrahmen ab und eilte an mir vorbei.

»Komm. Ich zeige dir die Welt.« Seine Stimme klang amüsiert. Das beantwortete die Frage nach seiner Laune.

Er trat vor mir durch die Eingangstür und versetzte ihr einen Schubs, sodass ich das massive Teil bremsen und von meinem Körper wegschieben musste.

Er verhielt sich so kindisch und sprunghaft. Warum? Hatte ich irgendetwas falsch gemacht?

Durch den Türspalt schlängelte ich mich nach draußen.

»Hatschi!«, nieste ich.

»Schönheit. Gesund wirste von alleine.«

Schon wieder? Dieses Mal konnte ich es nicht unkommentiert lassen. »Sach mal, geht's noch? Ich dachte, wir hätten das mit den Social Skills eben besprochen?!«

Er zuckte mit den Schultern. »Sagt man halt so. Und ist ja auch was Wahres dran, oder?«

»Das ist beleidigend.« Ich blieb stehen und stemmte die Hände in die Seiten.

Er verlangsamte seine Schritte, hielt an und drehte sich zu mir um. »Willst du streiten oder soll ich dir den Hof zeigen?« Seine Augen fixierten mich. Sie waren dunkelblau, fast schwarz und harmonierten unglaublich gut mit seinen feucht auf die Stirn herabhängenden Locken.

Mein Mund war trocken, dafür schwitzten meine Hände und ich rieb sie über das tiefgrüne Sommerkleid, das ich trug. Ja, er sah wirklich gut aus. Das musste ich zugeben. Aber es änderte nichts daran, dass er sich kindisch und unverschämt verhielt.

Ich schnaubte ein undeutliches »Na los« als Antwort und ging einen Schritt auf ihn zu. »Wo fangen wir an?«

»Vielleicht hinten beim Teich …«, sein Blick hing an meinem Kleid, »… Frosch.« Er hustete. Oder lachte er?

Hat er gerade …? Hat er nicht! Oder doch?

»Hast du mich gerade Frosch genannt?« Schon wieder ballten sich meine Hände zu Fäusten und ich presste die Lippen aufeinander.

Mit großen Schritten ging er voraus und die tiefen, abgehackten Geräusche, die von ihm kamen, waren eindeutig ein Lachen.

Ich eilte ihm hinterher. Mein Herzschlag beschleunigte sich und ich schnaufte.

Er ging ganz schön schnell. Wovor flüchtete er? Vor mir? Es musste doch möglich sein, mit dem Kerl ein vernünftiges Gespräch zu führen. Was tat er den ganzen Tag? Wovon lebte er? Warum wohnte er bei seiner Großtante? Ich war mir sicher, dass er hinter der abweisenden und kindischen Fassade sein wahres Ich versteckte.

Er zeigte mir tatsächlich als Erstes den eingewachsenen Teich und zahlreiche Nebengebäude, die früher einmal Ställe gewesen waren. Sie waren ungenutzt oder wurden als Lager für alte landwirtschaftliche Geräte verwendet.

Wir kamen zu einem reetgedeckten Häuschen, das wie gemalt zwischen den satt grünen Gräsern und windschiefen Bäumen stand. Von der Terrasse aus hatte man eine wundervolle Aussicht über die Felder und am Horizont strahlte das tiefe Blau des Meeres.

»Was ist das?«, fragte ich.

»Ach. Da haben früher die Angestellten gewohnt. Damals hieß das wohl Gesindehaus oder so.« Seine Stimme klang gelangweilt und er setzte seinen Weg fort.

Ich jedoch blieb stehen und lugte durch das Fenster. Es gab eine Bauernküche mit Holzarbeitsfläche. Mit Ankern verzierte Baumwollvorhänge versperrten mir die Sicht in den hinteren Teil des Raumes.

Sofort eilte ich zur Tür und drückte die Klinke herunter. Es war nicht abgeschlossen. Ich schob die Holztür auf und sie ächzte lautstark in den Angeln. Windböe und Sonnenstrahlen arbeiteten zusammen und ließen die Staubkörner in der Luft tanzen. Ich zog den Kopf ein und betrat den Raum.

Entgegen meinen Erwartungen war die Küche unter der Arbeitsplatte mit modernen Geräten ausgestattet. Die

Eingangstür führte direkt in die Wohnküche. Dahinter folgten ein Flur und eine schmale Treppe ins Dachgeschoss.

»Mensch, Blacky. Ich war schon bummelig einen Kilometer weiter.« Tim kam ins Haus.

Rums!

»Fuck! Autsch!« Er rieb sich die Stirn. »Ich wusste, warum ich hier nicht rein wollte. Was zum Teufel willst du hier?«

»Ich war nur neugierig.« Entschuldigend breitete ich die Arme aus. Tim-Ove presste die Lippen aufeinander und rieb sich die Stirn.

»Tut es sehr weh? Soll ich was zum Kühlen holen? Hier gibt es vielleicht ein Tuch und kaltes Wasser.« Suchend drehte ich den Kopf hin und her.

»Hier gibt es Spinnen, Staub, kein Internet und verlassene Schlafzimmer – also nichts, was irgendwie interessant sein könnte.«

»Stimmt«, sagte ich und meine Gedanken kreisten um den attraktiven Mann im Raum und das Wort Schlafzimmer. Ein angenehmes Kribbeln durchzog meinen Unterleib. Ich strich die Falten aus meinem Kleid und machte meinem Körper klar, dass ich auf keinen Fall mit Tim-Ove im Bett landen würde. Nicht mit ihm! Das würde mein Leben unnötig kompliziert machen und ich war mit dem neuen Job bereits gut ausgelastet. Trotz der innerlichen Standpauke erwärmten sich meine Wangen.

»Na, dann lass uns weiter.« Ich verließ das Gesindehaus. »Kopf einziehen – Hatschi!« Ich nieste.

Tim-Ove grinste mich von der Seite an und zeigte mir nicht besonders motiviert, aber wenigstens ohne weitere Beleidigungen, die übrigen Ställe und Weiden, die zum Hof gehörten.

Nach Feierabend wollte ich unbedingt wieder an den Strand. Die Sonne stand tief über der Eckernförder Bucht. Diesmal ging ich den richtigen Weg zum Wasser und hatte sogar das Handy dabei.

Ich schickte Mama und Papa per Selfie mit Meer im Hintergrund liebe Grüße und überlegte, wem ich sonst noch schreiben konnte.

Tja, wenn ich ehrlich war, hatte ich in München kaum Freundschaften geschlossen. Da war alles an der Oberfläche geblieben und hatte sich am Ende des Studiums verlaufen. Ich seufzte. In München hatte ich das nicht so wild gefunden. Ich hatte meine Eltern und meine Bücher. Aber wollte ich mein Leben in Einsamkeit verbringen?

Barfuß eilte ich zu den flachen Wellen, überprüfte, dass keine Qualle in der Nähe war, und kühlte meine Füße. Danach stapfte ich aufs Trockene, um einen Platz mit besonders feinem Sand zu finden.

»Moin, heute den Weg alleine gefunden?« Sönke blieb zwei Meter vor mir stehen und lächelte schief. Seine blauen Augen hatten fast die Farbe des Wassers.

»Ja. Auf dem Trampelpfad waren mir eindeutig zu viele Brennnesseln im Gebüsch.« Meine Beine prickelten schmerzhaft beim Gedanken an die miesen grünen Pflanzen mit ihren haarigen Blättern.

»Hast du dich schon eingelebt?« Kurz lachte er auf. »Ich meine, nach ein paar Tagen wohl nicht.« Er kratzte sich am Kopf. »Ich geh dann mal schwimmen … ähm … kommst du mit?«

Ich hob schützend die Arme vor die Brust. »Um Gottes willen – nein!«

Er riss die Augen auf. »Sorry. Ich wollte … nicht … also … Entschuldigung.« Seine Wangen erröteten und er drehte sich von mir weg.

»Warte. Nein!«

Er wandte sich um und rieb sich über die blonden Härchen auf seinen Armen.

»Das tut mir leid«, stammelte ich. »Ich hätte das anders ausdrücken sollen. Ich meine, ich bin lieber *am* Wasser und nicht *im* Wasser.« Ich zeigte auf das Meer. »Und meine Füße haben heute sogar schon gebadet.«

Er atmete sichtbar auf und entspannte seine Schultern. »Okay. Ich dachte, du hättest mir gerade die schlimmste Abfuhr meines Lebens gegeben.« Er wischte sich über die Stirn und lächelte.

»Nee. Das wollte ich nicht. Sorry.« Verlegen strich ich mir die Haare über die Stirn. »Viel Spaß beim Schwimmen.«

»Danke.« Er entfernte sich ein paar Meter von mir und rief: »Viel Spaß beim Nichtschwimmen und bis die Tage!«

Ich winkte ihm hinterher und entschied, dass jeder Platz an diesem Strand sich eignete, um sich zu setzen und aufs Meer zu gucken.

Ich breitete mein Handtuch aus und ließ mich darauf fallen. Verträumt vergrub ich die Hände im weichen Sand, ballte sie zu Fäusten. Die winzigen Körner rieselten heraus und kitzelten mich dabei. Meine Fingerspitzen waren noch rot von den Kirschen, die ich mit Frau Larssen entsteint hatte.

Ganz automatisch hob ich den Kopf und schaute über das glitzernde Wasser. Ich legte mich nicht hin, aus Sorge, wieder einzuschlafen. Nach einer Weile trieb mich mein knurrender Magen wieder auf die Beine.

Ich schlenderte den steinigen Weg zur Wohnung zurück und fragte mich, an welchem der zahlreichen festgetretenen Kiesel ich mir gestern den Zeh aufgeschlagen hatte.

Zu Hause schlüpfte ich in einen übergroßen grauen Kuschelpullover und die pinkfarbene Schlabberhose. Das war meine Lieblings-Feierabend-Kombination. Ich bereitete mir einen Brotzeitteller vor und trug ihn auf die Terrasse.

Die Steine waren noch warm von der Sonne, die hinter dem Haupthaus verschwunden war. Mein Abendbrot sah superlecker aus, aber irgendetwas fehlte noch. Flink huschte ich ins Haus zurück, holte den zweiten Band von *Eragon* aus dem Schlafzimmer und legte das Buch neben mein Essen auf den Tisch.

So war es besser.

Ich setzte mich und streckte die Beine auf einem zweiten Stuhl aus. Die Baumwipfel rauschten leise im Wind. Immer länger dauerten die windstillen Phasen zwischen zwei Böen. Es war kein Laut zu hören bis auf das entfernte Gackern der Hühner.

Ich versank in den Zeilen des Fantasyschinkens und biss hin und wieder von meinem Brot ab.

»Hey!«

Ich zuckte zusammen.

»Für jemanden mit einem gefährlichen Drachen auf dem Buchumschlag bist du ziemlich schreckhaft.«

Vor mir stand Tim-Ove. Auf meiner Terrasse. In einer dunkelgrauen Jogginghose, die tief auf seinen Hüften saß. Das schwarze T-Shirt war ihm ein wenig eng und spannte über seinem Brustkorb. In der Hand hielt er eine Weinflasche.

Ich schnappte nach Luft und suchte das Lesezeichen. »Für jemanden, der sich beschwert, dass er für mich extra eine

Hose anziehen muss, hast du dich in der Terrasse geirrt.« Was redete ich da? Das ergab überhaupt keinen Sinn.

»Ich habe da ein kleines Problem.« Er winkte mit der Flasche. »Mein Öffner ist abgebrochen. Kann ich mir vielleicht deinen leihen? Bitte?« Er rieb sich über seinen Dreitagebart und setzte einen Hundeblick auf. Das konnte er wirklich gut. Und er konnte freundlich sein.

Das war neu. Etwas Höflichkeit tat seiner Ausstrahlung gut.

»Warum fragst du nicht deine Großtante?« Ich klappte das Buch zu und legte es auf den Tisch.

»Um mir eine Predigt anzuhören, wie der Alkohol meinen Großonkel ins Grab gebracht hat?« Er kniff die Lippen zusammen und wischte mit der freien Hand durch die Luft. »Nee. Kein Bedarf. Echt jetzt.«

Ich griff mir ein Stück Gurke vom Teller.

Tim-Ove drehte die Flasche in seinem Arm. »Was nun? Hast du einen Öffner?« Er guckte auf die Flasche und zu mir. »Ähm. Du bekommst auch ein Glas ab.« Mit dem Daumen strich er über das Etikett. »Ist ein guter. Aus dem Weinkeller von Tante Ingeborg. Aber –« Er presste den Zeigefinger auf seine Lippen, machte »Psst…« und zwinkerte mir zu.

»Geh mal gucken. Ich kenne mich noch nicht so aus in der Küche. Vielleicht hast du ja Glück.« Ich nahm mein Buch wieder zur Hand und schlug es auf.

Er stellte die Flasche auf den Tisch und stapfte an mir vorbei. Wenig später rappelten einige Schubladen. Dann war es still.

»Gefunden!«, hörte ich ihn rufen und kurz darauf stand er wieder vor mir. Er fuchtelte mit dem Korkenzieher triumphierend vor sich herum.

Ich verdrehte die Augen und konzentrierte mich auf den Drachenreiter. Zumindest versuchte ich das. So richtig wollten die Wörter mein Gehirn nicht erreichen. Die Anwesenheit eines ziemlich gut aussehenden, wenn auch meistens nervtötend unfreundlichen und arroganten Kerls auf meiner Terrasse lenkte mich ab.

»Ich besiege mal den Drachen, Prinzessin.« Er schnappte sich mein Buch, steckte das Lesezeichen behutsam zwischen die zuletzt gelesenen Seiten und legte es mit dem Coverbild nach unten auf den Tisch.

Ich hob eine Augenbraue und war zu überrascht, um zu protestieren.

»Kein Drache, aber ein 2006er Châteauneuf-du-Pape.« Er drückte mir ein herkömmliches Senfglas in die Hand, das mit blutrotem Wein gefüllt war. Ich musste irritiert geguckt haben, denn er erklärte: »Du hattest keine Weingläser in der Küche. Oder ich habe sie nicht gefunden.«

Sprachlos nahm ich den Wein. Warum war er auf einmal nett zu mir? Was wollte er? Ich wurde nicht schlau aus ihm.

»Wenn du immer so die Stirn runzelst, bleiben die Falten.« Er schenkte sich ebenfalls ein Glas ein.

»Na und?« Ich kniff die Augen fest zusammen, zog eine Grimasse und streckte ihm die Zunge raus.

»Das ist nicht besonders anziehend.« Er rümpfte die Nase und roch an seinem Wein.

»Siehst du hier irgendjemanden, auf den ich anziehend wirken wollen würde?« Ich schwenkte das Glas. Der schwere Rotwein hinterließ Schlieren am Rand. Was bildete sich dieser Kerl eigentlich ein? Ich hob meine Füße vom Stuhl und richtete mich auf. »Wenn du hier anfängst, irgendwelche sexistischen Sprüche zu klopfen, kannst du deine Chateaunöffpappe gleich wieder mitnehmen.«

Tim-Ove hatte sich einen Stuhl herangezogen und klaute sich ein Stück Tomate vom Teller.

»Ey, das ist hier kein Selbstbedienungsbuffet!«

»Waren die etwa abgezählt?« Er grinste frech.

»Ja.« Ich schob den Teller aus seiner Reichweite. »Ich habe mir exakt die Menge zubereitet, die ich essen wollte.«

Er schüttelte erst den Kopf, dann lachte er. Dabei leuchteten seine dunklen Augen und das Grübchen am Kinn hüpfte auf und ab. »Du bist witzig.«

»Und du bist unverschämt.«

»Darauf trinken wir. Prost!« Er hob sein Glas und führte es an seinen Mund.

Ich war paralysiert. Seine Stimmungsschwankungen waren schlimmer als die während Mamas Wechseljahren. Aber auf Mama hatte ich immer Rücksicht genommen. Tim-Ove gab ich Kontra, was mich überraschte und gleichzeitig riesig freute. Mein Herzschlag beschleunigte sich ein wenig.

Ich setzte das Glas an und kippte den Wein in einem Zug hinunter.

Tim-Oves Augen weiteten sich.

»So. Danke für den Wein. Einen schönen Abend noch, nicht dass du dich morgen wieder beschwerst, dass du dir meinetwegen eine Hose anziehen musstest.«

Seine weißen und absolut symmetrischen Zähne blitzten auf und er kniff die Augen zusammen. »Das nächste Mal frage ich dafür einfach nach deiner Hilfe.«

Ich schnappte nach Luft. Mein Hirn war wie leergefegt und ich suchte verkrampft nach einer schlagfertigen Antwort.

»Denk an die Stirn.« Er strich sich die dunklen, welligen Haare zur Seite, trank sein Glas leer, griff nach der Weinflasche und schlappte in seinen Adiletten durch den Rosenbogen.

Ich zeigte seinem Rücken beide Mittelfinger. *Idiot!*

Als ich den Roman vom Tisch nahm, drehte Tim-Ove sich noch einmal um.

»Schlaf schön, Drachenbezwingerin.« Er zwinkerte mir zu und wartete keine Antwort ab.

Ich betrachtete ihn über das Buch hinweg und boxte mir selbst in den Bauch in der Hoffnung, das leise Kribbeln dort würde verschwinden. Ich hasste es, wenn sich die Mädels in den Büchern in den Bad Guy verknallten. Das sollte mir nicht passieren.

Und schuld war doch nur der Wein, sang eine schräge Stimme in meinem Kopf.

Reiß dich zusammen, Mari!

Ich war nicht so blöd, mich in seine Arme zu werfen, nur weil er ein wenig niedlich gucken konnte.

Ja, ich wollte etwas mehr Action, war aber nicht lebensmüde.

Ein Kapitel später rieb ich mir fröstelnd über die Oberarme. Es war noch hell, aber kalt geworden. Ich klemmte das Buch unter den Arm, schnappte mir mein Glas und den leeren Teller und kehrte ins Haus zurück.

Im Bett warf ich mich von einer Seite auf die andere und erforschte mein Bauchgefühl. Da war eine leere Stelle. Vermutlich fehlte genau dort ein Stück Tomate.

Kapitel 9

SEENOT MIT OPTIONEN

Die erste Arbeitswoche verging wie im Flug. Tim-Ove war mir die letzten Tage kaum begegnet.

Aber er hatte mir mehrfach geraten, mich als Letztes um die Kontobewegungen zu kümmern. Auch wenn ich den Drang verspürte, genau das Gegenteil von seinem Ratschlag zu tun, siegte die Vernunft und ich verschaffte mir erst einmal einen Überblick über die verschiedenen Verwaltungsposten.

Ich las, sortierte, heftete ab und das Chaos der Unterlagen lichtete sich allmählich.

Zufrieden strich ich mit der Hand über die freigelegte Fläche am Schreibtisch.

»Essen ist feddich, min Deern.« Frau Larssen stand im Arbeitszimmer und nickte anerkennend. »Na, da haben Sie aber tüchtig reingehauen.«

»Vielleicht schaffe ich heute Nachmittag noch den Rest. Dann kann ich kommende Woche loslegen mit dem Abarbeiten des To-do-Stapels.« Ich zeigte auf eine Ablage, die sich gefährlich hoch auftürmte.

»Heute Nachmittag? Schnickschnack!« Sie hob den Zeigefinger. »Am Freitagnachmittag wird hier nicht im Büro gearbeitet. Wo kommen wir denn da hin!«

Ich legte den Zettel in meiner Hand auf den Schreibtisch. »Ich dachte … warum?«

»Darum. Weil ich das entscheide. Montag ist auch noch ein Tag.« Frau Larssen stemmte die Faust in ihre Hüfte. Ihr schmaler Mund kräuselte sich ein wenig und ihre blassblauen Augen funkelten.

»Ah. Okay. Gut.« Ich zupfte meinen Pony zurecht und lächelte. »Danke!«

Am Mittagstisch war für drei Personen gedeckt. Mein Bauch schickte mir ein Kribbeln. Vermutlich war ich vollkommen unterzuckert. Genau das war der Grund. Schließlich hatte ich heute noch nichts gegessen.

Frau Larssen trug eine Schüssel mit dampfenden Kartoffeln zum Tisch, ging in die Küche zurück und kehrte kurz darauf mit einer Platte mit Fischfilets wieder.

Ich schluckte. Fisch. Aber was hatte ich erwartet. Leberkäse?

Ich krallte mich an meinem Stuhl fest und überlegte mir eine Strategie, wie ich Frau Larssen nicht vor den Kopf stoßen musste. Niemals würde ich Fisch essen.

»Ach. Die Sauce!« Frau Larssen sprang wieder auf.

»Moinsen.« Tim-Ove rückte den freien Stuhl zurück und setzte sich. Er fächerte sich den Duft des Essens zu und rieb sich die Hände. »Hm. Lecker Dorsch!«

Ich presste die Lippen aufeinander. Mir war übel.

»Du bist grün im Gesicht. Hast du dich heute als Hulk geschminkt?« Er lachte und zeigte auf den Fisch. »Nicht so deins, oder?«

»Ähm. Ja. Äh nein.« Mein Magen fühlte sich verknotet an. »Was soll ich denn jetzt machen?«, flüsterte ich.

»Ich helfe dir.« Er fixierte mich mit seinen dunklen Augen und mein Bauch wusste gar nicht mehr, welche Signale er mir schicken sollte.

»Einfach so?«, fragte ich.

Er zog eine Augenbraue hoch.

»Was willst du im Gegenzug?« Ich ballte beide Hände zu Fäusten und legte sie auf den Tisch.

Er riss die Augen auf, tat schockiert und rieb sich nachdenklich das Kinn. »Das weiß ich noch nicht, aber ich werde es dich wissen lassen, wenn mir etwas eingefallen ist.«

»Ich soll dir einen Blankoscheck ausstellen?«

»Sozusagen.« Seine Miene wurde ernster. »Aber du kannst natürlich auch den Fisch essen.« Er kreiste mit seiner Gabel über den labbrigen Dingern.

Ich holte Luft, um ihn zu fragen, ob er noch alle Zacken an der Krone hatte.

»So ihr Lieben, hier kommt die Senfsauce. Hab sie noch schnell angerührt. Ich wusste doch, dass ich noch irgendetwas vergessen habe.« Die Sauce in der Schüssel schwappte bis an den Rand, da Frau Larssen versuchte, ebenso zu gestikulieren, wie sie es mit freien Händen tat. »Ich werd ja schon ganz tüdelig.«

Tim-Ove sprang auf und nahm ihr die Schüssel ab. Vermutlich hatte er Sorge, dass er seinen Fisch ansonsten trocken essen musste.

»Nehmt euch. Ist genug für alle da!« Frau Larssen setzte sich und gab mir die Schüssel mit den Kartoffeln.

Tim-Ove ließ sich den Teller seiner Großtante reichen und füllte ihr ein Dorschfilet auf. Dann kam ich an die

Reihe. Neben den Kartoffeln platzierte er ein kleines Stück Fisch und übergoss alles mit Sauce. Er reichte mir den Teller zurück und zwinkerte mir zu.

»Danke«, sagte ich und betrachtete die Mahlzeit vor mir.

»'N Guten.« Frau Larssen klatschte in die Hände und zerteilte den Fisch mit ihrer Gabel. »So zart. Das Filet ist ganz frisch! Das schmilzt förmlich auf der Zunge. Finden Sie nicht, Frau Schwarz?«

Ich nickte, bugsierte das Fischfilet auf dem Teller an die Seite und kostete ein Stück Kartoffel mit Sauce. »Die Sauce ist ganz vorzüglich«, sagte ich und erkannte im Augenwinkel, wie Tim-Oves Oberkörper auf und ab wackelte. Ganz eindeutig unterdrückte er ein Lachen.

»Ja, ja. Das Beste bis zum Schluss aufbewahren. Das habe ich früher auch immer gemacht.« Frau Larssen deutete auf den Fisch auf meinem Teller. »Aber wissen Sie … in meinem Alter weiß man nie, wann es vorbei ist. Da muss man sich gleich die Rosinen rauspicken. Nachher trifft mich der Schlag und ich hatte nur Kartoffeln!« Sie lachte.

Tim-Ove stimmte mit ein und hielt sich den Bauch. »Du bist mal wieder so weise, Tante Ingeborg.«

Ich schwieg und pikste unsicher in dem Dorsch herum.

Na gut. Ich brauche Hilfe.

Mit einem Seitenblick stellte ich sicher, dass Frau Larssen gerade nicht guckte. Ich tippte Tim-Ove mit dem Fuß unter dem Tisch an. Er lächelte einseitig und hob fragend die Augenbrauen. Ich nickte und pustete erleichtert die Luft aus.

»Deine Rosen sind dieses Jahr wieder wundervoll, Tante Ingeborg«, sagte er mit überschwänglicher Anerkennung in der Stimme.

Sie drehte sich zum Garten um und der Pakt mit dem Teufel besiegelte sich in dem Moment, als Tim-Ove mir mit seiner Gabel den Fisch vom Teller nahm und auf seinen gleiten ließ.

»Ja, nicht wahr? Das ist sehr aufmerksam von dir, Timmy.« Mit liebevollem Lächeln wandte sich Frau Larssen wieder dem Essen zu.

Das letzte Stück Kartoffel verschwand in meinem Mund und ich lehnte mich zufrieden zurück.

»*Danke, Timmy*«, formte ich mit meinen Lippen und mein Gegenüber warf mir einen Blick zu, den ich nicht deuten konnte. Er war so undurchschaubar und ich fragte mich, was er über mich dachte.

Zufrieden faltete ich die Hände vor dem Körper und atmete durch.

»Und, was haben Sie fürs Wochenende geplant, Frau Schwarz?« Frau Larssen legte ihr Besteck parallel auf den Teller und trank einen Schluck Wasser.

»Ich?«, fragte ich, um Zeit zu gewinnen, denn ich hatte noch keine Pläne gemacht. Ich räusperte mich. »Also, ich wollte ans Meer auf jeden Fall. Und vielleicht eines dieser SUP-Boards mieten.«

Sofort schrillten alle Alarmglocken in mir und ich verstand selbst nicht, wie ich auf dieses Vorhaben kam. Das war eine beschissene Idee! Konnte man auf so einem Brett paddeln, ohne ins Wasser zu fallen? Wird schon schiefgehen.

»Na das ist doch eine bezaubernde Beschäftigung, findest du nicht, Timmy?« Frau Larssen erhob sich und stellte das Geschirr zusammen. Tim-Ove brummte etwas Unverständliches und reichte seiner Großtante seinen Teller.

Ich stand auf, trug die Kartoffelschüssel in die Küche und meine Mundwinkel schnellten nach oben. Das ganze Wochenende lag vor mir, die Sonne schien, und ich wohnte am Meer.

»Zwanzig Euro pro angefangene Stunde. Haben Sie das schon mal gemacht?« Mein Strandspaziergang hatte mich zu einem Verleih von Stand-Up-Paddle-Boards geführt und der ältere Herr, dessen Haut vom Wetter gegerbt war, drückte mir einen Beutel in die Hand.

Ich schüttelte den Kopf und bekam eine kurze Einweisung.

»... und der Beutel ist wasserdicht. Für ihre Wertsachen. Den können Sie da unter die Gummis klemmen.«

Wissbegierig hörte ich zu und mein Herz schlug schneller. Konnte ja nicht so schwer sein, wenn die Dinger einfach so verliehen wurden.

Etwas ungelenk beugte ich mich über das Brett und wusste nicht so recht, wie ich alles ans Wasser bekommen sollte.

Der mitleidige Blick des Verleihers traf mich. »Nicht so ... warten Sie. Ich zeig Ihnen das mal.« Geschickt klemmte er das Paddel am Board fest und hatte wie von Zauberhand mit einem Griff alles hochgehoben. »So geiht das. Einfach alles zusammen hochheben.« Er stellte das Board vor mir ab.

»Danke«, sagte ich und ärgerte mich, dass ich Hilfe benötigte. Der Plastiksack klemmte sperrig unter meinem Arm und das riesige Brett lehnte schwer an meinen Beinen. Ich hatte mir die Dinger kleiner vorgestellt.

»Also. Auf zu neuen Ufern«, sagte ich zu mir selbst. Meine Tasche knautschte ich zusammen und stopfte sie in den wasserdichten Sack, den ich verzurrte und wie eben gelernt befestigte.

Ich hob das Brett an und stöhnte. Boah, war das schwer.

Schweißperlen standen mir auf der Stirn, als ich das Ufer erreichte. Kaltes Wasser umspielte meine Füße. Ich behielt mein Sommerkleid an. Reinfallen kam für mich nicht infrage. Auf keinen Fall wollte ich schwimmen. Wer wusste schon, was im Wasser alles wohnte? Der Krebs unter meinem Fuß in Eckernförde hatte mir schon gereicht.

Mit einem Knie stieg ich auf das Brett und stieß mich mit dem Fuß vom Boden ab. Schneller als erwartet glitt das Board vom Strand weg.

Ich kreischte auf. Verdammt, das war ganz schön wackelig. Und das schon im Vierfüßlerstand. Woher kamen die Wellen, die das Board zum Schwanken brachten? Das Wasser hatte vom Strand aus spiegelglatt ausgesehen. Egal. Ich musste ja nicht gleich aufstehen. Also kniete ich mich hin.

Beim Versuch, das Paddel aus dem Gummizug zu ziehen, geriet das Board gefährlich in Schieflage. Viel zu ruckartig löste sich das verdammte Ding vom Brett und in letzter Sekunde brachte ich mich wieder ins Gleichgewicht.

Mit dem viel zu langen Paddel stach ich ins Wasser, wusste aber nicht so recht, wie ich lenken sollte.

Es dauerte eine Weile, bis ich den Rhythmus raushatte, aber ab da lief es sogar richtig gut. Wie im Rausch tauchte ich das Paddel mal links und mal rechts von mir in die Ostsee und glitt lautlos über die Wasseroberfläche. In der Sonne schimmerte das Meer türkis und ich schaffte es, mich auf den Rücken zu legen, ohne dass ich Gefahr lief, ein Bad zu nehmen. Ich schloss die Augen, atmete die herrlich frische Meeresluft ein und die Sonne wärmte meine Haut.

Und dann waren da nur noch das sanfte Gluckern der Wellen und das entfernte Kreischen der Möwen.

Ich weiß nicht, wie lange ich so dalag, aber eine angenehme Ruhe breitete sich in meinem Körper aus. Ich war zufrieden mit meiner Entscheidung.

Es war mein persönlicher Sprung ins kalte Wasser gewesen, in den Norden zu gehen, und ich traute mich sogar alleine aufs Meer hinaus. Mein neues Ich gefiel mir immer besser.

Eine schrille Glocke ertönte und ich fuhr zusammen. Mit überraschender Geschicklichkeit drehte ich mich auf die Knie zurück. Das Board schwankte heftig.

Ein Segler kreuzte nur wenige Meter von mir entfernt. Ich schrie auf und paddelte wie wild, um auszuweichen.

Puh. Das war knapp!

Hektisch sah ich mich um. Der Strand war verdammt weit weg. Ach du meine Güte! Komme ich überhaupt wieder zurück zum Ufer?

Was hatte ich mir nur dabei gedacht! Ich. Auf dem Meer. Alleine. Auf einem wackeligen Brett! Ich atmete flach und paddelte so schnell, dass mir die Arme schmerzten. Meine Beine fühlten sich taub an. Das lange Knien war ziemlich ungewohnt. Das Ufer wirkte unverändert weit entfernt und auf einmal kamen mächtige Wellen auf. Nicht solche, die die weiter entfernten Boote hinter sich herzogen, sondern regelmäßige Wellen, die immer höher wurden.

Ich schwitzte und fror gleichzeitig. Je schneller ich paddelte, desto panischer wurde ich. Und je panischer ich wurde, umso schneller paddelte ich.

Bis mir das Paddel aus der Hand rutschte. Ich beugte mich vor und angelte danach. Dabei blieb mein Herz fast stehen. Zumindest fühlte es sich so an. Ich streckte mich so weit aus, wie ich konnte. Eine Welle erwischte das Board. Gischt spritzte mir ins Gesicht und auf die Beine. Ich legte mich auf den Bauch und rutschte nach vorn. Angstschweiß vermischte sich mit Ostseewasser. Mein Zopf löste sich und die Haare versperrten mir die Sicht. Mit den Fingerspitzen schaffte ich es, das Paddel zu berühren, aber es bewegte sich nicht in meine Richtung. Das Blut rauschte in meinen Ohren. Die nächste Welle zerrte am Brett und mir stockte der Atem, weil ich viel zu weit vorne lag. Im nächsten Moment würde ich kentern. Ich war verloren!

Wieder wurde ich durchgeschüttelt. Immerhin wurde das Paddel durch den Stoß des Wassers angehoben und ich griff zu. Klitschnass, aber mit dem Paddel in der Hand krabbelte ich zurück zur Boardmitte.

Ein sonores Brummen hämmerte in meinem Kopf und ich war mir sicher: Jetzt drehte ich völlig am Rad. Ich sah mich um.

Ein kleines Motorboot mit Außenborder hielt direkt auf mich zu. Waren die noch ganz bei Trost? Ich winkte mit den Armen, um auf mich aufmerksam zu machen.

Kurz vor dem Zusammenstoß verstummte der Motor und das dunkle Schlauchboot glitt sanft auf mich zu. Ich schob mir die Haare hinter die Ohren und erkannte eine ausgestreckte Hand.

»Alter, Mari!« Tim-Ove verdrehte die Augen.

Ich packte sein warmes Handgelenk, er umfasste meines und zerrte mich über den dicken Wulst des Schlauchbootes an Bord. Plötzlich verlor ich das Gleichgewicht, klammerte mich an ihm fest und riss ihn mit mir zu Boden.

»Autsch!« Er rieb sich den Kopf.

Meiner lag auf seinem T-Shirt, das sich warm und weich an meine Wange schmiegte. Ich schloss die Augen und nahm einen tiefen, erleichterten Atemzug. Ich hatte bereits mein Leben an mir vorbeiziehen sehen.

Er richtete mich mit festem Griff um meine Oberarme auf, half mir auf die gepolsterte Sitzfläche vorne im Boot und löste die Leash von meinem Fußgelenk. Dabei glitt sein Finger behutsam an meinem Bein entlang.

Die seichte Berührung an meinem Knöchel erhitzte mein Blut und ich hielt die Luft an. Ich war fast gestorben und fragte mich nun, wie sich sein warmer Oberkörper unter dem T-Shirt anfühlte? Was war mit mir los? Aber irgendwie war mir das egal. Ich krallte mich an seinem Shirt fest – wie ein Ertrinkender am Rettungsring.

Tim-Ove wischte sich über die Stirn. »Bist du okay?«

»Ich denke, irgendwie schon.« Meine Zähne schlugen klappernd aufeinander.

»Dir ist kalt. Warte, ich gebe dir mein T-Shirt. Mehr habe ich nicht dabei. Und du hältst es ja eh schon fest.« Er grinste mich an, griff über seinen Rücken und zog sich das Shirt über den Kopf. Zumindest versuchte er es. »Du musst schon loslassen!« Seine Stimme klang dumpf durch den Stoff.

»Mir ist gar nicht kalt!« Ich lockerte meinen Griff und der Stoff glitt durch meine Hände. Mein Herz schlug schneller und ein Prickeln jagte durch meinen Körper. Das musste so eine Art Kurzschluss vom Adrenalin sein. Man war für den Selbsterhalt sicher so programmiert, dass man sich seinem Lebensretter in die Arme warf. So eine Art Baywatch-Prinzip. So musste es sein.

»Du hast blaue Lippen und Gänsehaut.« Er fuhr mit den Fingern über meinen Arm.

Wenn er so weitermacht, habe ich auch bald einen Herzstillstand!

»Zieh das über.« Er reichte mir das dunkelblaue T-Shirt und ich betrachtete es unschlüssig. Mein Blick hing an seinem entblößten Oberkörper. Die Muskeln waren schön definiert, aber nicht zu kräftig ausgeprägt. Ich schluckte.

»Anziehen. Nicht angucken.« Er zwinkerte mir zu, befestigte die Leash des SUP am Boot und schwang sein Bein über den Sitz hinter dem Steuerrad.

Das Boot schwankte und ich kreischte auf.

»Nur eine Welle. Keine Panik.« Er schüttelte den Kopf. Dabei fielen ihm seine dunklen Locken ins Gesicht und er strich sie sich mit einer lässigen Handbewegung aus der Stirn.

Ich schlüpfte in das T-Shirt und zog umständlich das nasskalte Kleid darunter aus.

Tim-Ove nahm es mir aus der Hand und ich sah ihm direkt in die Augen. Irgendetwas an seinem Blick hatte sich verändert. Die letzten Tage hatte immer etwas Abweisendes, vielleicht auch Spöttisches darin gelegen. Gerade war es Sorge und – das andere konnte ich nicht bestimmen.

Ein warmes Gefühl breitete sich in meinem Bauch aus. Das T-Shirt duftete nach einem blumigen Waschmittel und einem zitronigen Deo, das den Hauch von Schweiß nahezu überdeckte.

»Festhalten. Ich fahre uns jetzt ans Ufer.« Behutsam bewegte er den Gashebel mit zwei Fingern in meine Richtung und das Boot setzte sich sanft in Bewegung.

Die holzgetäfelte Decke war weiß gebeizt. Deckenfluter beleuchteten sie. Das indirekte Licht verlieh dem Raum eine klare und trotzdem gemütliche Atmosphäre.

Das graue Sofa schmiegte sich kuschelig an meinen Rücken.

Tim-Ove hatte mich in seine Wohnung gebracht und ich hatte nur schwach protestiert. Er gab mir eine Wolldecke und breitete zusätzlich noch eine dunkelgrau bezogene Bettdecke über mir aus.

»Schwer fürsorglich. Aber ich glaube, eine Decke reicht«, sagte ich und wühlte meinen Kopf und die Hände unter dem dicken Federbett hervor.

»Nix da. Zwei Decken.« Er hob bestimmend den Zeigefinger. »Und einen Grog. Warte.«

Kurz darauf zischte der Wasserkocher in der Küche.

Der Mann musste eine bisher unentdeckte hilfsbereite Seite an sich haben und ich litt an einer verqueren Variante des Stockholm-Syndroms. Das war die einzige Erklärung für das alles hier.

Wir hatten uns seit der Rettung noch nicht gestritten und ich fühlte mich ziemlich wohl in seiner Nähe. Das musste an der Extremsituation liegen. Ich stand ganz sicher nicht auf sexistische Idioten.

Wenn ich ehrlich zu mir war, hatte es mir in den letzten Jahren gereicht, Männer von Weitem anzuhimmeln. Für intensive Gefühle hatte ich die Protagonisten in den Büchern, die ich las. Und das war mir schon Aufregung genug.

»Vorsicht. Heiß.« Er stellte einen dampfenden schwarzen Becher auf den weißen Wohnzimmertisch. »Nicht nur ich, sondern auch der Grog.«

Ich verdrehte die Augen und streckte ihm die Zunge raus.

»Zieh dir bloß schnell etwas über, sonst kann ich mich nicht mehr zurückhalten.«

Lachend verschwand er aus dem Zimmer.

Kurz schaute ich mich um. Eine Spielkonsole, ein riesiger Fernseher, alles sehr reduziert und modern eingerichtet. Aber keine Bücher.

Menschen ohne Bücher sind mir suspekt.

Ich beugte mich vor, nahm den Becher in die Hand, stellte ihn auf der Decke ab und stabilisierte ihn mit drei Fingern. Die Wärme des Grogs breitete sich durch die vielen Schichten bis zu meinem Bauch aus.

»Hey! Vorsicht, nicht auf meine Decke pütschern.«

»Pütschern?« Ich lachte und der Grog im Becher schwappte an den Rand.

»Ja. Eine Flüssigkeit aus Versehen verschütten halt.« Er zuckte mit den Schultern und setzte sich neben mich.

»Besser so?« Mit schiefgelegtem Kopf grinste er mich an und zupfte an seinem hellgrauen Sweatshirt herum.

»Viel besser«, antwortete ich und klammerte mich am Becher fest.

Unangenehme Stille breitete sich zwischen uns aus und je länger sie andauerte, desto größer erschien mir die Hürde, etwas zu sagen. Ich führte den Grog an meinen Mund und pustete.

Tim-Ove ließ mich nicht aus den Augen.

Ich gab mir einen Ruck. »Du kannst deine Bettdecke auch wiederhaben. Dann musst du dir keine Sorgen mehr machen, dass ich sie besudele.«

»Das ist …« Er räusperte sich. »Kein Problem. Also. Wenn du pütscherst … egal.«

Wo war der selbstbewusste, abweisende Kerl hin, der mich immer wieder auf die Palme brachte? Hatte er nur zwei Modi? Unfreundlich schroff und schüchtern besorgt?

Verwirrt pustete ich wieder in den Tee mit Schuss. Der Alkohol brannte in meinen Augen.

»Wie viel Rum ist da drin?«, fragte ich.

»Ein wenig«, antwortete er und kniff die Augen zusammen. »Du musst ja auch warm werden. Ich sehe immer noch Gänsehaut auf deinen Armen.« Er streckte die Hand aus, zuckte aber zurück und ließ sie wieder sinken. »Guck, dort.« Er zeigte auf meinen rechten Arm.

»Ach, der sieht immer so aus.« Schnell versteckte ich den Arm unter der Decke. »Mist. Gepütschert.« Ich betrachtete den nassen Fleck und grinste gleichzeitig, weil ich das Wort so witzig fand.

»Sehr amüsant. Lass mal sehen.« Er beugte sich vor und griff nach meinem Becher. Dabei verschüttete er ebenfalls etwas Grog auf seiner Decke.

Ich unterdrückte ein Lachen. Immerhin war ich nicht der einzige Pütscherdepp hier auf dem Sofa.

Er untersuchte die Decke und rieb mit dem Zeigefinger über die Flecken. »Nur noch etwas feucht.«

Ich schluckte. Sein Gesicht war so nah. Der Druck seiner Hand auf meinem Bauch entfesselte ein kribbelndes Verlangen in mir.

Ich konnte doch nicht … Das war nicht meine Art! Aber … ich wollte mich ändern.

Sein Blick wanderte von meinen Augen zu meinem Mund.

Ich öffnete meine Lippen ein Stück aus Angst, sonst keine Luft mehr zu bekommen. Seine Locken standen widerspenstig von seinem Kopf ab. Ich streckte meinen Arm aus und strich über seinen Hinterkopf. Ich musste seine Haare einfach anfassen. Sie kitzelten an meinen Händen und waren drahtig, aber gleichzeitig seidenweich.

Er atmete geräuschvoll ein und seine Augen weiteten sich.

Blitzartig löste ich meine Finger aus seiner Mähne. »Sorry, ich –«

Weiter kam ich nicht, denn er legte mir einen Zeigefinger auf die Lippen und ohne, dass ich die Kontrolle über meinen Körper hatte, griff ich wieder fest in seine Haare und zog seine Stirn behutsam an meine.

Unsere Nasen berührten sich und sein Finger glitt über einen Mundwinkel über das Kinn an meinem Hals hinab.

»Was …?« Seine Stimme klang rau und bevor er die Frage aussprechen konnte, presste ich meine Lippen auf seine.

Ich wollte jetzt nicht reden. Ich wollte diesem Verlangen, das in mir wütete, einfach nur nachgeben.

Er erwiderte meinen Kuss leidenschaftlich und seine Finger wanderten in meinen Nacken, wo sie mich hielten und die Hitze in mir anfeuerten.

»Mari.« Er hauchte meinen Namen auf meine Lippen. »Das war so nicht geplant«, flüsterte er.

Ich drehte meinen Kopf und spielte mit meinen Lippen an seinem Ohr. »Ich habe mir vorgenommen, nicht mehr so viel zu planen und der Angst vor Neuem keinen Raum zu lassen.« Ich hörte das Blut in meinen Ohren rauschen. »Aber dass das in diese Richtung geht …« Meine Finger strichen über die kurzen Stoppeln an seinem Kinn und umkreisten das Grübchen dort.

»Ach, deshalb musste ich dich aus deiner Seenot retten – geh doch das nächste Mal einfach schwimmen. Ganz geplant. Dort, wo du noch stehen kannst.« Er bedeckte meine Stirn mit zahlreichen Küssen und legte sich mit seinem ganzen Gewicht auf mich.

Zwei Schichten Decken trennten uns voneinander und mir war alles andere als kalt. »Schwimmen? Ich gehe nicht schwimmen. Nie.«

Er lachte dunkel und küsste meine Nasenspitze. »Und warum zum Teufel hast du dir dann ein SUP ausgeliehen? Was kommt als Nächstes? Wasserski fahren, ohne nass zu werden?«

Ich holte Luft, um zu antworten, doch er verschloss meine Lippen mit seinen, sodass aus meinem Mund nur ein Brummen kam, das sich wie ein zufriedenes Seufzen anhörte.

Und vielleicht war es das auch.

Mein ganzer Körper prickelte und selbst meine Zehenspitzen kribbelten wohlig. Ich wühlte ein Bein unter der Decke hervor und umschlang damit seine Hüfte.

Mein Verstand war definitiv auf dem Wasser geblieben. Ich wollte ihn. Jetzt.

Meine Finger streiften seinen Rücken hinunter. Ich schob sie wie in Zeitlupe unter seine Boxershorts und griff fest in seinen Hintern.

Er spannte sich an und stöhnte.

Ein Luftzug wehte durchs Zimmer und aufgebrachtes Gackern ertönte.

»Fuck!« Tim-Ove sprang auf und ich riss ruckartig meine Hand aus seiner Hose.

Die Terrassentür stand offen und drei Hühner rannten durchs Wohnzimmer in die Küche.

»Verdammte Kackhühner!« Er rannte ihnen hinterher.

Ich richtete mich auf und Sternchen tanzten in meinem Sichtfeld. Mir war heiß, ich glühte von innen und meine Vernunft schrie nach Abkühlung.

Schimpfend eilten die drei Hühner aus der Küche und Tim-Ove hinterher. Kurz vor der offenen Terrassentür rannten sie wild durcheinander, bis eine Henne endlich den Weg nach draußen fand und die anderen ihr folgten.

Tim-Ove schloss die Tür, rüttelte an ihr und wischte sich über die Stirn. »Vermutlich hat der Wind die Tür aufgedrückt. Jetzt ist sie zu.« Er räusperte sich und setzte sich neben mich.

Ich legte meine Hand auf seinen Brustkorb. Sein Herz klopfte schnell. Sanft drückte er mich zurück in die Kissen und ich legte ein Bein über seine.

»Was, hm, machen wir nun?« Das Lächeln auf seinen Lippen wirkte unsicher.

Eine seiner dunklen Locken hing ihm über die Stirn und ich wickelte sie bedächtig um meinen Finger.

»Wir hätten da mehrere Optionen …« Ich kaute auf meiner Zunge und bemühte mich, einen klaren Gedanken zu fassen. Wären die Hühner nicht gewesen – wir hätten beide keine Klamotten mehr am Leib, da war ich mir sicher.

»Und die wären?« Seine Hand wanderte unter die Decken und legte sich warm an meine Seite.

Mein Blut kochte unter seiner Berührung und wenn er so weitermachte, blieb es bei einer einzigen unausweichlichen Möglichkeit, wie es mit uns weitergehen könnte.

»Also … Option eins ist … ich stehe jetzt auf und gehe in meine Wohnung. Wir ätzen uns jeden weiteren Tag spätestens beim Mittagessen an, ignorieren diese …«, ich fuhr mit einem Finger über seine weichen Lippen und war überrascht, dass seine Augen noch dunkler werden konnten.

»… also diese, nennen wir es mal wertfrei ›Spannung‹ zwischen uns, und wenn du mich zum Einkaufen fährst, streiten wir.«

Er zog eine Augenbraue hoch. »Interessant.« Zärtlich küsste er meinen Hals und die Stelle prickelte sofort. Zwischen zwei Küssen murmelte er: »Und gibt es noch eine weitere Option?«

»Ja.« Mit all meiner Willenskraft schob ich seinen Kopf von mir weg. »Nicht so schnell. Wir haben noch nicht alle Optionen auf dem Tisch.«

»… oder auf dem Sofa«, konterte er.

»Ein wenig mehr Ernsthaftigkeit bitte!« Ich lachte und kniff ihm in den Bauch, der sich fest und weich gleichzeitig anfühlte. Meine Finger wanderten unter seinen kuscheligen Pulli und schmiegten sich an die nackte Haut darunter.

Er stieß einen wohligen Laut aus und beugte sich zu meinem Ohr: »Bitte nenn mir die anderen Optionen, Drachenbezwingerin. Du bist … ich … weiß nicht.«

Ich griff in seine Locken und bugsierte seinen Kopf in mein Sichtfeld.

»Also. Die zweite Option wäre, wir reißen uns die Klamotten vom Leib …«

Er schluckte, sein Mund war leicht geöffnet und sein Adamsapfel trat hervor. Erneut drückte ich ihm einen Finger auf die Lippen. »… und fallen übereinander her.«

Ein zustimmendes Brummen drang an meine Ohren und zwischen meinen Beinen explodierte das Kribbeln. Seine Lippen näherten sich meinen, doch ich schob ihn mit letzter Willenskraft von mir.

»Aber … dann – wachen wir morgen nebeneinander auf, wissen nicht so recht, wie das passieren konnte, ätzen uns beim Mittagessen an und streiten uns bei jeder Fahrt zusätzlich zu einer schrägen Stimmung, die zwischen uns herrschen könnte.«

Seine Augen weiteten sich und gleichzeitig legte er die Stirn in Falten. »Guter Punkt.« Er holte Luft und legte seine Hand in meinen Nacken und seine Fingernägel malten Kreise vom Haaransatz zum Ohr.

Er ahnte, bei welcher Berührung ich meinen Verstand verlor. »Aber …«, seine Stimme klang rau, »wir könnten uns durch die Laken wälzen und morgen gemeinsam frühstücken. Dann wiederholen wir das Lakenwälzding und ich zeige dir die schönsten Orte an der Bucht.« Er hob eine Augenbraue und ließ sie oben. Er erwartete eine Antwort.

Ich schluckte. Mein Mund war staubtrocken und seine Fingerspitzen auf meiner Haut gaben mir den Rest. Ich suchte meinen letzten Funken Willenskraft. Vielleicht lag die Anziehung nur darin, dass ich Todesangst hatte und er mein Retter gewesen war. Konnte das sein? Ich schob seinen Arm zurück und seufzte. »Möglich. Aber risikoreich.« Ich zwinkerte ihm zu. »Kommen wir zur Option drei.« Dieses Mal hauchte ich ihm einen Kuss auf den Mund, knabberte an seiner Unterlippe und zog mich wieder zurück.

»Das ist Folter, Mari! Was ist die dritte Option?« Er grinste schief und fixierte meinen Mund mit seinen Augen.

»Also. Ich gehe gleich in meine Wohnung und wir unternehmen morgen was zusammen. Und danach bewerten wir unsere Optionen neu.«

Er atmete hörbar aus und vergrub seine Nase an meiner Schulter. »Woher nimmst du die Willenskraft?« Er biss mir sanft in den Hals und saugte an meiner Haut.

Ich war elektrisiert bis in die letzte Zelle.

»Ich«, mit festem Griff krallte ich mich in seine Haare, »ich weiß es nicht. Aber wir sind Nachbarn und ich arbeite für deine Großtante. Es hat mich so viel Überwindung gekostet, München zu verlassen. Wenn ich mich bei dir – mit dir – Hals über Kopf fallen lasse …« Er knabberte an meinem Ohrläppchen und ich stöhnte auf. »… und glaub mir, ich bin verdammt nah dran, einfach über diese Klippe zu springen – aber dann muss ich vielleicht wieder zurück. Und dafür bin ich nicht bereit.«

Er löste sich von mir, setzte sich auf und half mir hoch.

Dann umschloss er meine Hände mit seinen und mein Herz klopfte so heftig, dass mein Brustkorb von innen blaue Flecken bekommen würde.

»Du spürst es auch, oder?« Er sah mir tief in die Augen, schluckte und ich hielt seinem Blick stand und nickte.

»Okay«, krächzte er. »Option drei. Aber ich bringe dich noch zu deiner Tür und du trinkst vorher noch den Grog. Wie sind die Regeln für Option drei?« Er spielte mit meinen Fingern und ich spreizte sie auseinander, um sie mit seinen zu verschränken.

»Regeln?« Ich kniff die Augen zusammen. »Was meinst du damit?«

Er bewegte unsere Hände zu seinem Mund und küsste meine Knöchel. Jeden einzelnen.

»Also. Knutschen ist erlaubt?« Er dirigierte unser Handknäuel wieder nach unten und legte es auf seinem Bein ab.

Ich runzelte die Stirn. »Ja. Ich denke schon.«

»Na gut.« Er löste seine Hände, beugte sich vor und küsste mich so innig, dass ich meine bescheuerten Optionen am liebsten über den Haufen geworfen hätte. Warum war ich so kompliziert? Ich hatte doch diesen Teil von mir in München lassen wollen.

Er stand auf, lächelte mich an, nahm meinen Becher und tauchte prüfend den kleinen Finger in das Getränk. »Ich mach dir den noch mal warm.« Sein Blick blieb noch eine Weile an meinen Lippen haften, bevor er in die Küche verschwand.

Ich massierte meine Schläfe und presste mir eine Hand auf das pochende Herz. Was war das gewesen? Meine Wangen glühten. Ich brauchte keinen Grog, eher eine kalte Dusche.

Trotzdem stürzte ich das warme Getränk einen Moment später hinunter. Der Alkohol brannte in meiner Kehle.

Tim-Ove hatte sich in die andere Ecke des Sofas gesetzt. Ich vermisste seine Berührungen schon jetzt.

Ich stellte den leeren Becher auf den Tisch, rückte zu ihm und schmiegte meinen Kopf an seine Schulter.

Er griff nach meiner Hand und küsste meine Fingerspitzen. »Ich bringe dich jetzt nach Hause«, flüsterte er. »Sonst kann ich für nichts mehr garantieren.«

»Hm hm«, nuschelte ich, atmete seinen Duft noch einmal ganz bewusst ein und stand auf.

Ich schnappte mir meine Tasche und stieg in die Flipflops.

»Warte«, sagte er und verschwand in sein Schlafzimmer. Als er wiederkam, reichte er mir ein dunkles Sweatshirt. »Zieh das über, ist frisch. Ostwind.«

»Danke.« Ich gab ihm meine Tasche und schlüpfte in den Pulli, der frisch gewaschen war, wie ich zu meinem Bedauern feststellen musste. Aber ich konnte ihn ja schlecht fragen, ob er mir einen getragenen Pullover von sich geben würde.

Die Luft draußen war kühl und feucht. Eine einzelne Grille zirpte und die Blätter der Bäume rauschten sanft im Wind. Tim-Ove verschränkte seine Finger mit meinen. Der Kies knirschte unter unseren Füßen.

Wir umrundeten den sogenannten Kuhstall und standen nach wenigen Schritten vor meiner Haustür.

»Dann …« Ich drückte die Klinke hinunter, aber er hielt meine Finger fest umschlossen und umarmte mich. Behutsam stellte er meine Tasche auf den Boden. Mit kräftigem Griff umfasste er meinen Kopf und presste seine Lippen auf meine.

Ich legte die Arme um seinen Hals und versank in dem Kuss. Mein Rücken wurde an die kühle Hauswand gepresst. Ich stöhnte leise in seinen Mund und wollte jeden Zentimeter seiner Haut berühren.

Scheiß auf die Optionen!

Was sagte Frau Larssen noch am Mittagstisch? »*Nachher stirbt man und stellt fest, dass man nur die Kartoffeln gegessen hat.*«

Ich schlang ein Bein um seine Hüfte und drängte mich an ihn.

Er seufzte und löste seine Lippen von mir. Keuchend stand er vor mir.

Ich legte die Hand auf seine Brust und spürte seinen Herzschlag.

»Option drei. Nur knutschen. Deine Regeln.« Nach einem Kuss auf meine Nase trat er zwei Schritte zurück.

Echt jetzt?

Ich fröstelte.

»Morgen um zehn?«, fragte er und nestelte mit den Fingern am Saum seines Pullis herum.

»Ja. Morgen um zehn«, antwortete ich.

»Dann schlaf schön, Drachenbezwingerin.«

»Du auch. Baywatchmann.«

Er lachte auf und sah mir so tief in die Augen, dass mir die Knie weich wurden. Dann drehte er sich um.

Langsam verschwand er im Dunkeln. Mit heftig klopfendem Herzen lehnte ich noch an der Hauswand und lauschte seinen Schritten auf dem Kies.

Kapitel 10

FAHRSTUNDE

Es war zwei Minuten vor zehn, als es an der Haustür klopfte. Mein Herz schlug mir bis zum Hals.

»Komm rein!«, rief ich aus der Küche, trocknete das Besteck ab und räumte es weg.

Tim-Ove lehnte eine Sekunde später im Türrahmen und beobachtete mich. Seine dunklen Locken waren noch feucht vom Duschen und die tief sitzende Jeans mit dem schlichten schwarzen T-Shirt stand ihm ausgezeichnet.

»Moin.« Er grinste schief. »Gut geschlafen?«

Ich nickte, weil ich mir nicht sicher war, ob ich einen Ton herausbringen würde. Ich nahm meine Tasche vom Stuhl und näherte mich ihm. Wir standen uns gegenüber. Ich trat unsicher von einem Bein auf das andere und er legte eine Hand in seinen Nacken.

Er roch fantastisch nach frischem Duschgel, das eine sanfte Bergamotte-Note hatte.

Zögernd streckte ich meinen Arm aus und strich über die weiche Haut an seinem Kinn. Er hatte sich seinen Dreitagebart rasiert.

»Gilt Option drei noch?«, fragte er und hob schelmisch einen Mundwinkel.

Ich hatte einen Frosch im Hals. »Äh ja, ich denke schon«, krächzte ich.

Er griff nach meiner Hand, zog mich an sich und ich küsste ihn auf den Mund. Er schlang die Arme um meinen Rücken und drückte mich fest an sich.

Ich vergrub die Nase an seinem Schlüsselbein und wollte ihn am liebsten auffressen.

»Komm – du willst doch was erleben!« Er zerrte mich hinter sich her in den Flur.

Ich zögerte. »Aber brauche ich dazu nicht Schuhe?«

»Möglich.« Er grinste. »Ich könnte dich auch die ganze Zeit huckepack tragen.«

»Dann nehme ich doch lieber die Schuhe.« Ich lachte und schlüpfte in meine dunkelblauen Ballerinas, die wunderbar zur grauen Leggings und dem schlichten Sommerkleid aus blauem Webstoff passten.

Wir traten ins Freie. Die Sonne kitzelte meine Nase und ich nieste fünfmal hintereinander.

Tim-Ove gluckste. »Alles gut? Nicht, dass du gegen mich allergisch bist.«

»Nee. Das dachte ich mal. Du warst nicht besonders freundlich zu mir, bis du mich aus der Seenot gerettet hast … aber … Nicht lachen. Ich habe Photischen Niesreflex.«

Sein Gesicht ließ mich nicht erkennen, ob er mich für vollkommen durchgeknallt hielt oder mir glaubte.

»Das gibt's wirklich! Habe ich von meinem Papa vererbt bekommen.« Ich nickte mehrmals in der Hoffnung, so glaubwürdiger zu erscheinen.

»Kein Problem. Ich dachte schon, du bist eine Vampirin. Also eine, die das Wasser scheut und bei Licht anfängt zu niesen.« Er kratzte sich am Kopf. »Du weißt schon, nicht, dass ich irgendwann überrascht bin, wenn ich tot aufwache, weil du mich gebissen hast.« Er lachte und machte alberne Röchelgeräusche.

Ich trat auf ihn zu, presste meine Lippen an seinen Hals, knabberte neckend an seiner Haut und murmelte: »Na, hast du schon Angst?«

Er schluckte. »Nicht vor dir. Eher vor mir und der Nichteinhaltung der Regeln. Wenn du so weitermachst, muss ich schon gleich im Auto auf Option zwei wechseln und hoffen, dass es gut ausgeht. Wir sind ja keine sechzehn mehr.«

Ich löste mich von seinem Hals und schaute ihm in die Augen. »Na gut. Dann verhalten wir uns unserem Alter entsprechend und stürzen uns ins Getümmel. Lass uns irgendwohin, wo wir nicht allein sind. Das ist … die sicherste Option.«

»Wenn ich noch einmal das Wort Option höre, packe ich dich und trage dich in meine Wohnung.« Er zwinkerte mir zu und eine Stimme in meinem Kopf schrie mich an, ich solle ganz laut »Option« rufen, damit er seine Drohung wahr machte. Aber er hatte recht. Wir waren keine sechzehn mehr, sondern Mitte zwanzig. Ich zumindest. Wie alt war er? Keine Ahnung. Ich wusste ziemlich wenig über ihn. Nur, dass er Fisch mochte, Boot fahren konnte und einen Führerschein hatte. Ach ja, und er konnte Hühner verscheuchen.

Er streckte mir seine Hand entgegen. Ich verschränkte meine Finger mit seinen und wir schlenderten zum Auto.

Meine Nase hatte sich an die Sonne gewöhnt. Es roch nach Sommer und Meer und versprach ein wunderschöner Junitag zu werden.

Tim-Ove hielt mir die Beifahrertür auf und ich setzte mich in den Wagen. Als er auf seiner Seite einstieg, klammerte ich mich reflexartig am Haltegriff der Tür fest.

»Warum hast du keinen Führerschein?« Er legte seine Hand auf mein Bein.

Von dort aus wanderten Hitzewellen durch meinen Körper und ich presste mein Gewicht in den Autositz. Wie konnte eine einzige Berührung so starke Gefühle in mir auslösen? Das war wunderschön und unheimlich zugleich.

»Führerschein, hm.« Ich sah ihm in die Augen. »Also, in München brauchte ich keinen, wollte ihn später mal machen. Und dann habe ich das irgendwie aus den Augen verloren …« Ich zuckte mit den Schultern.

»Aus den Augen verloren?«, wiederholte er. »Wie kann man denn so was wie den Führerschein aus den Augen verlieren?« Er zog seine Hand weg und ich widerstand dem Drang, sie zu greifen und auf mein Bein zurückzulegen.

»Na, weil es eben nicht wichtig war. Ich kam ja überall hin.«

Er startete den Motor und fuhr ausnahmsweise gesittet vom Hof. »Kam«, murmelte er. »Vergangenheit.« Eine Locke löste sich von den anderen und fiel ihm in die Stirn. »Momentan kommst du nirgendwo hin ohne mich.«

»Also doch Stockholmsyndrom«, sagte ich, lockerte meine Finger am Haltegriff und entspannte die Muskeln.

»What?« Er blinkte und beobachtete die lange Schlange Autos, die auf der Hauptstraße unterwegs war.

»Na ja. Stockholmsyndrom. Also, wenn ein Entführungsopfer Gefühle für den Entführer entwickelt, weil das Opfer von der Gunst des Entführers abhängig ist oder so.«

»Entführer?« Die Reifen rollten geräuschvoll auf dem unebenen Straßenbelag ab und er bog schwungvoll auf die Bundesstraße ein. »Opfer? – Geht's noch?« Er tippte sich an die Stirn. Die Türknöpfe schnappten nach unten. Er hatte das Auto verriegelt und lachte gespielt böse.

»Sehr witzig.« Ich verdrehte die Augen und betrachtete die Landschaft. »Wohin entführst du mich eigentlich?«

»Abwarten. Ich hatte gerade so eine Idee.« Er setzte den Blinker und drehte auf einer Hofeinfahrt um.

»Das kam jetzt unerwartet«, sagte ich und patschte auf den Bildschirm. Irgendwo in diesen ganzen hochmodernen Menüs, musste die Radiobedienung versteckt sein.

»Abwarten.«

Wir nahmen nicht die Abbiegung zum Anwesen, sondern eine spätere. *Privatweg* las ich auf dem Schild, das vergilbt an dem Spurweg stand.

Tim-Ove stoppte das Auto und sah mich lange an, ohne etwas zu sagen.

Mein Puls raste. Das war nicht das, was geplant war. Hier war kein Mensch weit und breit. Mein Mund war trocken. »Was …?«

Feixend presste er die Lippen aufeinander und stieg aus. Der Motor des Autos lief noch. Was hatte er vor? Er umrundete den Wagen und öffnete meine Tür. »Drachenbezwingerin, willkommen zu deiner ersten Fahrstunde.« Er reichte mir die Hand.

Ich ergriff sie und er half mir aus dem Auto, hauchte mir einen Kuss auf die Lippen.

Meine Knie wurden weich. O mein Gott, er roch so gut. »Fahrstunde?«, stammelte ich. »Du meinst, ich soll dieses Auto da fahren?« Ich zeigte auf den Wagen hinter mir. »Bist du dir sicher?«

»So sicher war ich mir noch nie.« Er wickelte eine meiner Haarsträhnen um seinen Finger und schob sie hinter mein Ohr.

Meine Atmung beschleunigte sich. Noch nie hatte ich am Steuer eines Autos gesessen. Das letzte Steuerrad, an das ich mich gesetzt hatte, war vermutlich das meines knallroten Bobbycars gewesen.

»Aber, ich mache bestimmt was kaputt und überhaupt die Straße, guck mal, die ist gar nicht komplett. Da ist in der Mitte Grün. Das zählt doch gar nicht als richtige Straße. Was ist, wenn ich dein Auto zerstöre oder in den Graben fahre oder gegen einen Baum oder nicht bremsen kann, oder –«

Er massierte meine Hände. »Entspann dich.« Sein Gesicht war direkt vor meinem.

»Und wie genau soll das gehen?«, flüsterte ich.

Er legte den Kopf schief und lächelte mich an. Seine Hände hielten meine immer noch fest und er drängte mich ein Stück von der offenen Beifahrertür weg in Richtung Heck. Mein Rücken wurde an das Blech gepresst, das vom laufenden Motor leicht vibrierte. Seine Nase berührte meine und suchte sich den Weg zu meiner Wange. »Erst die Fahrstunde, dann eine riesige Eistüte. Mit Schokoküssen.« Seine Lippen streiften meine.

»Das klingt besser als alle Optionen zusammen.« Ich beugte mich vor und küsste seinen Mundwinkel.

Er zog die Augenbrauen zusammen. »Wie? Ein Eis klingt besser, als mit mir im Bett zu landen?«

Mein Gesicht wurde warm. »Ja, nein. Also.« Ich löste eine Hand aus seinem Griff und zupfte meinen Pony zurecht. »Sagen wir mal so. Ein Eis mit Schokoküssen klingt deutlich vernünftiger, als kopflos mit jemandem in die Kiste zu hüpfen, den ich erst seit einer Woche kenne, über den ich nichts weiß und der die meiste Zeit versucht hat, mir das Leben zur Hölle zu machen.«

»Du lenkst ab.« Er trat einen Schritt zurück.

»Wovon? Und übrigens: Du auch.« Ich legte meine Hände an das glatte, lackierte Blech des Autos.

»Na von deiner Fahrstunde.« Er hielt meinen Arm und zerrte mich um das Auto herum. »Also Mari, erst die Fahrstunde, dann darfst du mich alles fragen. Und …« Er umschloss meine Wangen mit seinen Händen. »Es tut mir leid, dass ich gemein zu dir war. Das war, nicht … Ach, ich weiß auch nicht. Aber … Es ist kompliziert.«

»Ich bin gespannt«, murmelte ich und das bevorstehende Autofahren ließ mein Herz schneller klopfen. Ich setzte mich auf den Fahrersitz und schnallte mich sofort an. Tim-Ove schloss behutsam die Tür und umrundete das Auto vorn herum zur anderen Seite.

»Na du hast ja Nerven«, sagte ich, als er neben mir Platz nahm. »Ich hätte dich umfahren können!«

Er lachte auf. »So, wie du die Augen aufgerissen und das Lenkrad angestarrt hast, hast du bestimmt nicht einmal irgendetwas angefasst, während ich vor dem Auto war.«

»Ähm, ja.« Ich prüfte die Position meiner Hände, wie war das noch? Neun und drei Uhr? Ehrfürchtig strich ich über das Lenkrad. So wie meine Hände schwitzten, war ich überrascht, dass sie keinen nassen Film auf dem Kunstleder hinterließen.

»Und nun?« Mit erhöhtem Puls guckte ich Tim-Ove an.

»Nun kommen die Grundlagen. Gas rechts, Bremse in der Mitte. Beide Pedale betätigst du mit dem rechten Fuß.« Er deutete in den Fußraum.

»Gehören da nicht drei Pedale hin? Was macht mein linkes Bein?«

»Das kannst du dir abhacken. Das hat Pause.« Er beugte sich zu mir, nahm eine meiner feuchten Hände vom Lenkrad und legte sie auf den Hebel zwischen uns. Er tippte mit seinen Fingern auf meinen Handrücken und wies mich in die verschiedenen Fahrstufen, wie er sie nannte, ein.

Ich hatte Schwierigkeiten, seinen Worten zu folgen, da meine Hormone Polka tanzten und keinen einzigen klaren Gedanken zuließen.

»Und jetzt trittst du auf die Bremse und schiebst den Wählhebel in Position D.«

Ich zögerte. »D steht für – Das kann ich nicht, ich habe Angst?«

»Vollkommen falsch. D steht für: Doch, das schaffst du!« Er atmete geräuschvoll ein und aus. »Also. Rechter Fuß auf die Bremse und den Hebel auf D schalten. Ich zähle bis drei. Eins.«

Ich presste den rechten Fuß auf das riesige Pedal.

»Zwei.«

Meine linke Hand umklammerte das Lenkrad, die rechte ruhte auf dem Wählhebel. Tim-Ove legte seine darauf und schob mit mir zusammen den Knauf nach vorne.

»Drei.«

Ich spürte einen Ruck am Fuß und im ganzen Auto. Mit aller Kraft drückte ich aufs Bremspedal.

»Prima. Und nun langsam den Fuß vom Pedal heben und abwarten, was passiert.« Er streichelte über meinen Handrücken.

»Und was passiert dann?« Ich zog meine Hand unter seiner weg. Sie zitterte.

»Musst du immer alles vorher wissen?« Er fuhr sich durch seine dunklen Locken.

Ich umklammerte das Lenkrad. »Ja, das gibt mir Sicherheit.«

»Aber wo bleibt denn da der Spaß?« Er wandte sich mir zu, beugte sich vor und hauchte mir einen Kuss auf die Wange.

Meine Haut glühte. Gleichzeitig folgte mein nächster Schweißausbruch. »Das hier ist kein Spaß. Das steht für mich auf meiner persönlichen Risiko-Skala kurz vor Bungee-Jumping.« Ich kniff die Lippen zusammen.

»Runter von der Bremse!« Er pikste mir mit dem Finger in den rechten Oberschenkel.

Das Blut rauschte in meinen Ohren.

»Ich kann … nicht …«

»Doch. Jetzt.« Seine Stimme verhärtete sich und der strenge Ton löste einen Schmerz in meinem Brustkorb aus. Ich atmete schneller.

Tim-Ove schien das zu bemerken und legte mir seine flache Hand auf das Brustbein. »Ruhig. Sorry. Ich wollte nicht … Ich bin ja da.«

»Ja, und genau das ist Teil meines ganz akuten Problems. Wärst du nicht da, müsste ich nicht den Fuß von der Bremse nehmen. Ich müsste überhaupt gar nicht auf dem Fahrersitz sitzen.« Mein Bein schmerzte, so fest drückte ich es durch.

»Gestern warst du so mutig und bist, ohne nachzudenken, mit dem SUP auf die Förde rausgepaddelt und nun hast du

Angst, den Fuß von der Bremse zu nehmen und das Auto loskriechen zu lassen? Ist das dein Ernst? Gibt es bei dir nur Vollgas oder Bremse?«

Ich schluckte und schloss die Augen. Meine Atmung wurde ruhiger.

Was soll schon passieren? Das hier ist ein Feldweg.

»Was mache ich, wenn das Auto zu schnell fährt?« Vorsichtig sah ich zu ihm rüber.

»Dann bremst du wieder.« Er lächelte mild, lehnte sich komplett zu mir und küsste mich auf den Mund.

Ich entspannte und verspannte mich gleichzeitig. Hätte ich mich bloß für Option zwei entschieden, dann wären wir jetzt nicht hier, sondern in seinem Bett. Ich beendete den Kuss und drückte ihn auf seine Seite zurück.

»Schnall dich an!«

Er lachte belustigt.

Ich verengte die Augen.

»Schon gut, schon gut.« Endlich griff er nach dem Gurt.

»Na dann. Halt dich fest.« In Zeitlupe lockerte ich den Druck vom Pedal. Das Auto kroch los.

»Es fährt!«, schrie ich. »Guck mal, es fährt! Ich fahre! Ich fahre Auto!« Ich lachte und der Wagen schlich in Schrittgeschwindigkeit den Feldweg entlang.

»Wie gut, dass ich mich angeschnallt habe«, sagte er ironisch und prustete unterdrückt los.

»Sicher ist sicher.« Ich biss mir auf die Zunge und konzentrierte mich darauf, das Lenkrad gerade zu halten, und mein Oberkörper verkrampfte.

»Möchtest du ein wenig Gas geben?«, fragte er vorsichtig.

»Ich weiß nicht. Da vorne kommt eine Kurve.« Ich zeigte mit meinem Kinn in Richtung der sanften Biegung vor uns.

»Ja, natürlich. Da würden wir mit 30 km/h vermutlich von der Strecke fliegen.« Nun lachte er laut auf.

Ich ärgerte mich über sein arrogantes Verhalten. Wollte er mir helfen oder mich vorführen? Was wollte er überhaupt von mir?

Ich presste die Lippen aufeinander und bewegte den Fuß nach rechts, bis das flachere und schmalere Pedal unter meinen dünnsohligen Ballerinas lag. Behutsam übte ich Druck aus.

Der Wagen bewegte sich etwas schneller. Ich traute mich nicht, zu blinzeln, und lenkte um die seichte Kurve. Meine Mundwinkel wanderten nach oben.

Ich fuhr Auto.

Ich fuhr wirklich Auto.

Und es war gar nicht so schlimm, wie ich gedacht hatte. Im Gegenteil. Es brachte jede Menge Spaß.

Tim-Ove streichelte meinen Oberschenkel und drückte die Finger kurz zusammen. »Ich wusste, dass du das kannst.«

Mutig gab ich noch etwas mehr Gas und steuerte den BMW um eine weitere Biegung. Meine Schultern entspannten sich und ich atmete durch. Vielleicht konnte ich mich doch irgendwann bei einer Fahrschule anmelden. Zumindest löste dieser Gedanke keine Reihe von an den Haaren herbeigezogenen Horrorszenarien aus, wie er es sonst immer getan hatte. Im Gegenteil: Ich hatte Spaß am Autofahren und sah mich schon in einem Cabrio in den Sonnenuntergang brausen.

Mit Tim-Ove.

O verdammt!

»Da vorne kannst du anhalten.«

»Kann ich nicht noch etwas weiterfahren? Das ist cool!« Ich löste eine Hand vom Lenkrad und legte sie auf seine, trotzdem lenkte ich den Wagen souverän um die nächste Biegung.

»Meinetwegen. Der Weg endet hinten im Wald an einer Lichtung. Da wenden wir.«

Die ersten Bäume säumten den geraden Weg und ich drückte das Pedal weiter nach unten. Am Ende des Wegs schlug ich das Lenkrad ein. »R steht für rückwärts?«

»Jo.«, sagte Tim-Ove »Und dann musst du –«

»Ach, keine Sorge, ich schaff das schon«, unterbrach ich ihn und wendete den BMW in zwei Zügen.

Er erklärte mir, auf welchen Buchstaben man bei einem Automatikauto den Hebel zum Parken schieben musste. Mit Freude fuhr ich den ganzen Weg zurück, stoppte erst kurz vor der Bundesstraße und schob den Hebel auf »P«.

Ich blieb auf dem Fahrersitz sitzen und strich über das Markenzeichen in der Lenkradmitte.

Tim-Ove stieg aus, umrundete das Auto und half mir aus dem Wagen. Meine Beine zitterten. Ich hielt mich an seinen Schultern fest und zog mich an ihm hoch.

»Danke«, sagte ich und küsste seinen Hals. »Das war der Hammer!«

»Da nicht für.« Seine Lippen kitzelten an meiner Schläfe.

»Obwohl du zwischendurch ganz schön unfreundlich warst.« Ich biss ihm ins Ohrläppchen.

»Aua!« Er nahm mein Gesicht in seine Hände. »Ich hatte das Gefühl, du brauchtest mal eine klare Ansage.«

»Ist das die moderne Dorfpädagogik?«, fragte ich mit ironischem Unterton.

»Wenn du meinst.« Er schluckte. »In der Stadt ist es bestimmt toll, wenn alle immer auf Friede, Freude, Eierkuchen machen, obwohl sie sich eigentlich mal gegenseitig die Meinung geigen sollten.« Er drängte mich beiseite und setzte sich ins Auto.

Ich blieb stehen und versuchte, zu verstehen, was auf einmal mit ihm los war.

Er schloss die Tür und ließ den Motor aufheulen. Aufgeschreckt eilte ich zur Beifahrerseite und stieg ein.

Tim-Oves aggressiver Gasfuß war zurück und er drückte das Pedal durch, dass kleine Steine an den Radkasten trommelten.

Ich fühlte mich mies. Eine Leere breitete sich in meinem Brustkorb aus und mein Kopf war wie in Watte gepackt. Er hatte die Lippen fest aufeinandergepresst. Sein Mund war nur noch ein winziger Schlitz und das Grübchen am Kinn kaum zu erkennen. Angestrengt kniff er die Augen zusammen und hinter seiner Schläfe schien es zu rattern.

»Hey, weißt du … es …« Ich zog meine Oberlippe zwischen die Zähne und streichelte seinen Arm. »Es tut mir leid. Das war nicht nett von mir.«

»Schon gut.« Er schüttelte meine Hand ab, stellte das Radio an und drehte es volle Pulle auf.

Kapitel 11

TRETBOOT MIT RUTSCHE

Tim-Ove lenkte den BMW souverän über die Landstraße in Richtung Eckernförde. Der Motor blubberte vor sich hin. Seine Gesichtszüge waren immer noch angespannt.

Meine Dorfbemerkung hatte ihn mehr verletzt, als ich gedacht hatte, und es tat mir leid. Jeder Mensch hat seine wunden Punkte. Vielleicht war das eine seiner Unsicherheiten.

Dass er in der schleswig-holsteinischen Provinz wohnte und nicht in Hamburg oder München, war für ihn möglicherweise ein Manko – warum auch immer.

Behutsam strich ich mit der Hand über sein Bein. Seine Muskeln strafften sich unter meiner Berührung, aber seine Miene wurde weicher. Meine Fingerspitzen malten Kreise auf dem Jeansstoff und synchron zu seinem Tippen aufs Lenkrad verringerte sich die Lautstärke des Radios.

»Sorry, ich wollte nicht …«, begann er und wanderte mit seiner Hand meinen Arm hinauf.

»Nee, alles gut. Es ist überhaupt gar nichts doof daran, auf dem Land zu wohnen. Im Gegenteil. Es ist viel echter und ehrlicher und ich mag das.«

Und dich, fügte ich in meinen Gedanken hinzu und intensivierte meinen Griff um sein Bein. Wärme strahlte durch den gewebten Stoff seiner Hose.

Er schluckte auffällig geräuschvoll. »Wenn ich das Auto anhalte, werde ich dich küssen müssen.« Er griff nach meinem Handgelenk und führte meine Finger an seinen Mund.

Ich hielt die Luft an und Hitze strömte durch meinen gesamten Körper. Dieser Kerl mit seinem schwarzen T-Shirt, seiner Jeans und den wuscheligen dunklen Haaren machte mich verrückt. Vielleicht hätte ich doch über meinen Schatten springen und gestern nicht in meinem Bett schlafen sollen.

Ich biss mir auf die Zunge. Ich wollte spontaner sein … Meine innere Stimme rügte mich umgehend, dass ich mich nicht von Äußerlichkeiten blenden lassen sollte. Es kam schließlich auf die inneren Werte an und er hatte sich schon das ein oder andere Mal ziemlich danebenbenommen. Ich sollte mehr über ihn herausfinden. Und ein One-Night-Stand kam definitiv nicht infrage. Wir wohnten nebeneinander und ich arbeitete für seine Großtante. So abgebrüht war ich nicht.

»Sag mal, wie alt bist du eigentlich?«

Er ließ mich los und tippte auf den Tasten am Lenkrad herum. »Dreißig«, sagte er und betätigte den Blinker.

Ich fragte weiter: »Und … was machst du so? Ich meine, wie verdienst du Geld?«

Er schwieg und ich bohrte nach. »Ich meine, du wirkst jetzt nicht wie jemand, der sämtlichem Materialismus abgeschworen hat. Immerhin fährst du einen modernen BMW.«

Falten bildeten sich auf seiner Stirn und er sah nicht eine Millisekunde zu mir rüber. »Ach, ich bin Freiberufler. Debugge Games und Trade noch privat ein wenig. ETFs, Rohstoffe, was gerade gut geht.« Den letzten Teil brummte er mehr, als dass er sprach.

»Und, was machst du da –?«

»Was für ein Vollspacko!« Er bremste scharf und schlug mit der Faust auf die Hupe.

Ich hielt mich am Haltegriff fest.

»Was trägt die auch ihr Auto so um die Kurve?« Er trat aufs Gas und ich wurde in den Sitz gedrückt. Wenige Sekunden später bremste er wieder auf dreißig runter.

Rechts von uns erschien das Meer. Der blaue Himmel war vor Wolken kaum noch zu erkennen, aber trotz des Grau in Grau schimmerte die Ostsee türkisfarben. Vor Freude über diesen Anblick legte ich meine Hand wieder auf sein Bein und griff etwas fester zu, was Tim-Ove ein kehliges Geräusch entlockte. Er setzte den Blinker und bog in Richtung Café Seestern ab. Seine Armmuskeln bewegten sich geschmeidig, als er seine Finger nach mir ausstreckte und in meinen Nacken gleiten ließ.

Schwungvoll parkte er auf einem der freien Stellplätze ein und stoppte den Motor.

Die Stille im Wagen wurde laut in meinen Ohren.

Tim-Ove wischte über das Lenkrad und biss sich auf die Unterlippe. Die Luft im Auto war wie elektrisch aufgeladen. Wenn er mich nicht küsste, würde ich das übernehmen. Es gab keinen anderen Weg. Meine innere Stimme kam nicht gegen die Welle von Verlangen an, die sich seit gestern Abend aufgebaut hatte.

Ich schluckte und die Geräusche der Autos, die auf der Straße vorbeifuhren, wurden vom Pochen meines Herzschlags übertönt.

Tim-Oves Augen verdunkelten sich, seine Lippen waren leicht geöffnet.

Ich strich über seine glattrasierte Wange. Seine Haut prickelte unter meiner Handfläche und er beugte sich zu mir herüber und legte seine Lippen auf meine. Nicht sanft, sondern fordernd und leidenschaftlich. Damit löste er meinen inneren Widerstand in Luft auf und ich seufzte in den Kuss.

Oder war es ein Stöhnen gewesen?

Wie peinlich.

Nein, Stopp. Das wäre der alten Mari peinlich gewesen. Ich hatte neu angefangen, packte die Gelegenheit beim Schopf und nun lehnte ich mich in diesen Kuss, als bräuchte ich seine Lippen, seine Zunge und seine Nähe zum Atmen.

Meine Finger vergruben sich in seinen Haaren. Ich wollte ihn spüren, wollte ihm nah sein.

Er legte den Arm um mich, hob mich ein Stück aus dem Sitz und zog mich zu sich herüber, aber die klobige Mittelkonsole des Autos stellte sich ihm in den Weg.

Warum war es in Liebesfilmen immer so einfach?

Da fuhren die Paare alte amerikanische Wagen mit durchgängiger Sitzbank. Ich hingegen hing hier ungelenk wie ein Wischmopp überm Eimer.

»Mari … ich … wir … das … geht so nicht.« Bei jedem Wort wanderte er mit seinem Mund von meinem in Richtung Hals.

Abrupt löste er sich von mir. Kälte kroch mir in alle Glieder, nur meine Wangen glühten.

Er stieg aus und öffnete kurze Zeit später die Tür der Beifahrerseite. Mit seinen muskulösen Armen half er mir aus dem Auto. Ich schnappte mir meine Handtasche und schloss die Tür. Er schlang seine Arme um meinen Rücken und küsste mich auf eine Art und Weise, als wären wir die einzigen Menschen auf der Welt.

Hektisch sah ich mich um.

Er bemerkte meine Blicke und strich mir eine Haarsträhne hinters Ohr. »Keine Sorge. Das interessiert niemanden.« Sein Atem kitzelte an meinem Hals. »Außerdem kann ich nicht aufhören, dich zu küssen.«

Ich legte eine Hand auf seine Wange und betrachtete den dunklen Kreis um seine tiefblauen Iriden. »Warum warst du so abweisend zu mir?«

Er küsste die empfindliche Haut unter meinen Brauen. »Von der Sekunde an, als du aus dem Zug gestiegen bist, war ich verknallt.« Sein Daumen fuhr über meine Lippen.

Ich erschauderte und versuchte, die Hitze in meinem Körper zu ignorieren.

»… und das war das Letzte, was ich wollte.« Sein Mund wanderte zurück zu meinem Hals und bedeckte ihn mit sanften Küssen.

Er war verknallt? Er wollte es nicht? Warum?

Ein dichter Nebel legte sich über meine Gedanken. Meine Mitte pulsierte unter dem Druck seiner festen Umarmung. Ich war verloren, ebenfalls verknallt und unglaublich scharf auf den gut aussehenden Kerl in meinem Arm, der mir so viele Rätsel aufgab.

»Hey Mari!« Eine Autotür rumste und Anni kam mit ihren wippenden braunen Locken auf mich zu. Tim-Ove hielt mich weiter fest und meine Wangen glühten vor Verlangen und Scham.

»Wer ist denn da so nah an deiner Seite?« Sie grinste von einem Ohr zum anderen und streckte ihre Hand in Richtung Tim-Ove aus, der mich immer noch fest umklammerte.

»Das ist Tim-Ove Larssen. Mein, äh, Fahrer.«

Er lockerte den Griff und zog interessiert eine Augenbraue hoch.

»Moin. Ich bin Anni, die, äh … Eisverkäuferin von Mari.« Sie lachte hell auf und streckte ihm immer noch die Hand entgegen. In Zeitlupe löste er seinen Arm von meinem Rücken. »Moin, Anni. Schön, dich kennenzulernen.« Höflich schüttelte er ihre Hand und straffte seine Schultern.

»Wollt ihr einen Kaffee? Ich geb einen aus.«

Ich sah Tim-Ove auffordernd an und er nickte fast unmerklich.

»Gerne«, antwortete ich Anni, die immer noch grinste und in Richtung Strandpromenade loslief.

»Ich bring nur noch schnell die Post ins Büro. Setzt euch doch schon mal ins Café.« Sie wedelte mit etwas Braunem herum und erst jetzt bemerkte ich die Briefe, die sie im Arm hielt.

»O-kay«, stammelte ich und schaute ihr hinterher.

Tim-Ove verschränkte seine Finger mit meinen und wir schlenderten ihr hinterher. Sein Daumen strich sanft über meinen Handrücken und mein Körper reagierte darauf mit einem inneren Feuerwerk und weichen Knien. Das war alles etwas verwirrend, aber es fühlte sich unglaublich aufregend an.

Noch hatte ich sein Aftershave in der Nase, aber es wurde von Meeresluft und Seegras überlagert. Eine Möwe kreischte über unseren Köpfen und griff ihre Kollegin an, die sich eine weiße Papiertüte aus dem Mülleimer gefischt hatte.

Ich sprang beiseite und Tim-Ove zog mich fest in seinen Arm. »Solange du kein Fischbrötchen bist, lassen dich die Möwen in Ruhe.«

Ich lachte und legte den Arm um seine Seite.

Wir prusteten los und schlenderten weiter.

Wie der Tütenkonflikt der Möwen ausging, wusste ich nicht und es war mir auch egal, denn in Tim-Oves Arm hatte ich die Vögel in der nächsten Sekunde vergessen.

Das Reetdach vom Café Seestern hatte eine ähnliche Farbe wie der Himmel, doch das graue Wetter störte mich nicht. Im Gegenteil. Ich fühlte mich wie im Vollrausch. So wie damals, als ich auf dem Schulhof meine Hände mit denen von Marius verschränkt und wir uns geküsst hatten. Dieses Hochgefühl hatte sogar die Lateinstunde überstanden, bei der mir positive Gefühle normalerweise fremd gewesen waren. Genau so fühlte es sich an. Als wäre ich noch mal fünfzehn.

Ich kicherte laut.

»Was ist so lustig?« Tim-Ove streichelte mit dem Daumen über meinen Oberarm.

»Ach nichts. Ich habe nur an die Lateinstunden von früher gedacht.« Konnten meine Wangen noch wärmer werden?

»Also ich weiß nicht, wo du zur Schule gegangen bist, aber die Lateinstunden, die ich hatte, waren alles andere als lustig«, brummte er und wir betraten den grünen Kunstrasen vor dem Café und setzten uns in einen der feuerroten Strandkörbe.

»Was kann ich euch Turteltauben bringen?« Anni grinste immer noch und ich versuchte, in dem harten Polster des Strandkorbs zu versinken. Aber so sehr ich mich auch anstrengte, ich hatte meine Mundwinkel nicht im Griff.

Egal. Immerhin war es nur Anni. Sie hatte in besagter Lateinstunde neben mir gesessen und ich musste meine Gefühle nicht vor ihr verbergen.

Trotzdem wollte ich mich verstecken. Vielleicht, weil die Sache mit Tim-Ove so frisch und ich vollkommen überwältigt war von der Intensität der Gefühle, die er in mir auslöste.

»Moinsen, Timmy, das ist ja 'n Ding. Geht's gut?« Kjell kam auf uns zu, fuhr sich durch seine blonde Surfermähne und küsste seine Freundin liebevoll auf den Hals.

»Muss ja.« Tim-Ove nickte ihm zu.

»Woll.« Kjell kniff die Augen zusammen und bewegte sein Kinn fast unmerklich zum Gruß.

»Bock auf Tretbootfahren?« Kjell lächelte auffordernd in die Runde.

»Spinnst du?« Anni verengte die Augen und sah ihren Freund strafend an.

Kjell zuckte nur mit den Schultern und lächelte sie schief an, was ihre Gesichtszüge entspannte.

»Tretboot klingt mega.« Tim-Ove nickte unterstützend in Kjells Richtung.

»Kaffee und Schokoladeneis klingt auch nicht schlecht«, sagte ich und Anni streckte ihren Daumen nach oben.

»Endlich mal jemand mit 'nem realistischen Vorschlag. Cappu, Schokoladeneis und Sahne kommen sofort.« Mit dem Finger zeigte sie von Tim-Ove zu Kjell und zurück. »Und ihr zwei Kasper könnt euch das Tretbootfahren in die Haare schmieren. Wir können nicht einfach das Café dichtmachen.«

»Aber Dana ist doch da. Sie ist schon super eingearbeitet. Und schau mal das Wetter an. Da geht heute nicht viel.« Kjell guckte wie ein kleiner Junge, der Hausarrest bekommen hatte.

»Aber es ist warm.« Anni stemmte die Hände in die Hüften.

»Aber, aber, aber. Du hast auch immer eine Ausrede. Sklaventreiberin!« Er biss ihr zärtlich in den Nacken und schritt in Richtung Café.

»Und du?« Anni sah Tim-Ove auffordernd an. Er war gerade damit beschäftigt, mit seinem Finger an der Innennaht meiner Leggings entlangzufahren.

Ich musste mich wirklich sehr konzentrieren, um nicht laut aufzukeuchen.

»Ich?« Er hob eine Augenbraue und setzte seine Wanderung an meinem Bein fort. »Einen Kaffee bitte. Einfach schwarz.« Er räusperte sich. »Danke schön.«

»Da nicht für.« Anni zwinkerte ihm zu.

»Hey, du hast ja schon richtig norddeutschen Slang drauf!« Ich lächelte meine Freundin an. »Und Danke.«

Wie gesagt: »Da nicht für.« Dieses Mal sprach sie das »Für« aus, als hätte es statt des »Rs« ein »A« hinten, um besonders norddeutsch zu wirken.

»Fast perfekt«, sagte Tim-Ove in anerkennendem Ton. »Da bekommen wir Mari auch noch hin.«

»Na logisch.« Anni kicherte und eilte zum Café.

Mein Herz klopfte schneller. Nun war ich wieder alleine mit Tim-Ove, den alle, die ihn länger kannten, Timmy zu nennen schienen. Und dieser Timmy hatte seine Finger an Stellen, von denen ich gar nicht wusste, dass sie bei Berührung mein Blut zum Kochen brachten. Allein schon seine Fingerspitzen an meinem Nacken machten mich komplett verrückt und es prickelte bis in meinen großen Zeh.

Ich musste unbedingt mehr über ihn herausfinden. Obwohl – musste ich das wirklich? Oder war es die alte Mari, die alles kontrollieren wollte und deshalb Gelegenheiten verpasste? Sollte ich nicht lieber im Moment leben und ab und zu meine Komfortzone verlassen, um das Mehr des Lebens auszukosten? Gefühle, die mir ansonsten in ihrer spontanen Intensität verborgen blieben?

Einfach mal fallen lassen. Ich atmete schwer. *Mein ganzes Optionengequatsche ist das bescheuerte Ergebnis meiner eigens auferlegten Einschränkungen.* Warum tat ich nicht mal ganz spontan, was mein Bauchgefühl mir sagte?

Auf geht's, Mari!

Ich drehte mich zu Tim-Ove, schob ihm meine Hand in den Nacken und presste meine Lippen auf seine. Ich legte alles in diesen Kuss. All die aufgestaute Begierde, die Unsicherheit, das Verlangen. Ich öffnete mich ihm und löste die gedankliche Bremse, die mich zurückgehalten hatte.

Er hielt inne und erwiderte meinen Kuss mit der gleichen Intensität.

Um mich herum verschwand die Welt und ein Strudel von wildem Verlangen durchflutete meine Adern.

»Ähm.« Anni räusperte sich und die Hitze in meinem Gesicht ließ meinen Kopf gefühlt bald platzen.

Ich lehnte mich vor und nahm ihr den Kaffee für Tim-Ove aus der Hand.

»Ich hätte auch ein Gästezimmer.« Sie zwinkerte uns zu und reckte ihr Kinn zum Café.

Und ich biss mir auf die Zunge. »Danke für den Kaffee«, sagte ich und ignorierte ihr Angebot.

»Ja. Herzlichen Dank für den Kaffee. Kann Kjell dich nicht noch erweichen zum Tretbootfahren? Nur für eine halbe Stunde. Das wäre doch eine coole Sache.« Tim-Ove legte den Kopf schief und spielte mit meinen Haarspitzen. »Nur, damit Mari Eckernförde mal vom Wasser aus sieht.« Er grinste breit. »Schwedeneck hat sie ja schon fast mit dem SUP in Richtung Kieler Bucht umrundet.« Sein Körper bebte vor Lachen.

Anni riss die Augen auf. »Mari – du? Das glaube ich nicht. Du hältst doch maximal einen Fuß ins Wasser.«

»Zwei, wie du weißt!«, merkte ich an und griff nach Eisbecher und Löffel, bevor die süße Köstlichkeit zerfloss. »Mit Schokostreuseln?« Ich beäugte die dunklen Sprenkel auf der Sahne.

»Na klar – Schokokussbrötchen haben wir leider nicht da. Nur welche mit Matjes.«

»So eines hätte ich gerne«, mischte sich Tim-Ove ein. »Ich hol's mir aber selbst.« Schon war er aufgestanden und rannte fast in Richtung Café.

Anni riss den Mund und die Augen weit auf und sah ihm hinterher. Dann quiekte sie in meine Richtung. »Mariiii! Das ist ja! Du und … ich dachte, der sei so unfreundlich?! Was ist passiert? Du musst mir alles erzählen!« Sie lehnte sich noch näher zu mir. »Wirst du nicht, ich weiß. Aber zumindest fast alles. Ist das was Ernstes? Also seid ihr offiziell zusammen? Und habt ihr? Du weißt schon?« Sie zwinkerte mir so ausdauernd zu, dass ich mir Sorgen machte, sie hätte ein nervöses Augenleiden.

Auf welche Frage sollte ich zuerst antworten? Ich holte bewusst Luft und schob mir einen Löffel Schokoladeneis in den Mund. Für eine Sekunde schloss ich die Augen. War es was Ernstes mit Tim-Ove?

»Nee. Nichts Ernstes.« Ich stieß den Löffel erneut in das schmelzende Schokoeis. »Also erst irgendwie seit gestern und«, ich fühlte meine Ohren heiß werden, »nein, wir haben nicht.«

»Wir haben nicht was?« Tim-Ove hatte einen Teller in der Hand, auf dem ein Fischbrötchen lag.

Ich schlitterte von einer Peinlichkeit in die nächste. Bevor ich noch etwas Unüberlegtes sagen konnte, stopfte ich mir einen üppig gefüllten Löffel Eis in den Mund.

»Ich habe mit Dana und Kjell geschnackt. Ne gute halbe Stunde könnt ihr bei dem Wetter ohne Weiteres das Café verlassen.« Tim-Ove setzte sich und biss mit einem stöhnenden Laut in sein Fischbrötchen.

Anni riss die Augen auf, öffnete den Mund und schloss ihn wieder. Kjell tauchte hinter ihr auf und legte ihr die Hände auf die Schultern. »Ich dachte, er sagt es dir lieber. Mich hättest du wahrscheinlich mit dem Nudelholz zurück in die Küche geprügelt.« Er lachte tief brummend, aber Annis Miene war schwer zu deuten.

Ihre Schultern lockerten sich unter Kjells sanfter Massage und sie seufzte. »Na gut. Für Mari. Aber nur, weil ich neugierig auf ihre neu erworbene Wasserliebe bin.« Sie guckte zweideutig von Tim-Ove zu mir und zurück und dann auf ihre Armbanduhr. »In zwanzig Minuten könnten wir starten. Bis dahin müssten wir eigentlich alles vorbereitet haben.« Sie malte mit ihren Händen Kreise in die Luft, als würde sie sich

Notizen machen, und schaute sich über die Schulter zum Café um.

»Ach, das Café wird schon nicht untergehen. Dana schaukelt das schon.« Kjell drückte ihr mit lautem Schmatzen einen Kuss auf die Wange.

Ihr besorgter Gesichtsausdruck verschwand. »Bis gleich«, sagte sie und sammelte Geschirr vom Nachbartisch ein. Kjell half ihr dabei und folgte ihr mit fröhlichem Pfeifen in den kantigen Anbau des windschiefen Reetdachhauses.

Die Frau am Tretbootverleih trug einen Kapuzenpullover und ihr hoher Dutt wackelte vor und zurück, als sie mir einen wasserdichten Sack übergab.

Ich schluckte und betrachtete das quietschorangefarbene Stück Plastik. Gestern hatte mir so ein Ding kein besonderes Glück gebracht, aber heute war ich nicht allein.

Ich stopfte meine Tasche in den Sack, Tim-Ove legte sein supermodernes Smartphone und eine schwarze Ledergeldbörse hinein. Ich gab den Sack weiter an Anni.

»Welches nehmen wir? Eins mit Rutsche?« Kjell hüpfte von einem Bein aufs andere.

»Echt jetzt?« Anni verdrehte die Augen. »Manchmal denke ich, du bist auf dem Entwicklungsstand eines Teenagers hängen geblieben.«

»Spaßbremse.« Er hauchte ihr einen Kuss auf die Wange und rannte auf ein Boot mit Rutsche zu.

Tim-Ove folgte ihm.

Anni schüttelte den Kopf. »Kinderkram«, sagte sie, lachte aber auf, als sich die beiden Männer einen Scheinkampf lieferten und versuchten, sich gegenseitig ein Bein zu stellen.

Sie nahm meine Hand und drehte sich zu mir um. »Aber jetzt sag mal, Mari … bist du verliebt?«

Mein Bauch kribbelte. Ich betrachtete meine Freundin, die mir die Antwort vermutlich in den Augen ablas.

Ihre Lippen kräuselten sich. »Wusst ich's doch! Deine Wangen glühen und du hast so einen verklärten Blick!«

Ertappt sah ich auf meine Füße. »Ja. Nein. Verknallt. Ja.«

»Kribbelt es?« Sie ließ mich los und ich hob den Kopf.

»Wie verrückt«, sagte ich leise, kickte meine Schuhe in den Sand und krempelte meine Leggings hoch.

»Genieß es.« Anni zwinkerte mir zu, schlüpfte aus ihren Turnschuhen und rannte zum Ufer, wo Kjell das Tretboot ins Wasser wuchtete.

Ich ging auf Tim-Ove zu.

Er öffnete den obersten Knopf seiner Jeans und grinste breit, als ich bei ihm angekommen war. Nervös nestelte ich am Saum meines Kleides herum.

»Du ziehst dich aus?« Meine Stimme flatterte ein wenig.

»Ich bitte dich, wir haben ein Boot mit Wasserrutsche!« Er lachte, griff nach meiner Hand und zog mich an sich. »Keine Sorge. Ich weiß, dass du nicht baden möchtest. Es gibt relativ sichere Plätze vorne. Da musst du aber für den Antrieb sorgen.« Seine Lippen waren so nah an meinem Ohr, dass es bei dem Wort *Plätze* ziemlich kitzelte.

Ich dachte über Annis Frage nach. War ich verknallt? Das war nicht zu leugnen. Die prickelnde Aufregung in meinem Bauch kam nicht nur von meinem Respekt vorm Bootfahren. Bis über beide Ohren war ich verliebt. Unwiderruflich.

»Danke, Timmy.« Ich lachte und er machte ein Gesicht, als hätte er in eine Zitrone gebissen.

Er schien den Kosenamen nicht besonders zu schätzen.

»Eben wollte ich dir noch anbieten, dich ins Boot zu tragen. Aber jetzt?« Mit einer übertriebenen Geste stemmte er die Arme in die Seiten und guckte streng. Zumindest schien er das zu versuchen, aber seine Mundwinkel gehorchten ihm nicht und ich gluckste laut.

»Du bist witzig.« Ich küsste ihn fordernd, drehte mich um und rannte zum Boot.

»Hey, das ist mein Spruch!«, rief er mir hinterher.

Ich watete durch das wadentiefe Wasser und kletterte auf den rechten vorderen Platz des Tretboots, welches vermutlich schon einige Jahre auf dem Buckel hatte. Das ehemals weiße Plastik war vergilbt und wies einige Macken auf.

Tim-Ove schüttelte seine Hose vom linken Bein in den Sand und rannte zu uns. Er trug dunkle, eng anliegende Boxershorts, die von seinem schwarzen T-Shirt halb überdeckt wurde.

Anni kletterte neben mich auf den linken Sitz. »Nicht schlecht, deine Wahl.« Sie riss die Augen auf und stieß mir in die Seite. »Und Mund zu.«

Meine Wangen glühten.

»Ich beurteile Menschen nicht nur nach ihrem Aussehen«, antwortete ich empört. »Ich bin doch kein notgeiler Kerl.«

Anni kicherte laut. »Nee, aber komm. So schlimm ist es jetzt auch nicht, dass Timmy ziemlich attraktiv ist.«

»Ziemlich attraktiv … du musst doch nicht immer so von mir schwärmen.« Kjell packte Annis Rückenlehne und versetzte dem Boot einen ordentlichen Schwung.

»Natürlich. Ich erzähle allen meinen Freundinnen, wie außerordentlich attraktiv du bist!« Anni schüttelte ihre Locken und wir kicherten wie damals in der Schule. Kjell ignorierte das und tat so, als würde er sich die Ärmel hochkrempeln. »Na gut. Dann werden wir mit dem Kahn mal in See stechen.«

»Aye aye, Herr KaLeu!« Tim-Ove näherte sich dem Boot, salutierte mit der Handkante an der Stirn und umfasste meine Rückenlehne.

Auf ein unsichtbares Kommando hin gaben die beiden Gas und schoben das wackelige Boot in tieferes Wasser. Zuerst sprang Tim-Ove, dann Kjell in den Kahn, der daraufhin bedrohlich schwankte.

Ein kurzer Schreck fuhr mir in die Glieder. Das Wasser kam meiner Sitzschale ziemlich nah. Ich kreischte.

»Na, na. Keine Angst. Wir haben alles im Griff.« Kjell lachte tief und ich wischte mir einen Wassertropfen von der Wange.

Es war noch nicht einmal vierundzwanzig Stunden her, dass ich mit dem Surfbrett abgetrieben war. Warum war ich schon wieder auf dem Wasser? Ich zweifelte an meinem Verstand und machte Tim-Ove dafür verantwortlich. Er hatte mir mein Hirn vernebelt und da konnte er noch so gut aussehen: Das war nicht fair!

»Ich bin Erster!«, rief Kjell.

»Nein, ich!«, protestierte Tim-Ove hinter mir.

»Schere, Stein, Papier. Drei Runden«, dröhnte Kjells Stimme.

»Okay, aber ohne Brunnen«, willigte Tim-Ove ein. »Sching, Schang. Schong.« Sangen die beiden im Chor.

Ich runzelte die Stirn und guckte Anni fragend an. »Heißt das nicht Schnick, Schnack, Schnuck?«

»Was weiß ich. Hier oben heißt alles anders.« Sie zuckte mit den Schultern.

Vor uns schimmerte das türkisfarbene Wasser, das mit zunehmendem Abstand vom Strand immer dunkler wurde. Der Himmel war grau, aber ohne Wind war es angenehm warm. Auf den Steinen der Buhne, einige Meter vom Boot entfernt, saßen zwei Kormorane, die majestätisch ihre Köpfe emporstreckten.

»Mädels, gebt Gas! Wir treiben schon wieder ins Flachwasser«, polterte Kjell von hinten.

»Ja, ja«, antwortete Anni und wir traten in die Pedale.

Der Widerstand überraschte mich. Es war einige Kraftanstrengung notwendig, den Kahn in Bewegung zu setzen. Lautem Gejohle von den hinteren Plätzen folgte ein schwankendes Boot.

Ich klammerte mich an der Bordwand fest. »Was ist –«

Ein Rumpeln, ein Kampfschrei, das Boot machte einen Satz nach vorne und tauchte mit der Spitze unter. Wasser schwappte über meinen Schoß.

»Och nö!«, rief ich, wollte mich nach dem Schuldigen umwenden, als die ganze Sache von vorne losging.

Hilfesuchend guckte ich zu Anni. Doch die lachte nur und zog sich ihr Oberteil aus. Sie hatte einen Bikini drunter.

Verräterin!

Achselzuckend kletterte sie nach hinten zur Rutsche.

Ich hörte auf zu treten und festigte meinen Griff. Das Boot schwankte bei Anni nicht annähernd so viel wie bei ihren Vorrutschern. Immerhin. Aber ich kam mir etwas blöd vor und verschränkte die Arme.

Tim-Ove tauchte an meiner Seite des Bootes auf und schüttelte seine dunklen Locken, sodass ich noch nasser wurde, als ich eh schon war.

So hatte ich mir das nicht vorgestellt.

»Ich dachte, man fährt Boot, um nicht nass zu werden«, motzte ich und wrang den Saum meines Kleides aus.

Tim-Ove stützte seine Arme an der Seitenwand des Bootes ab und legte das Kinn auf seine Hände. Pure Freude strahlte aus seinen Augen und sein Lächeln milderte meinen Groll.

»Nee, man fährt Boot, damit das Nasswerden noch mehr Spaß bringt! Probier doch auch mal!« Er legte den Kopf schief und sah mich so liebevoll an, dass sich ein warmes Gefühl in meiner Brust ausbreitete, obwohl das nasse Kleid an mir klebte und kühl und schwer meinen Körper sichtbar machte.

Tim-Ove stemmte sich hoch, schwang sich über die Plastikbootwand und wie auch immer er das angestellt hatte, saß ich plötzlich auf seinem Schoß und er auf meinem Platz. Kaltes Meerwasser lief von seinen Haaren auf seinen freien Oberkörper. Er griff zum hinteren Sitz und holte sein T-Shirt nach vorne. Damit trocknete er sich die Haare und das Gesicht.

Ich beobachtete ihn und die Hitze in mir stand im krassen Gegensatz zu seinen eiskalten Oberschenkeln. Er betrachtete mein an mir klebendes Kleid und strich mit einer Fingerspitze über die kleine Schleife, die unterhalb meiner Brust den Stoff zusammenraffte.

Mir sollte eiskalt sein, so nass wie ich war, aber am liebsten hätte ich mir zusätzlich Luft zugefächelt. Ich betrachtete seine Lippen und beugte mich vor. Ich musste ihn einfach küssen.

Mit einem brummenden Laut begrüßte er meine Lippen auf seinen. Ich presste mich an ihn und griff fest in seine Haare. Das Boot schwankte und es war mir egal. Ich wollte diesen Kuss so sehr.

Kurz bevor unsere Zungenspitzen sich trafen, löste er sich etwas von mir und biss sanft in meine Unterlippe.

Gleich darauf fand meine Zunge ihr Ziel und ein kribbelndes Wunderkerzengefühl durchflutete meinen Bauch. Ich wollte lachen, vor Glück schreien und – ich wollte mehr. Ich wollte ihn ganz. Aber nicht auf dem Tretboot und ganz sicher nicht mit Publikum.

Ich kicherte.

Er riss die Augen auf und flüsterte in mein Ohr. »Meine Küsse sind witzig?« Dabei knabberte er an meinem Ohrläppchen und ich biss mir auf die Lippe, um nicht laut aufzustöhnen.

»Nein. Also doch. Ich meine: Die Bilder in meinem Kopf waren, ähm, sagen wir mal amüsant.«

»Amüsant?«, hauchte er an meinem Hals und bedeckte ihn mit Küssen. Mit den Fingern fuhr er an meiner Seite hinauf und legte den Daumen auf den unteren Ansatz meiner Brust.

Ich atmete zischend ein. Die Hitze in mir war kaum zu ertragen.

»Hey, ihr zwei. Das ist ein oller Tretkahn und nicht das Love Boat!« Anni plumpste auf den Sitz neben uns und lachte ausgelassen.

Der Kahn schwankte erneut.

Ich erschrak und Tim-Ove legte seinen Arm um mich und zog mich fest an seine Brust.

»Nicht das Love Boat?« Kjell umarmte von hinten Annis Taille und küsste ihren Nacken. »Wie schade.« Sie drehte sich zu ihm um und sein Gesichtsausdruck brachte sie zum Lachen.

Ich freute mich so sehr für sie, dass sie Kjell gefunden hatte. Die beiden schienen trotz der gemeinsamen Arbeit ihre Leidenschaft füreinander nicht verloren zu haben.

Ein Sonnenstrahl blitzte durch die Wolkendecke.

Ich richtete mich auf und hielt mir die Handkante über die Augen, um den Strand besser erkennen zu können. Eben war es noch menschenleer gewesen, nun konnte man vereinzelt Sonnenschirme, Strandmuscheln und ausgebreitete Handtücher sehen.

Anni folgte meinem Blick und runzelte die Stirn. »Kommando Rückzug!« Sie trat in die Pedale und lenkte in Richtung Strand.

Ich wackelte auf dem Schoß von Tim-Ove hin und her, der auf Annis Kommentar hin ebenfalls lostrampelte.

»Hey! Gleich muss ich mich übergeben.« Ich klammerte mich an die Schultern von meinem – ja, wie sollte ich ihn nennen – Timmy oder eher Tim-L-Ove-r? Ich lachte so laut, dass sich ein paar Kinder auf einer Luftmatratze in einigen Metern Entfernung erschrocken zu uns umdrehten. Tränen schossen mir in die Augen und der fassungslose Gesichtsausdruck von Timmy, Anni und Kjell war nicht hilfreich, um meinen Lachanfall zu mildern.

»Hier.« Anni warf mir ein Handtuch entgegen.

Ich fing es und strich über den samtweichen Frotteestoff, der herrlich nach Lavendel duftete. »Und hier noch was Trockenes zum Anziehen für euch.«

Wir standen in dem schmalen Flur von Annis und Kjells Wohnung, die direkt über dem Café lag. »Fühlt euch wie zu Hause. Ich muss wieder runter. Scheint doch noch ordentlich Geschäft zu geben heute.« Sie lächelte und legte mir den

Arm auf die Schulter. »Ihr könnt dann einfach die Tür hinter euch zuziehen. Und kommt mal wieder vorbei!« Sie zwirbelte eine Locke über ihren Finger. »War witzig mit euch.« Sie zwinkerte mir zu, drehte sich um, verließ die Wohnung und schloss die Tür hinter sich. Ihre Schritte auf der schmalen Treppe verhallten.

Tim-Ove und ich standen uns gegenüber. Mein Herz klopfte so stark, als ob es aus meiner Brust herausspringen wollte. Ich benetzte die Lippen mit meiner Zunge. Das Handtuch haltend sah ich ihn an und schluckte. Seine Augen wirkten im schummrigen Licht des Flurs pechschwarz.

Er streckte die Hände nach mir aus, umrahmte mit ihnen mein Gesicht und küsste mich.

Ich umklammerte das Handtuch und die trockenen Klamotten vor meinem Körper. Kurzerhand ließ ich das ganze Paket fallen und umschlang Timmys Rücken. Ich krallte mich fest und er schob die Hände unter meinen Po und hob mich hoch. Ganz automatisch legte ich meine Beine um ihn und er drückte mich gegen die Wand. Er seufzte tief und wanderte mit den Lippen meinen Hals hinab. Das nasse Kleid klebte immer noch an meinem Körper. Seine Daumen streiften über meine aufgerichteten Brustspitzen und ich stöhnte laut auf.

»Wir brauchen dringend eine Neubewertung der Optionen«, flüsterte er und sandte damit ein unlöschbares Feuer durch meine Adern.

»Aber nicht hier«, keuchte ich. »Fahr uns nach Hause.« Dieser Satz kostete mich all meine Willenskraft.

»Okay.« Er atmete schwer und stellte mich sanft auf den Boden. »Aber … das solltest du ausziehen.« Er schnappte sich den Saum meines nassen Kleides und zerrte es mit einer fließenden Bewegung über meinen Kopf.

Meine dünnes Bustier war ebenfalls nass und er strich über den grau melierten Stoff.

»Das bleibt an«, sagte ich leise, aber bestimmt. Meine Stimme zitterte etwas und ich kämpfte gegen meine Erregung an, die heiß durch meinen Körper pulsierte. »Erst mal.« Ich zwinkerte ihm zu und kramte ein schwarzes Kleid aus dem Klamottenhaufen zu meinen Füßen.

»Schade, das wollte ich doch anziehen.« Er lachte und stupste die Klamotten am Boden mit dem Fuß an.

»Hier, gerne. Ich kann auch ein T-Shirt und die Boxershorts tragen.« Ich drückte ihm das Kleid in die Hand und er hob überrascht die Augenbrauen.

»Ähm, so war das … Ich …«

Wurde er tatsächlich rot?

»Sag bloß, du hast Angst vor Kleidern?«, fragte ich und wedelte mit dem dünnen Stoff vor ihm herum.

»Besser als Angst vor Wasser.« Er verzog den Mund.

»Wenn du meinst, Timmy.« Ich hauchte ihm einen Kuss auf die Oberlippe, holte mir Annis Kleid zurück und schlüpfte hinein.

»Und kommt mal wieder vorbei!«, rief Anni uns noch einmal hinterher.

Mein Puls war höher als sonst und dass Timmy den Arm um mich gelegt hatte, trieb mein klopfendes Herz zu Spitzenleistungen an. Das schwarze T-Shirt, das eigentlich Kjell gehörte, roch nach Lavendel und Rosmarin.

Er hielt mir die Tür des BMW auf und küsste mich noch einmal, bevor ich einstieg.

»Ich hoffe, ich kann noch fahren«, sagte er, als er sich hinters Steuer schwang und den Motor startete.

»Akute Amnesie?« Ich streichelte seinen Nacken und spielte dort mit einer seiner Locken.

Er lachte dunkel auf. »Vermutlich eher akuter Blutverlust im Hirn.«

Ich wanderte mit meinen Fingern an seinem Arm hinunter und legte sie auf seinen Oberschenkel. Der Jeansstoff kitzelte unter meinen Fingerspitzen und ich spürte die Hitze darunter.

»Du machst es nicht besser.« Er bemühte sich sichtlich, strafend die Augenbrauen zusammenzuziehen, aber seine leicht geöffneten Lippen und sein begehrender Blick in meine Richtung ließen keinen Zweifel daran, wie sehr er mich wollte.

Er wollte mich. Mich!

Ich saß nicht im Auto, ich schwebte über dem Sitz. So fühlte es sich an. Tim-Ove fuhr wie ein Geisteskranker, aber es störte mich ausnahmsweise nicht. Ich war echt verschossen in diesen Typen. Warum sollte ich mich nicht fallen lassen?

Weil du zu wenig über ihn weißt und er nicht immer freundlich zu dir war?, meldete sich meine innere Stimme, doch ich hörte nicht auf sie. Innere Stimmen waren Spielverderber.

Mein Daumen malte Kreise auf sein Bein und dieser winzige Berührungspunkt sandte ein Prickeln durch meinen gesamten Körper.

»Das … ich muss … Auto … fahren.« Er pustete laut die Luft aus und setzte den Blinker, um von der Bundesstraße nach Kiel abzufahren. Wie wir aus Eckernförde rausgekommen waren, hatte ich nicht mitbekommen.

Ich fühlte mich wie im Rausch: frei, unbesiegbar und voller Endorphine.

Kapitel 12

CLUB MATE

Staub und Steine wirbelten auf, als das Auto auf dem Hof zum Stehen kam. Ich war mir sicher, dass Timmy beim Bremsen eine ordentliche Furche in den Kies gezogen hatte.

Kichernd öffnete ich die Autotür und stieg aus. »Das wird Frau Larssen vermutlich nicht gutheißen, dass du ihren Hof hier so zerlegst.« Ich zeigte auf die tiefen Spuren hinter dem BMW.

Timmy umrundete das Fahrzeug. Er legte den Arm um meine Hüfte und raunte mir ins Ohr: »Sie würde vermutlich noch ganz andere Dinge nicht gutheißen.« Er verschränkte seine Finger mit meinen und führte mich sanft hinter sich her.

»Willst du das Auto nicht abschließen?«, fragte ich.

»Warum? Klaust du es ansonsten?« Er lachte ausgelassen und ich war nicht überrascht, dass er seine Wohnung auswählte. Mein kleiner Alkoven war zwar wie ein herrlicher Kokon, aber für zwei Personen, die – ich stoppte den Gedanken. Was würden wir tun?

Ich hatte die Kontrolle verloren. Wir hatten doch … Was war mit den Optionen? Ein Stein legte sich in meine Magengrube.

Da war die alte Marina wieder. Die, die alles planen und unter Kontrolle haben musste. Die nie Risiken einging.

Aber ich hatte es mir fest vorgenommen: Ich hatte den riesigen Schritt in den Norden gewagt, da konnte ich auch einfach mal Spaß haben. Und Timmy ging mit mir auch ein gewisses Risiko ein. Immerhin wohnten wir Tür an Tür und ich arbeitete für seine Großtante.

Er öffnete seine Wohnungstür und schaute mich mit verdunkelten Augen an. Sein Daumen streifte meine Unterlippe und ich war verloren.

Das ist Wahnsinn, Mari! Was ist, wenn was schiefgeht und ihr euch trotzdem jeden Tag sehen müsst? Das wird dir das Herz brechen!

Meine innere Stimme schrie mich an, aber ich schenkte ihr keine Beachtung. Jede Faser meines Körpers war auf Timmy ausgerichtet. Ich wollte ihn, und ich würde ihn mir nehmen. Das war die einzige Option, die es in diesem Moment für mich gab.

Wir traten ein und er schloss die Tür hinter uns. Ich spürte seine Lippen auf meinen und stöhnte auf. Sein Mund suchte den Weg zu meinem Ohr. »Option vier. Ich nehme dich jetzt mit in mein Bett und wir stehen bis übermorgen nicht mehr auf.« Er schluckte und sein Adamsapfel trat dabei etwas hervor.

»Option vier ist alternativlos, Timmy«, sagte ich und nahm seine Hand. »Wo ist dein Schlafzimmer?«

»Heute darfst du mich Timmy nennen – ab morgen denken wir hier über andere Optionen nach.« Er senkte das

Kinn auf meine Schulter und seine raue Stimme kitzelte in meinem Ohr.

Mit sanftem Druck seiner Hände auf meinen Hüften lenkte er mich den Flur entlang. Die geölten Holzdielen knarzten unter unseren Schritten. Dann standen wir in einem lichtdurchfluteten Raum.

Er war direkt hinter mir und ich zog mir das schwarze Kleid über den Kopf. Ein gepresster Laut verließ seine Kehle. Mein Herz klopfte so schnell, als hätte ich einen Sprint hingelegt. Ich spürte seine Hände an meinem Rücken.

Sie wanderten hinunter und blieben an meinem Bustier hängen.

»Der hat keinen Verschluss«, murmelte er und schob seine Finger unter den Stoff.

»Bedauerlich«, antwortete ich amüsiert. »Dann müssen wir hier wohl abbrechen.« Ich spürte seine Hände auf meinen Schultern und er drehte mich um.

»Möchtest du das? Abbrechen?« Seine Mundwinkel zuckten nach oben.

Ich leckte mir über die Lippen und bewegte den Kopf von links nach rechts. Auf keinen Fall wollte ich aufhören. Ich hatte mich entschieden und die Zweifel und Unsicherheit in mir weggesperrt. Heute war ich wie die Figuren in den Büchern, die ich las. Kühn, mutig und zu Abenteuern bereit. Ich schluckte und mein Rachen war trocken.

Seine Finger malten Kreise auf meinem Rücken und wanderten abwärts, bis sie unter das Bündchen meines Slips glitten. Nur ein wenig spannte er das Gummi meiner Hose und nach dieser winzigen Berührung breitete sich lustvolle Hitze zwischen meinen Beinen aus.

»Du bist … wundervoll, Drachenbezwingerin«, flüsterte er mir ins Ohr, reckte die Hände über den Kopf, griff nach dem Stoff seines T-Shirts und zerrte es sich über den Kopf.

Ich streichelte über seine Brust. Seine Haut war warm, weich und fest zugleich.

Wir standen noch immer vor seinem Bett und das Holz des Rahmens drückte sich in meine Kniekehlen.

Ich setzte mich und spielte mit seinem Hosenbund. Mit einem Ruck zog ich ihn an mich und er keuchte auf. Ich ertastete den obersten Knopf seiner Hose und öffnete ihn, leckte den Bereich zwischen seinem Bauchnabel und dem offenen Knopf und strich mit meinen Lippen auf seiner Haut entlang. Kleine dunkle Haare kitzelten mich.

Er legte zwei Finger unter mein Kinn und hob es an. Seine Augen waren halb geschlossen und selbst diese winzige Berührung entfachte unglaubliche Hitze in mir.

Ich biss mir auf die Lippen, riss an seiner Hose und die übrigen Knöpfe der Jeans sprangen auf.

Seine Boxershorts kannte ich schon von Annis Wohnung, nur war es etwas ganz anderes, sie direkt vor mir zu sehen.

Meine Hände zitterten.

Ich sank nach hinten aufs Bett. Er beugte sich über mich.

»Timmy?« Mein Kopf versank in seinem Kopfkissen. Ich sah in seine Augen, die er ein wenig verdrehte.

»Timo.« Das Grübchen an seinem Kinn bewegte sich nach oben und er lächelte.

»Timo also.« Der Name gefiel mir. »Ist das hier eine gute Idee?« Mit dem Finger malte ich die Konturen seiner Wirbelsäule nach.

»Ja und nein. Und –«

Ich nestelte am Bund seiner Boxershorts und schob meine Hand darunter.

»Hmmm. Ja.« Seine Lippen kitzelten an meinem Hals und wanderten zu meinen Brüsten.

Ich seufzte, riss die Augen auf und schloss sie.

Meine Instinkte übernahmen. Ich schlang die Beine um Timo und presste ihn an meinen Körper.

Er stöhnte auf.

Ihn so nah zu spüren machte mich an. Ich bewegte mich rhythmisch und während er meine Brüste verwöhnte, vergrub ich meine Nase in seinen Haaren, die herrlich nach Sommersonne und frisch gemähtem Gras dufteten.

Mein Herz pochte schnell in meiner Brust. Mein Körper stand unter Strom und ich krallte mich in Timos Rücken.

Ich wollte ihn.

Ich wollte das Leben spüren.

Mein Kopf lag auf Timos Brust, die sich ruhig hob und senkte. Sein herb-süßer Duft harmonierte perfekt mit der Meeresluft, die der Wind ins Zimmer trug.

Die Terrassentür stand einen Spalt offen und ein Schreck durchfuhr mich. Hatte uns jemand gehört? Wie spät war es wohl?

Ich schaute auf mein nacktes Handgelenk und ließ es wieder sinken. Wie stand die Sonne? Hier musste Süden sein, sie war nicht direkt zu sehen, aber es war hell. Ich schmunzelte und gluckste auf.

Vergiss es, Mari. Du kannst die Zeit nicht am Sonnenstand ablesen.

Mit dem Finger strich ich über meine angeschwollenen Lippen. Ein Schauer der Lust prickelte durch meinen Körper. Jede Zelle fühlte sich lebendig an.

Ich küsste eine kleine Kuhle an Timos Schlüsselbein und zerrte die Decke aus Reflex über meine nackten Brüste. Eigentlich war es mir nicht unangenehm, ohne Klamotten neben ihm zu liegen, nachdem, was in den letzten Stunden passiert war.

»Timo«, formte ich seinen Kosenamen mit meinen Lippen und fühlte mich rundum wohl.

Na ja. Fast. Denn meine Blase zwickte.

Ich hob etwas Schwarzes vom Boden auf. Es war ein T-Shirt und nicht Annis Kleid, aber ich schlüpfte trotzdem hinein. Es roch nach Timo und endete knapp unter meinem Hintern.

Die Dielen im Flur knarzten unter meinen Schritten. Ich lugte durch eine Tür, die einen Spalt offen stand.

»Bingo«, sagte ich und betätigte den Lichtschalter.

Kurz darauf trat ich erleichtert wieder auf den Flur. Meine Zunge fühlte sich pelzig an und ich wünschte mir etwas zu trinken. Also erkundete ich seine Wohnung. Sie war hell eingerichtet und aufgeräumt. Selbst die Kabel der Spielekonsole waren zusammengebunden und führten ordentlich an der Seite eines weiß gebeizten Holzschranks vorbei.

Ich lachte los. Einfach so. Alleine, laut und ausgelassen.

Die Küche lag hinter dem Wohnzimmer. Ich öffnete den Kühlschrank und war gespannt, was er zu bieten hatte. Ich beugte mich runter und begutachtete den Inhalt. Kleine Retroflaschen mit Cola, einige Flaschen, die ich nicht zuordnen konnte, und Flensburger Bier. Zwei Flaschen Weißwein, eine Flasche Prosecco.

Das war kein Kühlschrank, das war eine Minibar.

In der Gemüseschublade fand ich Salat und eine Gurke, Tomaten, daneben etwas Käse und Butter. Mein Magen knurrte.

Ich riss alle Schränke und Schubladen auf, bis ich fand, was ich benötigte. Mit einem großen Teller belegter Brote, aufgeschnittener Tomaten, Gurke und zwei Flaschen Club Mate – was auch immer das sein sollte, aber ich war neugierig – kehrte ich ins Schlafzimmer zurück.

Die Flaschen klirrten und Timo öffnete die Augen einen Spalt. Er wischte sich mit dem Handrücken über den Mund und schien eine Sekunde zu benötigen, um die Situation zu begreifen. Erst runzelte er die Stirn, dann strahlte er mich mit einem so zufriedenen Lächeln an, dass mir das Herz aus der Brust zu springen drohte.

»Das ist mein T-Shirt«, murmelte er.

»Das ist auch dein Essen. Aber ich war so frei und habe uns eine Brotzeit gemacht.« Ich reichte ihm die Flaschen.

Er zog eine Augenbraue hoch. »Interessante Wahl. Die trinke ich eigentlich nur, wenn ich nachts arbeite.« Er drückte sich die kühle Flasche an die rechte Schläfe und stellte sie neben sich auf dem Nachtschrank ab.

»Du arbeitest nachts?« Schlagartig wurde mir bewusst, wie wenig ich über ihn wusste. Ich drückte ihm meine Flasche in die Hand, »Halt mal kurz«, und setzte mich mittig aufs Bett.

Ich hatte so viele Fragen.

Die Decke breitete ich über meinen Beinen aus und platzierte den Teller zwischen uns. Ich streckte meinen nackten

Fuß unter sein Bein und genoss die angenehme Wärme, die von Timo ausging.

Er reichte mir die Flasche. »Wie viele von denen darf ich essen?« Er zeigte auf die Tomaten. »Nicht, dass die abgezählt sind.« Er lachte dunkel und ich streckte ihm die Zunge raus.

»Für jeden vier Stücke.« Ich zeigte mit Zeige- und Mittelfinger auf meine Augen und auf ihn. »Ich hab dich im Blick. Keine krummen Dinger.«

»Keine Sorge, Drachenbezwingerin.« Er verengte die Augen. »Sorry, dass ich eingeschlafen bin. Ich war … so –« Er schluckte.

»Durchgebumst?«, schlug ich vor und spürte gleichzeitig die Hitze in meinen Wangen. Dieser Typ kehrte Seiten in mir hervor, die ich sonst verbarg. Vermutlich hatte ich niemals vorher das Wort *durchgebumst* ausgesprochen.

»Äh … entspannt wollte ich sagen. Aber vermutlich trifft es deine Formulierung auch ganz gut.« Er fixierte mich.

Mein Unterleib pulsierte und kribbelte nur von diesem Blick. Mit aller Willenskraft entzog ich mich seinem Bann und schnappte mir ein Brot.

»Danke.« Er bediente sich ebenfalls, biss von seinem Brot ab und blinzelte. »Boah, hab ich einen Hunger.«

»Liebe geht ja bekanntlich durch den Magen«, sagte ich und in der nächsten Sekunde stockte mir der Atem. Warum sprach ich von Liebe? Das war zu schnell, zu übergriffig, zu – ich wusste es nicht. Es schien mir komplett unangebracht zu sein, zumal ich mir gar nicht über meine Gefühle klar war.

Ich hatte diesen blöden Spruch nur so dahergesagt. Genau. Nur so daher.

Timo kaute mit zufriedenem Gesichtsausdruck auf seiner Schnitte herum. Vielleicht hatte er es überhört. Meine

Schultern lockerten sich und ich griff nach der Flasche mit dem gelben Getränk und drehte den Verschluss auf. Es zischte und ich kniff ein Auge zu, um mit dem anderen hineinzuspähen.

»Was erwartest du, in der Flasche zu sehen? Die Uhrzeit oder einen Flaschengeist?«

»Die Uhrzeit wäre nicht schlecht.« Ich setzte die Flasche an die Lippen und trank einen Schluck. »Himmel ist das süß!«, rief ich aus und nippte noch einmal. »Und das trinkst du nachts zum Arbeiten?«

»Jo. Macht wach. Ziemlich sogar.« Er zuckte mit den Schultern.

»Und was … was erledigst du dann so? Also nachts?«

Ich überlegte. Er würde wohl kaum zusätzlich noch Türsteher sein oder Arzt oder Rettungswagenfahrer.

»Ich? Ach. Also ich arbeite ja als Freelancer, hab ich dir schon mal erzählt, oder? Was mit Computern.« Er zählte die Tomatenstücke mit den Fingern ab und nahm sich eines.

»Was mit Computern?« Ich zog eine Grimasse. »Ich bin kein kleines Kind. Bist du Programmierer oder Systemtechniker oder …«

»Ich programmiere und debugge. Hauptsächlich Games, aber das weißt du doch.« Er stützte sich auf einem Arm ab.

Ich riss die Augen auf. Ja, das wusste ich, aber es passte nicht. Sein Oberkörper war gut trainiert. Er war schlank, gepflegt und –

»Was hast du dir vorgestellt?«, unterbrach er meinen Gedanken. »Einen verpickelten, Fastfood konsumierenden, aufgedunsenen Typen mit verlotterter Wohnung und ungewaschenen T-Shirts?«

Ertappt strich ich eine Falte aus dem Bettlaken. »Joa. Im Prinzip. Ungefähr so.« Vorsichtig sah ich zu ihm.

»Und ich habe mir bei einer Hausverwalterin eine graumausige, brillentragende, schüchterne und ungeschickte Frau mit Haaren auf den Zähnen vorgestellt.«

»Das Wort graumausig gibt's gar nicht.« Ich biss mir auf die Zunge.

»Und besserwisserisch«, sagte er und grinste breit.

»Und? Wurdest du enttäuscht?« Ich ließ ihn nicht aus den Augen.

Er presste die Lippen zusammen, dann entspannten sich seine Gesichtszüge und seine dunklen Augen schienen sich in meinen zu verlieren. »Also bis auf die Brille …«

Ich atmete zischend ein.

Er hob entschuldigend die Hände und beugte sich zu mir vor. »Ich hätte nie gedacht, das Hausverwalterinnen so verführerisch sein können.«

»Verführerisch?« Ich verschränkte die Arme vor der Brust.

Timo stellte den Teller beiseite, legte mir eine Hand auf die Wange und strich mit seinem Daumen über meine Unterlippe. »Verführerisch«, bestätigte er mit rauer Stimme. »Und schlagfertig und humorvoll und unglaublich sinnlich.«

Sinnlich? Das hier war kein Liebesroman. Es war das echte Leben. Hier war ich nicht sinnlich. Hier war ich Mari, die langweilige Hausverwalterin. Ich zupfte meine Haare zurecht. »Du hast schon mit mir geschlafen. Du kannst aufhören, Süßholz zu raspeln.«

Er zog die Augenbrauen zusammen. »Mari. Ich habe versucht, dich von mir fernzuhalten. Ich habe mich unfreundlich verhalten, aber du konntest mir nicht widerstehen.« Er lachte frech.

»Angeber.« Ich boxte ihm symbolisch gegen die Schulter.

»Ja, vielleicht«, antwortete er. »Aber ich konnte dir auch nicht widerstehen. Du bist so … so ehrlich und verspielt, sorglos und doch voller Zweifel.« Sein Adamsapfel bewegte sich nach oben. »In dem Moment, als du aus dem Zug gestiegen bist, habe ich gewusst, dass wir hier landen.« Er malte einen Kreis in die Luft über dem Bett. »Ich habe nur nicht gedacht, dass es so schnell passiert.«

Seine Hände sanken auf meine Knie hinab und alles an mir kribbelte wohlig. Ich verfluchte meinen Körper, dass er so heftig auf diese Berührung reagierte. Das verlangsamte mein Denken und ich versuchte, zu sortieren, was er gerade gesagt hatte.

»Warum?«, kam es über meine Lippen. »Warum wolltest du es verhindern?«

Er schaute an mir vorbei aus dem Fenster. Seine Stirn lag in Falten und er bewegte den Kopf fast unmerklich von einer Seite zur anderen. »Weil es das Leben kompliziert macht. Ich meine, du arbeitest hier und wir wohnen nebeneinander. Was, wenn es nicht funktioniert mit uns? Wenn die Leidenschaft verpufft und wir merken, dass außerhalb dieser eins achtzig mal zwei Meter nichts zusammenpasst – was ist dann?«

Es waren dieselben Gedanken, die ich mir auch schon gemacht hatte. Also ja, was war dann? Ich hatte keine Ahnung. Aber war das überhaupt wichtig? Wir lebten jetzt, waren ungebunden.

»Du hast aber keine Freundin oder so?«, platzte es aus mir heraus.

Er lachte und seine Zunge schnalzte zwischen seinen perfekt angeordneten Zähnen nach vorne. »Nee. Keine Sorge. Meine letzte Beziehung ist über ein Jahr her.«

»Was ist passiert?«, fragte ich und drückte ihn an seinen Schultern nach hinten. Ich setzte mich auf ihn und malte mit meinen Fingerspitzen die Linien seines Bizeps nach.

Er stöhnte auf. »Du hast keinen Slip an.«

»Und du hast meine Frage nicht beantwortet.« Ich hielt seine Hände fest, die sich an meinen Oberschenkeln entlang unter sein T-Shirt schoben.

»Welche Frage?« Er verzog das Gesicht, als würde er ernsthaft nachdenken.

»Warum ihr nicht mehr zusammen seid.« Ich hob fragend die Augenbrauen. Er wollte seine Hände weiter nach oben schieben, aber ich blieb stur.

»Wie das nun mal so ist. Sie hat in Hamburg gearbeitet und wollte, dass ich zu ihr ziehe. Aber ich bin gerne hier. Und ich wollte Tante Ingeborg nicht alleine lassen und – ach, ich weiß auch nicht. Es war schon länger nicht mehr so –« Er bäumte sich unter mir auf und ich fiel nach vorne. An meinem Ohr spürte ich seinen warmen Atem. »Außerdem möchte ich mich viel lieber mit dem beschäftigen, was sich unter meinem T-Shirt verbirgt, als über meine Ex zu reden.« Er beäugte das Shirt, das schlabbrig meine Konturen versteckte.

Ich hielt noch immer seine Handgelenke fest, doch er nutzte seine Stärke und legte seine Hände auf meinen Hintern.

Eine Welle der Erregung brach über mir zusammen und ich seufzte. Was nützten diese Gespräche? Wenn die Leidenschaft versiegte, würden wir weitersehen. Zu diesem

Zeitpunkt konnte ich mir nicht vorstellen, wie das jemals der Fall sein sollte.

Die Tage mit Timo waren leicht und ich freute mich an jedem einzelnen von ihnen darauf, meine freie Zeit mit ihm zu verbringen.

Kapitel 13

ZAHLEN UND PFANNKUCHEN

Der Ordner mit den Kontoauszügen lag schwer auf meinen Beinen. Ich tippte auf dem Taschenrechner des Handys herum und verglich die Zahlen mit denen in den Abrechnungen. Mein Schädel brummte. Ich kniff die Augen zusammen und öffnete sie wieder. Trotzdem änderten sich die Zahlen nicht.

Aus meiner Tasche kramte ich den Zettel hervor, auf dem mir Frau Larssen die Nummer ihrer Steuerberaterin aufgeschrieben hatte. Hoffentlich hatte ich einen Denkfehler, denn irgendetwas passte nicht zusammen.

Grübelnd tippte ich die Nummer in mein Telefon, stellte aber fest, dass ich mit dem Taschenrechner nicht telefonieren konnte. Ich schüttelte den Kopf über mich selbst. Warum nutzte ich nicht das alte weinrote Telefon auf dem Schreibtisch? Der Handyempfang war nicht der zuverlässigste hier auf dem Anwesen. Timo hatte mir mal erklärt, es liege am Luftdruck und am Wind, ob man hier mehr oder weniger Störungen hatte. Ich kannte mich damit nicht aus und mir war es auch ziemlich egal.

Die Tasten des in die Jahre gekommenen Telefons knirschten beim Herunterdrücken. Ich klemmte den Hörer zwischen Ohr und Schulter. Meine Notizen lagen vor mir und ich malte mit dem Kugelschreiber Kreise auf das Papier.

Die Steuerberaterin hatte ihr Büro in Eckernförde. Morgen um 9:00 Uhr hatte ich dort einen Termin. Ich prüfte meine E-Mails und druckte die Vollmacht aus. Das interne W-LAN funktionierte hier prima. Vermutlich sollte ich mich dafür bei Timo bedanken.

Ich schnappte den Zettel aus dem Drucker und suchte Frau Larssen.

Durch die Terrassentür trat ich in den Garten, der durch die Strahlen der Vormittagssonne gewärmt einen herrlichen Duft nach Rosen und Lavendel verbreitete. Es gab entlang des gepflasterten Weges einzelne Sitzplätze und Tische, die von Ranken und Stauden umgeben waren. Zwischen zwei Rosensträuchern kniete Frau Larssen. Mit ihrem überdimensionierten Sonnenhut fand ich sie schnell. Ich winkte mit dem Zettel.

»Min Deern, was ist los?« Sie rückte sich ihren Hut zurecht.

»Ich bräuchte eine Unterschrift. Morgen bin ich bei Ihrer Steuerberaterin. Da bringe ich mal Licht in die Finanzen.«

»Tüchtig, mein Kind.« Sie stützte beide Hände auf ihrem Knie auf, kam jedoch nicht so recht auf die Beine.

Ich streckte ihr eine Hand entgegen und half ihr hoch.

»Danke.« Sie zupfte an ihrer geblümten Bluse. »Legen Sie das mal aufn Esstisch in die Stube«, sagte sie, »dann unterschreibe ich das vorm Mittagessen.«

»Klar. Gerne. Und …« Ich fächelte mir mit dem Papier Luft zu.

»Ja?« Sie wischte sich mit dem Arm Schweiß von der Stirn, wobei ihr Hut in Schieflage geriet.

»Ich frage Tim-O…ve, ob er mich morgen dorthin fahren kann.«

»Na, min Deern. Das sollte doch kein Problem sein. So wie der dich anschmachtet.« Sie lachte, wobei einige goldene Zähne in ihrem Mund das Sonnenlicht reflektierten.

Ich spürte Hitze in meinen Wangen. »Ähm. Ja. Das. Ich kläre das mit ihm. Kommt er heute zum Essen?«

»Er hat sich zumindest nicht abgemeldet. Und es gibt Pfannkuchen mit Erdbeeren. Das lässt er sich nicht freiwillig entgehen.« Sie roch mit verträumtem Gesichtsausdruck an einer Rose. »Noch nie hat er Pfannkuchen verpasst.«

Ich nickte und biss mir auf die Zunge. Ansonsten hätte ich Frau Larssen vielleicht darauf hingewiesen, dass ihr Goldjunge schon lange keine sechs Jahre mehr alt war, obwohl er sich manchmal recht kindisch verhielt.

Ich ging ins Haus zurück und erschauderte vor Kälte. Im Inneren des alten Gebäudes war es deutlich kühler als draußen in der warmen Spätjunisonne. Ich nahm mir einen Becher mit weißen Blumen aus dem Regal und schenkte mir Kaffee ein. Danach kehrte ich zurück zu den Zahlen. Ich musste unbedingt mit Timo reden. Ob es sein konnte, dass … ich mochte gar nicht weiterdenken. Es würde Frau Larssen das Herz brechen.

Die Schiebetür zum Arbeitszimmer ließ ich weit geöffnet. Am liebsten wollte ich ihn noch vor dem Mittagessen zu fassen bekommen. Ich hatte so viele Fragen, die ausnahmsweise nichts mit ihm persönlich zu tun hatten. Gedankenverloren strich ich mit einem Finger über meine Lippen, die sich noch sehr gut an all die gemeinsamen Stunden der letzten Tage erinnerten.

Ich stellte meinen Kaffeebecher auf den Schreibtisch und ging noch einmal meine Notizen durch. Irgendwo hatte ich mich verrechnet. Das konnte nicht … Verdammt, aber diese bescheuerten Zahlen schienen zu stimmen!

Die Haustür quietschte und ich hörte Schritte. Rasch sprang ich auf. Beinahe hätte ich dabei meinen Kaffeebecher umgerissen. Im Gehen trank ich schnell den letzten kalten Schluck.

Timo eilte am Arbeitszimmer vorbei, ohne einen Blick hineinzuwerfen.

»Hey!«, rief ich in den Flur. »Kann ich dich kurz was fragen?« Ich erreichte die Tür.

»Ja. Klar.« Er kam zu mir. »Aber beeil dich. Gleich gibt's Mittag.« Er rieb sich über den Bauch und näherte sich mir bis auf wenige Zentimeter.

»Keine Sorge, du bekommst ja deine Pfannkuchen«, hauchte ich ihm ins Ohr, »aber nur, wenn du mich morgen zu um neun nach Eckernförde fährst.«

Er riss die Augen auf und verzerrte seinen Mund so, als hätte er gerade etwas Ekliges gerochen. »Warum und wohin?«

Es war eine berechtigte Frage, aber ich konnte dem Drang nicht widerstehen, ihm Kontra zu geben. »Darum und in die Sehestedter Straße.«

»Darum?« Er lachte amüsiert. »Bist du zehn?«

Was sollte diese blöde Frage? Aber das hatte ich mir durch mein kindisches Verhalten selbst eingebrockt.

»Wer freut sich denn auf die Pfannkuchen wie ein kleines Kind?« Ich zeigte mit der Kaffeetasse auf ihn.

»Okay, okay. Du willst es auf die Kindergarten-Art?« Er hob ergeben die Hände und pikste sie mir in die Seiten.

Ich kreischte erschrocken auf.

Dann rief er: »Ich bin Erster am Esstisch!« und rannte los.

Ich zögerte. Den Bruchteil einer Sekunde lang war ich versucht, ihm hinterherzulaufen. Doch der Kontoauszugsordner thronte auf dem Papierstapel und das mulmige Gefühl in meinem Bauch wuchs an. Ich seufzte und folgte dem Klappern des Geschirrs und dem Duft nach braungebratener Butter.

Die Sonne stand tief über dem gegenüberliegenden Ufer der Förde. Ich breitete die karierte Picknickdecke auf dem Strand aus und Timo stellte den geflochtenen Korb ab.

Der Sand wärmte meine Füße und ich genoss das Gefühl, wie er meine Zehen kitzelte.

Teller, Besteck, Semmeln, Tomaten, geschnittene Zwiebeln, Salat, Matjesfilets, Remoulade, Käse … Timo hatte eine üppige Brotzeit aufgedeckt und mein Magen knurrte gut hörbar.

Mit gerunzelter Stirn betrachtete er mich, dann grinste er. »Beschwert sich dein Bauch, dass du so viel gearbeitet hast?« Er griff in den Korb und präsentierte mir eine Flasche Rotwein. Mit geschmeidiger Bewegung drehte der den Korkenzieher in den Flaschenhals.

»War ja auch noch viel zu tun. Das ganze Finanzzeug.« Ich schluckte schwer und massierte mir die rechte Schläfe.

Mit einem satten Ploppgeräusch öffnete er die Flasche. Dann legte er mir einen Finger auf die Lippen. »Psst. Diesen wundervollen Abend lassen wir die Bürogedanken beiseite.

Was meinst du?« Er lächelte, aber die Furchen auf seiner Stirn passten nicht so richtig dazu.

Die Stelle, an der er meinen Mund berührt hatte, kribbelte noch. Ich schloss die Augen, atmete den Duft von Seegras, warmem Sand und Rotwein ein. Ich öffnete die Lider und Timo schwenkte ein gefülltes Glas vor meiner Nase.

»Prost!« Er hob sein Glas, und ich nahm meines und streckte es ebenfalls nach oben. Seine dunkelblauen Augen, die Grübchen, das dunkle gelockte Haar, das ihm immer in die Stirn fiel. Ich trank einen Schluck und das warme, angenehme Brennen von Rotwein auf leeren Magen spiegelte meine Gefühle für ihn wider.

Ich vergrub den Stiel meines Glases bis zur Hälfte im Sand und legte eine Semmel auf meinen Teller.

»Probier mal das Brötchen mit Butter, Salat, Remoulade und Matjes.« Er nickte mir aufmunternd zu und präsentierte seine gefühlt in Lichtgeschwindigkeit zusammengebaute Fischsemmel.

»Äh.« Ich verzog den Mund und rang nach Worten. »Lieber nicht. Ich … Weißt du … Ich nehme lieber Käse.«

Er legte den Kopf schief. »Im Ernst? Kein Fischbrötchen?«

»Nee. Aber zum Frühstück zerquetsche ich gerne einen Schokokuss in ’ner Semmel.«

»Einen was worin?« Er fuchtelte mit den Armen und kräuselte die Nase. »Das ist … Nun … irgendwie –« Sein Mund stand offen und er schien nach dem passenden Wort zu ringen. »Seltsam.«

»Seltsam?« Ich pulte ein paar Sandkörner von der Käsescheibe. »Also ich finde ja Fischsemmel seltsam. Oder nein. Eher ungenießbar.«

»Du findest auch Fisch ohne Brötchen ungenießbar«, stellte er fest und biss mit geschlossenen Augen und einem Geräusch, das mich an ihn in sexueller Ekstase erinnerte, in sein Matjesbrötchen.

»Du hörst dich an, als hättest du Sex mit der Semmel.« Ich zwinkerte ihm zu und schob mir eine Tomate in den Mund.

»Lass es mich so erklären: erstens, es heißt Brötchen. Nicht Semmel. Und schon gar nicht Fischsemmel. Und ein Fischbrötchen mit Blick aufs Meer ist in manchen Fällen besser als Sex.« Er grinste in meine Richtung und hob provokant eine Augenbraue.

Aber ich würde nicht auf sein Spielchen eingehen. Ich definiere mich nicht darüber, ob irgendjemand den Sex mit mir gut findet. Mit jemandem zu schlafen ist ein gemeinsames Erlebnis, bei dem es kein Gut oder Schlecht gibt. Nur das gemeinsame Sein in ebendiesem Moment. Aber das würde ich ihm jetzt nicht in dieser Breite erklären.

Ich zuckte mit den Schultern. »Na, dann viel Spaß mit deinem Fisch*brötchen* heute Nacht.« Genüsslich seufzend biss ich in meine Semmel. Mit vollem Mund ergänzte ich: »Ich vergnüge mich mit meiner vegetarischen Variante.«

Er schüttelte den Kopf, biss erneut ab und starrte über das Meer. Irgendetwas war anders zwischen uns. Oder bildete ich mir das nur ein?

Er spannte die Gesichtsmuskeln beim Kauen an und seine Grübchen bewegten sich dabei auf und ab.

Ich spürte in mich hinein. Das warme Gefühl in meinem Bauch war noch da und es kam nicht vom Rotwein. Timo löste etwas in mir aus, das sich gut anfühlte. Der letzte Bissen verschwand komplett in meinem Mund und ich knetete meine Finger.

»Wird unsere junge Beziehung daran zerbrechen, dass ich keinen Fisch mag?« Ich streckte den Arm nach ihm aus, legte meine Hand in seinen Nacken und malte mit den Fingerspitzen Fantasieformen auf seine warme, gebräunte Haut. Dabei versuchte ich, das Essen zwischen uns nicht mit Sand zu berieseln.

Er brummte wohlig und kniff die Augen zusammen. »Naja, nicht am Fisch, aber vielleicht an dem Wort Semmel.« Er stand auf, umrundete die Picknickdecke und setzte sich direkt neben mich. Lächelnd umschlang er mich mit seinem Arm. »Ich habe mich übrigens geirrt«, flüsterte er. Seine Lippen kitzelten an meinem Ohr. »Ein Fischbrötchen ist besser als Sex mit allen anderen. Aber mit dir ist es etwas anderes. Mit dir ist alles unglaublich viel besser.«

Seine Worte lösten Hitze in mir aus. Trotzdem prustete ich los. »Sex mit mir ist besser als ein Fischbrötchen? Das ist das schrägste Kompliment, das ich je erhalten habe.«

»Aber es ist eines!« Er zwinkerte mir zu, hob mich auf seinen Schoß und küsste mich, bis mir die Luft wegblieb. Seine Haut war sonnenwarm und duftete nach Sommer. Ich spürte seinen Körper unter mir vibrieren.

»Was hältst du davon, wenn wir das Picknick einpacken und auf meiner Terrasse fortsetzen? Nachdem wir …« Er stockte und fuhr mit dem Daumen die Konturen meiner Brüste nach.

Der dünne Stoff des Sommerkleides ließ mich jede Berührung deutlich spüren und ich keuchte auf. »Das hört sich nach einem guten Plan an.« Ich biss in seine Unterlippe und zog sie ein wenig in meine Richtung.

Sein Blick verdunkelte sich und plötzlich lag ich neben ihm im Sand.

»Hey!«

Er hatte mich tatsächlich von sich abgeworfen.

»Das ging nicht anders.« Entschuldigend hob er die Arme. »Das war quasi Notwehr. Ansonsten wären hier am Strand Dinge passiert, für die wir morgen in die Eckernförder Zeitung gekommen wären.«

Ich spürte, wie die Röte in meine Wangen kroch. Vermutlich hatte er recht. Die Dynamik zwischen uns war unberechenbar und eine schnelle Nummer in der Öffentlichkeit wäre mir oberpeinlich. Allein bei dem Gedanken daran bekam ich eine unangenehm piksende Gänsehaut. Ich setzte mich auf und schaute mich um. Es waren noch vereinzelt Gruppen und Paare am Strand, die sich an diesem lauen Abend den Sonnenuntergang anschauen wollten.

In Windeseile packte Timo unser angefangenes Picknick in den Korb. Er stellte sich direkt vor mich und streckte mir seinen Arm entgegen. »Darf ich dir hochhelfen oder macht das eine fischhassende Drachenbezwingerin lieber alleine?«

»Danke«, ich griff nach seiner Hand, »ich habe für alles meine Leute«, sagte ich mit spitzem Mund. Dann grinste ich breit und er zog mich hoch in seine Arme.

Kapitel 14

WUT UND WAFFEL

Die Blätter der großen Buche raschelten leise im Wind und weiße Wolken bewegten sich über den tiefblauen Himmel, als wären sie eine Herde Schäfchen. Meine Schritte verdrängten geräuschvoll den Kies unter meinen Füßen.

»Willst du bis zum Ende des Grundstücks fahren?« Timo präsentierte mir den Autoschlüssel und hielt ihn so vor mein Gesicht, als würde er eine Maus an ihrem Schwanz hochheben und mich damit ärgern wollen. Ich fragte mich, ob mir eine Maus oder der Autoschlüssel lieber war. »Nee, aber danke. Vielleicht auf dem Rückweg. Ich habe gerade meinen Kopf woanders.« Ich zog kräftig am kühlen Türgriff der Beifahrerseite und stieg ein.

Timo nahm mir den schweren Jutebeutel mit den Unterlagen ab, wuchtete ihn in den Fußraum und hauchte mir einen Kuss auf die Wange. Dann legte er die Hände auf mein Bein. »Schade, deine Fahrversuche waren doch sehr erfolgreich.« Er hauchte mir die Worte ins Ohr, was mir einen heißen Schauer die Wirbelsäule herunterlaufen ließ. Dann löste er sich von mir und ich klappte den Spiegel in der Sonnenblende auf, um zu überprüfen, wie rot meine Wangen geworden waren.

Sanft schloss er die Tür, umrundete das Auto und stieg ebenfalls ein. Ich fummelte mein Smartphone aus der Handtasche auf meinem Schoß.

»Wo geht's denn hin?«, fragte er und startete den Motor. »Du siehst schick aus.« Er zupfte am Kragen meiner weißen Bluse und seine Finger berührten dabei spielerisch meinen Nacken.

Ich genoss das Kribbeln, besann mich aber auf seine Frage und wühlte erneut in meiner Tasche. »Warte. Ah. Ja. Hier.« Ich suchte in meinen Notizen die Adresse, die ich mir notiert hatte. »In die Sehestedter Straße.« Der schwere Beutel drückte auf meine Knöchel und ich rupfte an den Henkeln, damit die Papiere in die andere Richtung kippten.

»Oh. Feine Adresse.« Sanft setzte er den Wagen in Bewegung.

»Na ja, Steuerberater können ja alles von der Steuer absetzen.« Ich zwinkerte ihm zu.

Er warf mir einen kurzen Blick zu und seine kräftigen Augenbrauen verschmolzen zu einer Linie. »Steuerberater?«

»Ja, ich habe einen Termin. Um neun Uhr.« Wieder guckte ich auf mein nacktes linkes Handgelenk, danach auf mein Handy. »Wir sollten uns eventuell ein wenig beeilen.«

Als wäre meine Aussage der Startschuss eines Rennens gewesen, drückte Timo das Gaspedal ins Bodenblech und der Wagen beschleunigte mit Motorgeheule und jeder Menge aufgewirbelter Steine.

»Sag mal, spinnst du?!« Ich krallte mich am Handgriff der Tür fest.

»Du sagtest, wir sollten uns beeilen, und dein Wunsch ist mir Befehl.« In seiner Stimme schwang einer Härte mit, die mich an die erste Woche mit ihm erinnerte. Er schaute konzentriert nach vorne.

»Was ist los?«, fragte ich und legte eine Hand auf sein Bein.

Seine Muskeln spannten sich an. »Nichts«, brummte er, »und ich muss mich aufs Fahren konzentrieren.« Er wischte meine Finger von seiner Hose.

Ich sammelte einen Fussel von meinem Rock und ein ungutes Gefühl drückte auf meinen Brustkorb. Was war heute anders? »Gefällt es dir nicht, dass ich zu Frau Langbeen fahre und mich um die Finanzen deiner Großtante kümmere?«, fragte ich ihn geradeheraus, was mir die einzige Erklärung für sein Verhalten zu sein schien. Ich hatte keine Lust, um den heißen Brei herumzureden.

»Hm«, brummte er, was alles bedeuten konnte.

»Ich habe das Gefühl, dass deine Großtante ein massives Liquiditätsproblem hat.« Nervös knetete ich meine Finger. »Die Zahlen, die … sehen danach aus, und ich wollte heute gerne mit Frau Langbeen … Vielleicht weiß sie woran … Sie macht doch seit Jahren die Steuern für deine Großtante, richtig?« Ich stammelte. Was war, wenn ich mich irrte?

Timo versteifte sich hinter dem Lenkrad und presste die Lippen aufeinander, doch er sagte nichts.

»Hey! Redest du nicht mehr mit mir?« Ich tippte ihm mit dem Finger an den Oberarm. »Ich sehe hier nirgendwo ein Schild, auf dem steht: *Bitte nicht mit dem Fahrer sprechen.*« Hektisch fuchtelte ich vor der Mittelkonsole herum, wobei ich versehentlich das Radio auf ohrenbetäubende Lautstärke drehte. Der Popsong schmerzte in meinen Gehörgang und machte jede weitere Unterhaltung unmöglich.

So ein Mist! Wie geht das leiser?

Ich wollte nicht wie eine hysterische Henne auf allen sichtbaren Knöpfen herumhacken, also blieb das Radio auf Volllast.

Die Sehestedter Straße thronte hoch über der Förde. Wir fuhren an einem Haus vorbei, das wie ein Schiff aussah. Mein Magen knautschte sich zusammen und ich umfasste die Griffe des Jutebeutels.

»So. Hier wären wir.« Abrupt stoppte Timo den Wagen, kreiste elegant mit dem Finger in der Luft vor dem Radio, das mit dieser Geste wie von Zauberhand Ruhe gab. »Wir treffen uns am Strand, okay? Bei Anni und Kjell im Café? Da vorne geht gleich die Treppe runter.« Sein Gesicht war angespannt und er rieb sich fahrig durch die Haare.

»Bis später. Dauert bestimmt nicht so lange«, sagte ich. Meine Hand lag schon auf dem Türgriff, aber ich zögerte. »Sag mal«, meine Stimme klang fremd in meinen Ohren, »hast du was mit dem fehlenden Geld zu tun? Weißt du was darüber? Warum redest du nicht mit mir?«

»Ach, Mari.« Er vergrub das Gesicht in den Händen. »Es ist kompliziert. Ich kann … ach, was weiß ich.« Danach schwieg er. Die Uhr im Cockpit zeigte eine Minute nach neun an. Der Termin! Ich musste los.

Schweren Herzens öffnete ich die Tür.

Ich trug einen engen Rock, was das Aussteigen zu einer Herausforderung machte. »Warum fährst du keinen SUV?«, motzte ich, als ich es endlich geschafft hatte, den Wagen zu verlassen.

»Warum machst du nicht den Führerschein und kaufst dir ein eigenes Auto?«, konterte er matt und ich schlug die Tür zu. In der nächsten Sekunde fuhr er mit quietschenden Reifen davon.

Den Beutel mit den Unterlagen im Arm stieg ich die geschwungenen Stufen zur Steuerberatungskanzlei hinauf und ging im Kopf noch einmal durch, was ich besprechen wollte. Und immer wieder fragte ich mich, was Timo mit der ganzen Sache zu schaffen hatte.

Die Steuerberaterin, Frau Langbeen, schüttelte mir nach unserem Termin die Hand. Sie lächelte mild. Ich schätzte sie auf Mitte fünfzig. Sie trug einen Kurzhaarschnitt und ihr ganzes Outfit war aufeinander abgestimmt. Das Halstuch war ebenso marineblau wie die Schuhe. »Vielen Dank für Ihren Besuch. Frau Larssen kann sich sehr glücklich schätzen, dass sie jemanden wie Sie hat. Die Unterlagen können Sie hierlassen. Ich lasse eine detaillierte Aufstellung für die Steuer machen und sende sie Ihnen und Frau Larssen zur Prüfung zu.«

»Danke«, stammelte ich und fühlte mich erschlagen von den vielen Neuigkeiten. Ich hängte mir meine Handtasche über die Schulter und hielt mich am Treppengeländer fest. Die frische Luft tat meinen Lungen gut und ich atmete ein paarmal tief durch.

So viele Informationen hatte ich zu verarbeiten, aber alle liefen auf eines hinaus: Frau Larssen war Ende kommenden Jahres insolvent, wenn nichts geschah. Ein dicker Kloß hing mir im Hals und sooft ich auch schluckte, er schien sich nicht zu bewegen.

Wie in einem Tunnel lief ich die Straße entlang und war schon zwei Schritte an den Treppen vorbei, die zum Strand hinunterführten. Was war mit Timo? Was hatte er damit zu tun? Warum war ich da nicht vorher drauf gekommen und hatte ihn zur Rede gestellt?

An dem kurzen Weg zwischen den Treppenabschnitten stand eine Bank. Ich setzte mich in die Nähe einer riesigen Trauerweide, die einen Gedenkstein beschattete.

Es musste doch eine Lösung geben für Frau Larssen und für mich. Und welche Rolle spielte Timo? War er deswegen so seltsam gewesen? Ich schüttelte den Kopf. Das wäre … Warum zum Teufel sagte er nichts? Hatte er etwa Dreck am Stecken? Mein Magen schnürte sich zusammen.

Ich streckte die Beine aus und streifte die Schuhe von den Füßen. Mit den Zehen griff ich nach einem Gänseblümchen und pflückte es. Ich nahm die Blume und drehte sie zwischen Daumen und Zeigefinger. Das dumpfe Gefühl breitete sich weiter in meinem Magen aus.

Wie sollte ich Frau Larssen erklären, wie es um ihre Finanzen stand? Sie war so eine liebenswerte, aber auch stolze Frau. Jedoch hatte sie sich selbst anscheinend nie besonders um ihre Finanzen geschert. Nachdem ihr Mann verstorben war, waren dringende Sanierungen aufgeschoben worden. Und der Hof verschlang jede Menge Geld im Unterhalt und brachte nichts ein. Hoffentlich zerbrach sie nicht an der Lage. Und wenn Timo ihr vorher bei der Verwaltung geholfen hatte? Verdammt, er musste ihre Situation bemerkt haben!

Ich schluckte. Ganz sicher wusste er viel mehr. Ich beugte mich vor und stützte die Arme auf den Oberschenkeln ab. Das konnte doch alles nicht wahr sein. Ich war so bescheuert! Ich hatte gedacht, das mit Timo und mir wäre etwas Besonderes.

Aber denkt man das nicht immer, wenn man frisch verliebt ist? Er war ganz offensichtlich nicht ehrlich zu mir.

Ich ballte meine rechte Hand zur Faust und schlug kräftig auf die Bank. Mein Arm zitterte. Schluchzend holte ich Luft. Was verschleierte er?

Ich ließ den Kopf hängen und Tränen sammelten sich in meinen Augen.

Der Kragen meiner Bluse engte mich ein und ich öffnete die ersten drei Knöpfe. Warum, verflixt noch mal, hatte er nichts gesagt?

Ich packte meine Tasche, den Beutel und meine Schuhe und lief barfuß den Weg hinab zum Meer.

Am Horizont blitzten weiße Tupfen in der Sonne, weiter vorne konnte man die Form der Segel erkennen. Eine leichte Brise kräuselte die See und in der Ferne kreischten ein paar Möwen.

Der Blick über die Bucht tröstete mich ein wenig.

Ich atmete die frische Meeresluft ein und fasste einen Entschluss: Ich würde eine Lösung finden und ich wollte hierbleiben. Hier fühlte ich mich mutig und frei. In München war ich auf der Flucht gewesen vor den Menschen, vor der Enge der Stadt und vermutlich auch vor mir selbst. Seit ich in Eckernförde angekommen war, war ich sorgloser geworden – dabei war alles neu und, wie sich erst eine Stunde zuvor herausgestellt hatte, auch voller ernstzunehmender Herausforderungen. Trotzdem hatte ich keine Angst.

Ab dem Moment, in dem ich aus dem Zug gestiegen war, eine Nase Meeresluft inhaliert und das Anwesen von Frau

Larssen betreten hatte, hatte ich gewusst, dass ich an diesem Ort richtig war.

Es fühlte sich gut an, hier zu sein, und bereits nach so kurzer Zeit lagen mir Frau Larssen und ihr Anwesen am Herzen. Ich richtete meinen Kopf bewusst auf und nickte, ohne dass jemand in der Nähe war, um meinen Entschluss mitzubekommen. Ob mit oder ohne Timo, ich würde Frau Larssen helfen, ihr Anwesen zu halten. Und ich hatte auch schon eine Idee.

»Moin Mari!« Anni legte die Kette beiseite, die die Stühle vor dem Café in der Nacht sicherte, und breitete die Arme aus.

»Hey! Schön, dich zu sehen.« Ich umarmte sie und wir drückten uns fest. Ich spürte, wie mir die Tränen in die Augen schossen, aber ich schluckte den Kloß in meinem Hals hinunter und straffte die Schultern. Das Problem war lösbar. Und warum Timo nichts gesagt hatte, würde ich auch noch herausfinden.

Anni legte mir ihre Hände auf die Schultern. »Alles okay?« Sie runzelte die Stirn.

»Ja«, log ich. »Kann ich dir irgendwie helfen?« Ich zeigte auf die gestapelten Stühle.

»Hm.« Sie sah sich um und danach auf ihre Armbanduhr. »Ich bin tatsächlich etwas spät dran heute. Kannst du dich vielleicht um die Stühle kümmern? Die Strandkörbe stehen schon an ihrem Platz, die Tische auch. Fehlen nur noch die Stühle. Kannst du die verteilen?«

»Na klar. Kein Problem.« Meine Schulter schmerzte vom schmalen Henkel des Jutebeutels und ich nahm ihn in die Hand. »Kann ich das hier irgendwo abstellen?«

»Na klar.« Anni zeigte auf einen der Strandkörbe und nahm mir den Beutel ab. »Puh, was ist denn das? Ein fünfbändiger Brockhaus?«

Ich grinste. »Nee. Nur Finanzkram von Frau Larssen. Ich war gerade bei der Steuerberaterin … Der Beutel war vorher doppelt so schwer. Gott sei Dank hat sie ein paar Unterlagen behalten.« Ich wischte meinen Pony zur Seite und hob den ersten Stuhl vom Stapel.

»Wenn hier alles vorbereitet ist, mache ich uns einen Kaffee. Wenn nicht so viel los ist, musst du mir alles erzählen.« Sie schaute in den Himmel. »Oder am Telefon. Ich schätze, heute wird ein super Strandtag.«

»Okay.« Ich stellte den Stuhl an einen der Tische. »Das klingt doch nach viel Umsatz.«

»Jo. Sieht gut aus.« Sie lächelte zufrieden und ich war froh, dass ich mir nicht auch noch Sorgen über die finanzielle Situation meiner besten Freundin machen musste.

Ich verteilte einen Stuhl nach dem anderen. Die gleichförmige Arbeit beruhigte mich. Als ich den letzten abgestellt hatte, stemmte ich die Hände in die Seiten und betrachtete mein Werk.

Es musste ungefähr halb elf sein. Die Sonne stand schon hoch am Himmel.

Ich wischte mir mit dem Handrücken den Schweiß von der Stirn und setzte mich zu meinem Jutebeutel in einen der knallroten Strandkörbe. Ich hatte immer noch nicht darüber entschieden, wie ich mit Tim-Ove umgehen sollte. In meinem Brustkorb breitete sich ein Ziehen aus. Ich war verknallt in ihn. Die Woche war … Ja, sie war wie in einer perfekten Liebesgeschichte verlaufen, in der die beiden Protagonisten sich erst anfeindeten und nach endlosem Hin und Her zu Liebenden wurden.

Liebende – wie sich das anhörte. Ich schmunzelte, doch die Hitze pulsierte an jeder Stelle meines Körpers, die Timo in den letzten Tagen berührt hatte.

Sein verhärteter Gesichtsausdruck von diesem Morgen schob sich in meine Gedanken. Ich schluckte und aus den heißen Erinnerungen wurde ein stechender Schmerz. Er hatte mich vorgeführt und im Dunklen tappen lassen. Er wusste, dass ich mich mit den Finanzen beschäftigt hatte. Warum hatte er nichts gesagt?

Ich holte mein Handy aus der Tasche. Viertel vor elf. Eigentlich müsste er schon hier sein. Ich reckte den Kopf und suchte beide Seiten der Promenade ab. Er war nirgends zu sehen, dafür aber Anni, die mit einem Tablett in der Hand auf mich zukam.

»Kaffee und eine frische Waffel. Vielen Dank für deine Hilfe.« Sie stellte den Becher Kaffee und die Waffel auf den Tisch vor mir.

»Du trinkst keinen mit?«, fragte ich.

Sie hob entschuldigend die Schultern und streckte ihre Nase in Richtung Café. »Da stehen schon drei Kunden an und ich denke, dass ich bis heute Abend zu tun haben werde.« Sie machte eine Pause. »Sorry. Es tut mir so leid, dass ich dich hier sitzen lasse, aber das Geschäft …«

»Ist voll in Ordnung, Anni.« Ich nickte ihr zu und lächelte. »Würdest du im Büro arbeiten, würde ich ja auch nicht einfach in eine Besprechung reinplatzen, weil ich mit dir einen Kaffee trinken möchte.«

Nun grinste sie breit. »Stimmt. Wenn ich mir das vorstelle! Ich … jeden Tag mehr als acht Stunden im Büro!

Dabei nervt mich schon die Buchhaltung fürs Café.« Sie zwinkerte mir zu, hauchte mir einen Kuss auf die Wange und verschwand wieder im Verkaufsraum.

Die riesige Waffel vor mir war mit Obst und Puderzucker garniert. Der frisch gebackene Teig duftete herrlich und ich pulte mit dem Finger eine Ecke ab und steckte sie mir in den Mund.

»So möchte ich auch mal arbeiten.« Tim-Ove rückte sich einen Stuhl vom Tisch ab, setzte sich und nahm sich ein Viertel von meiner Waffel.

»Daff ifft meine Waffel«, sagte ich mit vollem Mund, wobei ich aus Versehen den Puderzucker wie eine Wolke vor mein Gesicht pustete.

»Ach ja, stimmt. Das war genau die Menge an Waffel, die du gerne essen möchtest, nicht wahr?« Er kniff die Augen zusammen und wirkte feindselig.

Ich spülte mit einem Schluck Kaffee nach und stellte meine Tasse zurück auf den Tisch. »Was hast du mit den Rücklagen deiner Großtante gemacht?«

Er verschränkte die Arme vor seinem Körper und fixierte mich, ohne mir zu antworten.

»Frau Larssen ist pleite«, schob ich hinterher, obwohl mir mittlerweile klar war, dass er das bereits wusste.

Seine Miene war immer noch wie versteinert.

»Wo ist das Geld und warum hast du mir nichts gesagt?« Ich zeigte mit dem Finger auf ihn und auf die Unterlagen neben mir.

Immer noch schien er wie erstarrt. Ich konnte nicht erkennen, was in ihm vorging. Er schwieg und wischte sich nicht einmal die Locke aus dem Gesicht, die ihm über das linke Auge hing.

»Hast du das Geld genommen?«, ging ich zum Frontalangriff über. Ich wischte mit schwitzenden Handflächen über meinen Rock, während ich auf eine Reaktion von ihm wartete.

Irgendetwas!

Wenn er nichts damit zu tun hatte, würde er betroffen sein oder sich verteidigen, aber seine bewusste Nicht-Reaktion sagte mir, dass er im Bilde war.

Meine Hände zitterten und in mir brodelte es.

»Verdammt!« Ich schlug mit der Faust auf den Tisch. Die Kaffeetasse schepperte auf dem Unterteller.

Er zuckte zusammen und schüttelte sich kurz.

Ich hatte ihn aus seiner Starre gerissen.

Gut so.

»Warum hast du mir nichts gesagt? Warum hast du ihr nichts gesagt? Warum hast du dich darum gekümmert, dass jemand die Verwaltung übernimmt? Das kann sie sich doch gar nicht leisten! Sie kann sich bald gar nichts mehr leisten!« Meine Stimme überschlug sich.

»Mari, ich … also … Du … wie soll ich …?« Er rang nach Worten und untermalte dies mit kreisenden Handbewegungen. Mit gezieltem Griff zupfte er sich zwei Locken zurecht und pustete hörbar Luft aus. Doch danach versteinerten sich seine Gesichtszüge wieder. »Das ist dein Job. Nicht meiner. Dann muss sie halt verkaufen.« Seine Stimme war tonlos und kalt.

Ich schlang die Arme um meinen Körper. Das konnte er nicht wirklich so meinen, oder?

»Sag mal, spinnst du?!« Mehr fiel mir nicht ein. Ich stemmte mich am Tisch hoch und beugte mich in seine Richtung. »Du wusstest es, hast mich mit Absicht im Unklaren gelassen und gewartet, bis ich es selber herausfinde. Währenddessen hast du mich mit allen Mitteln abgelenkt und ich war so bescheuert, darauf reinzufallen!« Laut hallte meine Stimme in meinem Kopf und über die Promenade vorm Café.

»Aber Mari, ich … nein. So war das …« Er kämpfte mit sich, aber das war mir egal.

»Hau ab! Ich will dich nicht mehr sehen«, zischte ich.

»Aber wie willst du nach Hause –«

»Das lass meine Sorge sein, Timmy!« Ich schluckte schwer. Für eine Sekunde kamen die Gefühle hoch, die ich für ihn hatte, aber der Schmerz über seine Unehrlichkeit vergrub sie in der hintersten Ecke meines Herzens.

»Mari!« Er stand auf. »Ich wollte doch nur helfen, aber dann –« Seine Kiefer mahlten.

»Ja, was dann?!« Ich erhob mich und baute mich vor ihm auf.

»Dann war das Geld weg«, sagte er leise und fuhr sich durch die Haare.

»Wie, weg? Hast du es auf den Kopf gehauen? Dir den BMW gekauft und auf dicke Hose gemacht?«, keifte ich.

»Das denkst du von mir?« Nun wurde auch er laut.

»Ich weiß nicht, was ich denken soll!« Ich spuckte ihm die Worte ins Gesicht.

»Na, wenn das so ist.« Er drehte sich um und eilte aus meinem Sichtfeld.

Ich fiel zurück in den Strandkorb, als wäre ich ein Badetier, dem die Luft abgelassen wurde. Und so fühlte ich mich auch.

Leer.

Und müde.

Ich versteckte die Augen hinter den Händen und verbarg die Tränen vor neugierigen Blicken. Nach einer Weile spürte ich eine Hand auf meiner Schulter.

»Willst du reden?« Anni setzte sich neben mich in den Strandkorb und nahm mich in den Arm.

»Ja, nein«, schluchzte ich. »Du hast doch so viel zu tun.«

Sie strich über meine Haare. »Für Notfälle ist immer Zeit. Und …«, sie reckte ihr Kinn in Richtung Café, »Kjell ist an der Theke eingesprungen. Er hat auch angeboten, Timo zu verprügeln. Das wollte er schon immer mal machen.« Sie zwinkerte mir zu und ich schüttelte mich.

»Danke für das Angebot. Richte ihm aus, ich werde es mir vormerken.«

In einem einzigen Redeschwall erklärte ich Anni alles, was in den letzten Tagen zwischen Tim-Ove und mir passiert war und was ich heute herausgefunden hatte.

Sie hörte mir zu und schüttelte immer wieder den Kopf.

Als ich fertig war, starrte ich aufs Meer hinaus. Eine Möwe segelte weit oben über dem Wasser. Anni hatte immer noch den Arm um mich gelegt und es tat so gut, eine Freundin wie sie zu haben.

»Und was willst du jetzt machen?« Ihre Stimme war warm und behutsam, als wäre sie sich nicht ganz sicher, ob sie mir diese Frage stellen sollte.

Ich rieb mir die Augen trocken, atmete durch und straffte meine Schultern. »Also. Ich werde mit Frau Larssen reden. Am besten noch heute. Weißt du, ich habe da so eine Idee, wie sie sich noch zwei Standbeine zusätzlich zu den Wohnungen aufbauen könnte.« Mein Herz klopfte. Ich spürte, dass das der Weg war, den ich gehen musste.

»Das klingt doch super!« Anni lächelte aufmunternd. »Aber ich meinte eigentlich, was du jetzt mit Tim-Ove machen möchtest.«

»Ich … ich weiß es nicht.« Ich schluckte. »Erst einmal versuche ich, Frau Larssen wieder ins Plus zu bringen.«

Im Café stand eine Traube von Menschen und Kjell fuchtelte hilflos mit den Armen.

»Ich glaube, du musst deinen Mann retten – und dein Geschäft!« Ich zeigte mit dem Kinn in Richtung Eistheke und Anni folgte meinem Blick.

»Oh ja, stimmt. Kommst du klar?«

Ich nickte.

»Sag, wenn du noch etwas brauchst, geht heute alles aufs Haus für dich.« Sie betrachtete die letzte Waffelecke, die auf dem Teller vor mir lag.

»Aber das …« Ich griff zu meiner Tasche.

»Keine Widerrede. Ich nehme kein Geld von dir!« Mit strenger Miene stellte sie meine Tasche zurück in die Ecke vom Strandkorb. Sie strich mir noch einmal über die Schulter, dann eilte sie Kjell zur Hilfe.

Ich schaute ihr nach und atmete tief in den Bauch.

Klären, wie ich nach Hause komme, mit Frau Larssen reden und sie von meinem Plan überzeugen.

Heute stand noch einiges auf meiner Liste, und ich war nicht sicher, ob ich das alles alleine schaffen würde.

Kapitel 15

MITFAHRBANK

Mit den Unterlagen im Arm schlurfte ich die rotgepflasterte Promenade entlang. Ich beobachtete die Menschen am Strand, die für ihre Handtücher die besten Plätze suchten. Andere wuchteten sich Strandkörbe zurecht oder pumpten Stand-up-Paddle-Bretter auf. Das bunte Treiben und das herrlich warme Sommerwetter passten nicht zu meiner angespannten Stimmung.

Ich wollte Anni und Kjell nicht mit meinem Transportproblem belasten, also schlenderte ich in Richtung Süden. Konnte ich nicht einfach an der Steilküste entlanglaufen? Ich betrachtete meine nackten Füße und die Ballerinas in meiner Hand.

Vermutlich war ich für eine Wanderung nicht richtig ausgestattet.

Angestrengt grübelte ich weiter. Hatte ich am Ortsausgang nicht so etwas wie eine Mitfahrbank an einer Bushaltestelle gesehen? Vielleicht nahm mich ja jemand mit. Außerdem musste der Bus, wenn es denn einen in die Richtung gab, ebenfalls dort vorbeikommen. Auf der Karte im Handy hatte ich gesehen, dass dies die einzige Straße war, die aus Eckernförde in Richtung Süden führte.

Das Meer glitzerte und reflektierte die Sonne doppelt und dreifach. Ich beschattete meine Augen mit der großen Sonnenbrille. Nachdem ich sie vor einem Jahr spontan in München gekauft hatte, kam sie mir im Nachhinein überdimensioniert und zu extrovertiert vor, also hatte ich die Brille seitdem kaum getragen. Aber hier fühlte sie sich genau richtig an und ich war froh, dass sie meine roten Augen verbarg.

Nach einer Viertelstunde überquerte ich an einer Ampel die Bundesstraße und suchte die Mitfahrbank.

Die Funktionsweise war simpel. Es gab verschiedene Schilder zum Umklappen, mit denen ich signalisieren konnte, wohin ich fahren wollte. Aber welcher Ort lag in der Nähe vom Gutshof? Kiel? Wohl kaum. Neudorf? Gettorf?

Ich zückte mein Telefon und öffnete eine Karten-App. Danach klappte ich das Schild mit dem Namen Strande auf, da dieser Ort wohl am ehesten in der Richtung von Frau Larssens Anwesen lag. Ich setzte mich auf die Bank und mit ohrenbetäubendem Getöse rauschten die Autos an mir vorbei.

Die Wartezeit erschien mir ewig und ich studierte den Busfahrplan. Der nächste Bus nach Kiel fuhr erst in einer Stunde und dort wollte ich nicht einmal hin.

Mit einem knirschenden Geräusch hielt ein dunkelblauer VW-Bus vor mir. Der Fahrer winkte hektisch, ließ das Fenster der Beifahrertür runter und rief mir zu: »Mensch, Marina! Soll ich dich mitnehmen zu Frau Larssen?«

Mein Herzschlag beschleunigte sich. Sönke! Was für ein Glück! Ich winkte ihm zurück. »Ja, danke! Sehr gerne.« Ich schulterte meine Taschen, öffnete die Beifahrertür und kletterte in den Bus, der bereits etwas in die Jahre gekommen war.

»Wie bist du denn hier gestrandet? Ich dachte, Tim fährt dich, wenn du was brauchst.« Er setzte den Blinker und schaute sich immer wieder nach dem Verkehr um.

»Na, das hat sich ja schnell rumgesprochen«, antwortete ich und legte den Gurt an.

»Es gibt nur vier Wohnhäuser rund um Frau Larssens Hof. Da weiß jeder, was los ist.« Er zwinkerte mir zu und ich wusste nicht genau, ob er darauf anspielte, dass Tim-Ove und ich gestern am Strand rumgeknutscht hatten. Trotzdem erhitzten sich meine Wangen.

Sönke fuhr los und fädelte sich in den Verkehr der Bundesstraße ein. »Muss dir nicht unangenehm sein. Tim ist ein feiner Kerl, aber manchmal spinnt er auch.« Er hob die Augenbrauen. »Hat er dich sitzen gelassen?« Er klang besorgt.

»Ja, nein. Ich habe ihn weggeschickt, weil er sich als ein Vollidiot geoutet hat.« Ich sank in den Sitz und wischte mir eine Strähne aus dem Gesicht.

»Ah.« Sönke nickte verständnisvoll und stellte glücklicherweise keine weiteren Fragen.

Ruppig schaltete er die Gänge durch und der Bus machte jedes Mal einen kleinen Satz. Dafür brausten wir aber irgendwann verhältnismäßig schnell die Straße entlang.

Wir unterhielten uns über das Wetter und wie es mir im Norden gefiel.

Ich war dankbar für den Smalltalk und dafür, dass Sönke mich bis auf den Hof von Frau Larssen fuhr. Er sprang aus dem Bus und bevor ich meine Taschen geschultert hatte, riss er die Beifahrertür auf und half mir aus dem Fahrzeug.

»Danke für den Fahrservice«, sagte ich und umarmte ihn kurz zum Abschied. »Du hast mir heute echt aus der Patsche geholfen.«

»Gerne wieder. Ich schreib dir meine Nummer auf. Du kannst dich jederzeit melden, falls du mal einen Fahrer brauchst oder jemanden zum Schnacken.« Er kramte einen Kassenzettel und einen Stift aus der Tasche und kritzelte darauf herum. Dann reichte er ihn mir.

»Danke für das Angebot.« Ich nahm den Zettel.

Sönke eilte zurück auf den Fahrersitz. »Tschüss!«, rief er mir durchs geöffnete Fenster zu und der Schotter knirschte laut, als sich der Bus in Bewegung setzte.

Sobald er nicht mehr zu sehen war, kehrte wuchtartig das flaue Gefühl in meinem Bauch zurück. Ich zögerte. Sollte ich meine Gedanken erst einmal in meiner Wohnung sammeln oder gleich zu Frau Larssen gehen? Unschlüssig stand ich unter der großen Buche.

Aus dem Augenwinkel sah ich Tim-Ove hinter dem Kuhstall verschwinden.

Ich ließ sofort alle Optionen fallen und folgte ihm. Er sollte mir endlich sagen, was genau passiert war.

An seiner Wohnungstür klingelte ich ohne Erfolg. Ich drückte die Klinke herunter. Abgeschlossen. Seit wann schloss er bitte seine Wohnung ab?

»Mach auf! Ich will mit dir reden!« Ich brüllte so laut, dass neben mir ein Huhn gackernd aus dem Gebüsch sprang.

Aber von Tim-Ove kam keine Reaktion.

»Na, dann nicht! Aber ich weiß, dass du da bist. Feigling! Ich rede jetzt mit deiner Großtante!« Meine Stimme hallte von der Hauswand wider.

Ich kehrte seiner Wohnung den Rücken zu und setzte entschlossen einen Fuß vor den anderen auf direktem Weg zum Haupthaus.

Die Tasche mit den Unterlagen umklammerte ich fest und trug sie wie ein Schutzschild vor mir her. Mein Herz klopfte schnell und ich spürte das Blut in meinen Ohren rauschen. Ich würde einer liebevollen, stolzen, alten Dame das Herz brechen.

Immerhin hatte ich eine Idee, wie ein Ausweg aussehen könnte, aber dafür musste sie über ihren Schatten springen und ich war mir nicht sicher, ob sie die Kraft dafür aufbringen würde.

Ich öffnete die Tür zum Haupthaus, ging ins Büro und wuchtete die schwere Tasche auf den Schreibtisch, was mit einem dumpfen Geräusch einherging.

Das Haus duftete nach angebratenem Speck und mir lief das Wasser im Mund zusammen. Hoffentlich hatte Frau Larssen schon gegessen. Mit vollem Magen kann man schlechte Nachrichten besser verdauen, hat meine Mama immer gesagt und ich fand, da ist etwas Wahres dran.

Mit zögernden Schritten ging ich zur Wohnstube und klopfte gegen den Türrahmen der geöffneten Tür.

»Kumm rin, min Deern!« Frau Larssen saß am Esstisch und hatte einen leeren, aber benutzten Teller vor sich stehen. »Mögen Sie auch noch was essen? Tim-Ove ist heute gar nicht gekommen … Es gibt Himmel und Hölle. Kennen Sie das? Das ist Kartoffelpüree mit Apfelmus, Zwiebeln und zerlassener Butter. Sehr lecker. Manchmal mache ich mir auch noch eine Kalbsleber dazu, aber die ist immer so teuer. Das gönne ich mir nur selten, aber mit Speck schmeckt es auch prima.« Sie schaute an mir vorbei an die Wand, schüttelte leicht den Kopf und füllte einen gedeckten Teller mit Kartoffelpüree, ohne eine Antwort von mir abzuwarten.

Ich folgte ihrer Einladung und setzte mich. Neugierig beäugte ich die süß-salzige Kombination auf meinem Teller, aber mein Magen fühlte sich zugeschnürt an. Ich befürchtete, dass ich keinen Bissen herunterbekommen würde, und pikste mit der Gabel in die zähe Masse.

Frau Larssen saß auf ihrem Stuhl und hatte die Hände im Schoß gefaltet.

Wie sollte ich anfangen?

Ich schwieg, schob das Essen auf dem Teller hin und her und goss mir ein Glas Wasser ein.

»Wie war es bei Frau Langbeen, min Deern?« Frau Larssen beugte sich vor und zupfte am Kragen ihrer Bluse.

»Oh. Ja. Bei Frau Langbeen. Wie soll ich sagen?« Ich legte die Gabel auf den Teller, knetete meine Hände und suchte nach den richtigen Worten.

Die alte Dame schaute mich erwartungsvoll an und meine Handflächen schwitzten, obwohl die Sommerwärme die Wohnstube des Altbaus nicht erreichte.

»Also. Frau Langbeen ist mit mir die Zahlen der letzten zwei Jahre durchgegangen. Und …« Ich stockte. Ich kam mir vor wie jemand in einem fiesen Thriller, der genötigt wurde, Unschuldige zu verletzen. Ich seufzte und spürte Druck auf meinem Magen. Mit schwerem Herzen streckte ich meine Arme nach vorne aus und ergriff die Hände von Frau Larssen.

Sie lagen kühl und weich in meinen und ich blinzelte mehrfach.

»Frau Larssen, ich … Sie … also. Frau Langbeen hat meine Vermutung bestätigt. Wenn wir nichts ändern, dann sind Sie nächstes Jahr insolvent.«

Sie riss die Augen auf und erstarrte. »Insol…vent?«, stammelte sie. Die Spannung wich aus ihrem Körper und sie sackte im Stuhl zusammen. »Min Deern! Pleite? Ich? Aber Herbert hat doch vorgesorgt für mich. Wir haben die Wohnungen!« Ihre Stimme klang dünn und kraftlos. Als würde sie ihren Worten selbst nicht glauben.

Ich schätzte, dass sie bereits gespürt hatte, dass das Geld knapp wurde. Ihre Haushaltshilfe kam nur noch einmal pro Woche, statt an jedem Wochentag und sie wies immer mal wieder darauf hin, dass dies oder das so teuer geworden war.

Ab diesem Moment war es nicht nur ein vages Gefühl, sondern die Realität, die sie mit der Pistole auf der Brust bedrohte. Sie endlich wahrzunehmen, musste fürchterlich sein.

Ich drückte ihre Hände und ließ sie dann behutsam los.

»Was … Wie … Was soll ich denn machen? Ich hab schon so viel Land verkauft. Ich kann doch nicht noch den Hof … Nein. Das darf nicht sein.« Sie schluchzte und holte ein Stofftaschentuch aus ihrer Schürzentasche.

Meinen Teller stellte ich unangerührt zur Seite und stützte die Ellenbogen auf den Tisch. Ich legte den Kopf in die Handflächen und rieb mir die Schläfen.

Mit ihren glasigen hellblauen Augen sah Frau Larssen mich an. Rote Adern durchzogen ihre Bindehaut und erst jetzt erkannte ich die dunklen Schatten unter den Lidern. Warum hatten sie und ihr feiner Goldjunge sich nicht vorher gemeinsam die Finanzen angesehen? Hatte er sie davon abgehalten?

Beim Gedanken an meinen Fahrer, Nachbarn und Liebhaber verknoteten sich meine Eingeweide. Ich wollte wissen, was hinter der ganzen Sache steckte, aber der Feigling verschanzte sich in seiner Wohnung.

Vor meinem inneren Auge streckte ich ihm beide Mittelfinger entgegen.

»Min Deern!« Frau Larssen schnäuzte sich lautstark. Sie schaute mich hilfesuchend an und ich holte tief Luft und erzählte ihr von meiner Idee, wie wir den Hof möglicherweise über die nächsten Jahre retten könnten.

»Aber, min Herbert hat immer gesagt: Niemals mit den Touristen das Geld machen. In einem Jahr sind alle ganz scharf auf die Ostsee und im Nächsten fahren sie nach Rimini. Das ist kein solides Geschäft. Ja, so hat er das gesagt, min Herbie.« Sie betrachtete ihren Ehering, der fest auf ihrem Finger steckte.

»Ja, das war vor vielen Jahren möglicherweise so.« Ich stimmte ihr zu und legte mir die Worte zurecht, mit denen ich sie vielleicht überzeugen könnte. »Ich habe mir die Zahlen der letzten zehn Jahre angesehen. In die Region Eckernförder Bucht sind jedes Jahr mehr und mehr Gäste gereist und …« Ich stoppte und nippte an meinem Glas Wasser. Mein Mund war plötzlich staubtrocken. »Es ist die einzige Chance, die ich sehe, um das Anwesen zu halten.« Meine Stimme klang belegt. Ich räusperte mich. »Und gemeinsam schaffen wir das!«

»Ach, min Deern.« Ihre Augen waren glasig. »Das geht doch nicht.« Sie faltete ihr Stofftaschentuch immer weiter zusammen, bis es einem Würfel glich.

»Vielleicht geht es ja doch?« Ich bemühte mich, Zuversicht in meine Stimme zu legen. »Denken Sie vielleicht mal in Ruhe darüber nach, schlafen Sie drüber und dann reden wir morgen noch einmal. Was meinen Sie?« Ich musste behutsam vorgehen, aber uns lief auch die Zeit davon. Unruhig rutschte ich auf meinem Stuhl hin und her. »Ich sehe aktuell leider keine andere Lösung.«

Sie sackte etwas zusammen und ein Stich in meiner Brust zeigte mir, wie sehr es mich schmerzte, ihr diese Nachricht in deutlichen Worten überbracht zu haben.

Kapitel 16

NICHT DEIN BIER

Ich saß im Büro und zerbrach mir den Kopf, was Tim-Ove mit dem Geld von Frau Larssen angestellt hatte. Außerdem stellte ich ein paar Unterlagen mit Berechnungen zusammen, wie das Anwesen durch die touristische Nutzung wieder finanziell auf die Beine kommen konnte. Diese legte ich Frau Larssen auf den Esstisch, in der Hoffnung, sie würde sie sich in Ruhe ansehen. Danach machte ich Feierabend.

Die Wipfel der großen Bäume warfen bereits tanzende Schatten auf meine Terrasse. Ich biss in das Käsebrot, das ich mir in hungriger Eile auf der Hand zusammengestellt und mit nach draußen genommen hatte. Mit einem Schluck Bier spülte ich den Bissen herunter und entspannte mich zum ersten Mal an diesem Tag. Die Füße legte ich auf den Tisch und lehnte mich im Stuhl zurück. Ein Huhn pickte zwischen den Wurzeln des Haselnussstrauchs herum.

Erst hörte ich kräftige Schritte, dann stapfte Tim-Ove auf die Terrasse und baute sich vor mir auf. Das Huhn sprang auf und rannte zeternd in Richtung Wiese. Er hatte die Hände in den Taschen vergraben und seine Augen waren schmal wie kleine Schlitze.

»Spinnst du?!« Er beugte sich zu mir vor.

Rasch zog ich die Beine zurück und setzte mich auf. »Ist ja witzig, das wollte ich dich auch schon die ganze Zeit fragen«, sagte ich betont gelangweilt und biss erneut von meinem Brot ab.

Sein Kopf errötete und er presste die Lippen aufeinander.

Ich hatte allen Grund, sauer zu sein. Außerdem versuchte ich hier, das Eisen aus dem Feuer zu holen und das Anwesen und somit auch seine Wohnung zu retten. Zahlte er überhaupt Miete? Ich würde das für den Finanzplan als Chance notieren.

Bei dem Gedanken grinste ich.

»Sach mal, hast du noch alle Latten am Zaun? Was gibt's da zu grinsen? Du kannst doch nicht einfach meiner Großtante den Floh ins Ohr setzen, dass sie hier eine Bettenburg hochzieht. Wie soll das gehen?« Er hob die Hände, als würde der Himmel ihm eine Lösung präsentieren. »Ich musste mir gerade deine Hirngespinste aus Tante Ingeborgs Mund anhören. Außerdem hat sie gerochen wie ein Schnapsladen und irgendwas von ›Wird ausgezeichnet. Frau Schwarz und ich machen das Anwesen zur ersten Adresse zwischen Eckernförde und Schwedeneck‹ gelallt. Kannst du mir das erklären?!« Seine Stimme zitterte. Er stützte sich auf dem Tisch ab, wie eine Raubkatze, die kurz vor ihrem Angriff die Beute anvisierte.

»Setz dich doch.« Mit dem Fuß schob ich den zweiten Stuhl am Tisch in seine Richtung. Mein Herz schlug schneller. Ich war so was von sauer auf ihn. Und das machte mich unfassbar provokant. Aber irgendwie kam mir das gerade recht.

»Ich will mich nicht setzen. Ich will eine Antwort!« Er schlug mit der Hand auf den Tisch. Ich zuckte zusammen und rettete im letzten Moment meine Bierflasche, die bedrohlich nah an der Kante tanzte.

»Das trifft sich gut.« Ich trank einen Schluck und kostete seinen fragenden Blick aus. »Ich will auch eine Antwort von dir.« Mit dem Handrücken wischte ich mir über den Mund. »Warum hast du mir nichts gesagt?! Warum musste ich alles selber rausfinden? Was ist mit dem Geld passiert? Warum ist deine Tante pleite?«

Er öffnete den Mund.

»Nun setz dich endlich!«

Er ging einen Schritt auf mich zu und blieb direkt vor mir stehen. Der Duft, den ich in den letzten Tagen so lieben gelernt hatte, umschmeichelte meine Nase.

Er streckte die Hand nach meiner aus.

Ich hielt die Luft an.

Doch er griff an mir vorbei, schnappte sich meine Flasche, setzte sich auf den Stuhl und trank sie in einem Zug aus.

Ich öffnete den Mund und schloss ihn wieder. Er konnte doch nicht – das war mein Bier!

Einer seiner Mundwinkel zuckte nach oben. »Ich weiß schon: das war genau die Menge an Bier, die du noch trinken wolltest. Aber das interessiert mich einen Scheiß!« Sein Ausdruck wurde ernst und seine Kiefer mahlten. »Ich will auch Antworten, Frau Schwarz. Mich interessiert, warum du meiner Großtante versprochen hast, dass du sie finanziell retten kannst … und dass sie ein verdammtes Hotel führen kann. Das ist doch Irrsinn! Tante Ingeborg ist über siebzig! Wie soll das gehen?« Er stellte die Flasche auf den Tisch und starrte mich an. »Und warum bist du mit dem Schmierlappen Sönke unterwegs gewesen?«

»Weißt du was?« Mein gesamter Körper schien ein Schnellkochtopf zu sein. Ich spannte alle Muskeln an, stand auf und ging schnurstracks auf die Terrassentür zu.

»Mari!« Hörte ich ihn rufen, sein Stuhl schabte über das Pflaster und kurz darauf riss er mich an meiner Schulter herum. »Erst die Antwort mit Sönke!«

Ich schlug seine Hand von mir fort. »Das mit Sönke geht dich einen Scheiß an!« Ich schrie ihn an und stolperte einen Schritt zurück.

Seine Augen hatten immer noch eine Anziehungskraft auf mich, die sich nicht mit meiner Wut vertrug. Mein Körper vibrierte. Ich wollte weg. Weg von ihm und aus dieser Situation. Bis er mir erklärte, warum er dieses Schmierentheater abgezogen hatte. Ich wollte verstehen und ich wollte nicht wahrhaben, dass er seine Großtante und mich betrogen hatte. Das konnte nicht sein. Das wollte ich nicht glauben. Aber die Fakten sprachen gegen ihn.

»Und außerdem muss ich noch die Hühner füttern.« Ich drehte mich um, stolperte in meine Wohnung und schloss die Tür hinter mir. Er formte meinen Namen mit seinen Lippen, aber ich schloss den Vorhang. In der nächsten Sekunde flossen die Tränen. Mein ganzer Körper bebte. Schluchzend ließ ich mich ins Bett fallen und vergrub mein Gesicht unter der Decke.

Die lustigen, liebevollen und heißen Momente der letzten Tage liefen wie ein Film in meinen Gedanken ab. Hatte ich mich so in ihm getäuscht?

Hinter der Wand rumpelte es. Dumpf dröhnte Musik aus der Nachbarwohnung. War das *Addicted to you* von Avicii?

Ich schluckte und der Kloß im Hals brannte wie Feuer. Die Decke über meinem Gesicht war feuchtgeweint und ich zitterte. Was war das für ein Scheißtag gewesen? Aber ich hatte mir nichts vorzuwerfen und würde mir von Tim-Geldveruntreuer kein schlechtes Gewissen einreden lassen.

Der konnte mich mal!

Ich setzte mich auf und putzte meine Nase. Benommen tapste ich in die Küche und holte mir noch ein Bier aus dem Kühlschrank. Ich sah sein schiefes Lächeln vor mir und ein bitterer Geschmack auf meiner Zunge gab mir das Gefühl, auf einen Hochstapler reingefallen zu sein, auch wenn ein kleiner warmer Punkt direkt neben meinem Herzen das Gegenteil behauptete.

Vorsichtig lugte ich hinter dem Vorhang hervor. Mit dem Bier in der Hand und *Eragon* unter dem Arm schlich ich zurück auf die Terrasse. Die Pflastersteine waren noch warm von der Sonne, die den Himmel blutrot färbte.

Ich schlug die Seite mit dem Lesezeichen auf, doch die Worte, die ich sonst so liebte, konnten mich nicht fesseln.

Meine Gedanken kreisten immer wieder um die einzige Frage, die sich mir stellte. Warum?

Warum hatte er mir nichts gesagt und warum hatte er Geld veruntreut? Irgendetwas passte nicht zusammen. Der Himmel lag blau-rosa über mir und dem Meer. Angestrengt versuchte ich, das Puzzle in meinem Kopf zu lösen.

Die Bässe der Musik in der Nachbarwohnung verstummten. Meine Muskeln spannten sich an. Ich lauschte angestrengt, konnte aber durch das Rauschen des Windes in den Baumwipfeln nicht hören, ob sich jemand näherte. Die Räder eines Autos knirschten auf dem Kies.

Er fuhr weg.

Leere breitete sich in meinem Bauch aus und ich drehte mein Handgelenk zu mir. Mist. Wie spät war es?

Die Hühner!

Ich schlurfte ins Haus und kramte mein Handy aus der Tasche. 20:49 Uhr. Und eine Nachricht von Anni.

Alles gut? Bist du gut nach Hause gekommen?

Meine Finger flogen über das Display.

Alles gut. Mehr oder weniger. Muss ich dir mal in Ruhe erzählen.

Ich wollte sie nicht belasten. Sie hatte bestimmt einen harten Arbeitstag hinter sich.

Auf jeden Fall! Wenn du irgendetwas brauchst, sag Bescheid.

Der Nachricht folgten zahlreiche aufmunternde Emojis. Ich lächelte und stand auf, um das Futter für die Hühner zu holen.

Ich sang »Komm, putt, putt, putt, putt« in die Abendstimmung und raschelte mit der Futterschüssel.

Hinter der Wiese erstreckte sich das dunkelblaue Meer bis zum Horizont. Der rote Himmel tauchte die Ostsee in ein mystisches Licht. Die Bäume wiegten sich sanft in der seichten Brise und alles war so friedlich, dass sich ein Teil dieser harmonischen Stimmung tröstend auf mein Herz legte.

Ich sog den abendlich süßen Sommerduft von Meer und frischem Heu ein und entspannte bewusst meine Muskeln. Mittlerweile umringten mich ein paar Hühner und folgten mir bis zum Stall, wo bereits die anderen Hennen warteten.

»Hey, Autsch!« Das Frechdachshuhn hatte mir in den Fuß gepickt und ich unterdrückte die Tränen. Hurtig schüttete ich das Futter in den kleinen runden Trog und zählte nach. Zehn Hennen und ein zerzauster Hahn. Alle da.

Ich verschloss die Gittertür.

Ganz in Ruhe, einen Fuß vor den anderen setzend, schritt ich zurück zur Terrasse und nahm mein Buch zur Hand. Das unlösbare Puzzle in meinem Kopf hatte sich in eine hintere Ecke meines Bewusstseins zurückgezogen und endlich konnte ich für ein paar Seiten in die Geschichte des Drachenreiters abtauchen, die mich noch nie im Stich gelassen hatte, wenn ich Ablenkung vom echten Leben brauchte.

Kapitel 17

BLITZ UND DONNER

Frau Larssen öffnete ihre Haustür, bevor ich die Klinke hinunterdrücken konnte. »Moin, Frau Schwarz!«, flötete sie und wedelte mit den Armen, als wäre ich eine Henne, die sie in ihre Stube treiben wollte.

»Guten Morgen«, antwortete ich und eilte dem Kaffeeduft entgegen.

Ich setzte mich auf den Platz, an dem ich jeden Arbeitstag einen Kaffee mit ihr trank. Die Unterlagen für die touristische Nutzung des Anwesens lagen ausgebreitet mit Notizen und Klebezetteln versehen auf dem Esstisch. Mein Puls beschleunigte sich.

Sie hatte sie sich nicht nur angesehen, sondern damit gearbeitet!

Ich schenkte mir den letzten Kaffee aus der Kanne ein, während Frau Larssen sich auf ihren Stuhl setzte und die Schürze zurechtrückte. »Ich könnte Kuchen backen«, sagte sie außer Atem. »Letztens im Nordreport, da war ein langer Bericht über Landcafés. Da haben die hausgemachten Kuchen angeboten und 'n Pott Kaffee dazu. Das kann ich doch auch. Und alles war so hübsch dekoriert.« Ihre Wangen röteten sich. »Wissen Sie, Frau Schwarz, ich habe viel nachgedacht seit unserem Gespräch gestern.« Sie hob ihre geblümte Tasse und trank einen Schluck. »Und ich habe mit Herbert gesprochen. Also … wie man halt mit jemandem spricht, der …« Sie schaute an die Zimmerdecke. »Aber dat mit den Touristen ist der einzige Weg. Entschuldige, Herbie!« Sie reckte die Hände nach oben, als könnte sie dort bei ihrem verstorbenen Mann um Verzeihung bitten.

Sie suchte nach seiner Absolution und mir schien es, als würde er ihr in ihren Gedanken antworten, denn sie nickte zweimal, sah mich an und … lächelte. So losgelöst und entspannt, wie ich sie seit meiner Ankunft nicht gesehen hatte.

Ein riesiger Stein fiel mir vom Herzen und sogleich grübelte ich, in welcher Reihenfolge wir die Schritte für die finanzielle Sanierung umsetzen sollten.

»Wann fangen wir an?« Frau Larssen rückte auf ihrem Stuhl nach vorne und saß nur noch auf der Kante. »Soll ich schon mal Rezepte für Kuchen …?« Sie rückte ihren Stuhl nach hinten, blieb aber doch sitzen.

Ich stand auf, umrundete den Tisch und legte ihr eine Hand auf die Schulter. »Immer mit der Ruhe.« Ich spürte, dass sie gerne etwas machen wollte. Vermutlich fühlte es sich besser an, wenn man etwas tun konnte. Irgendetwas, auch wenn es im ersten Moment womöglich nicht weiterhalf. Also sagte ich: »Sie kochen uns noch einen Kaffee und ich hole Zettel und Stift, dann machen wir einen Plan. Denn es ist immer gut, einen Plan zu haben.«

Sie strahlte mich an und überraschte mich beim Aufstehen mit ihrer Agilität. Im Nu war sie bereits in der Küche verschwunden und klapperte mit dem Kaffeegeschirr.

Das Gesindehaus herrichten, Fotos machen, die Unterkunft beschreiben, beim Tourismusverband melden, Laken sichten, frisch waschen, Bettdecken und Kissen zählen und reinigen, Stühle und Tische aus dem Stall holen.

Frau Larssen und ich gingen die Liste durch und mein Herzschlag beschleunigte sich.

Das Gesindehaus konnte komplett vermietet werden und Frau Larssen hatte mir im Haupthaus zwei Zimmer gezeigt, die über ein eigenes Badezimmer verfügten und wunderbar als ländliches Bed and Breakfast angeboten werden konnten.

Ich blätterte in den Unterlagen. Dort hatte ich vermerkt, welche Preise in der Region für ähnliche Unterkünfte genommen wurden. Wenn wir es schafften, dass im Spätsommer schon die ersten Gäste kamen und das Ferienhaus über Silvester vermietet wurde, könnte es ausreichen, um den Hof zu halten.

Ich notierte, dass ich prüfen sollte, ob auch drei Stellplätze für Wohnmobile vermietet werden durften. Außerdem hing alles an der Genehmigung der Gemeinde, die wir beantragen mussten.

»Och, mit dem alten Wahlers schnacke ich jeden Monat beim Sparclub-Treffen. Da trinken wir immer 'n Lütten. Der wird schon ein gutes Wort einlegen. Ist ja auch eine Notlage. Irgendwie.«

Ich lächelte, war jedoch nicht ganz so zuversichtlich wie die alte Dame, wollte ihr aber die Euphorie nicht nehmen. Vielleicht hatten wir ja wirklich Glück. Ich zog mich ins Büro zurück und suchte die Nummer der Tourismuszentrale raus, um das weitere Vorgehen abzuklären.

Den ganzen Tag trug ich die notwendigen Informationen zusammen und telefonierte mit dem Amt und dem Tourismusverband. Am Ende hielt ich ein Paket mit Unterlagen in der Hand, mit denen Frau Larssen Herrn Wahlers hoffentlich von unserem Vorhaben überzeugen konnte.

»Da nehm ich dann besser noch 'ne Flasche Köm mit«, sagte sie beschwingt. »Welches Kleid soll ich anziehen?« Sie wedelte mit zwei Kleiderbügeln vor meiner Nase herum. Ich wollte ihr bereits einen Vortrag halten, dass sie danach gehen sollte, worin sie sich am wohlsten fühlte, aber sie sah mich so erwartungsfroh an, dass ich es nicht übers Herz brachte.

»Das hellblaue«, antwortete ich. »Das betont die Farbe Ihrer Augen.«

Frau Larssen strahlte zufrieden wie ein Schulkind, das eine Eins nach Hause brachte.

»Wie weit ist das eigentlich zu Herrn Wahlers?«, fragte ich. Ihre hochhackigen Schuhe waren wohl nicht für einen ausgedehnten Spaziergang auf Feldwegen geeignet.

»Ein bis zwei Kilometer da hinterm Knick wohnen die Wahlers.«

Ich seufzte und tippte auf meinem Handy herum und das Freizeichen ertönte.

»Jo?«

»Sönke? Hi, hier ist Marina …«

»Moin Marina! Das ist ja eine Überraschung. Sitzt du wieder irgendwo fest, oder soll ich Tim-Ove die Leviten lesen, dass er eine Frau wie dich niemals nicht nach Hause fahren sollte?« Er lachte tief. »Ach nee, du hast ihm sicher schon deine Meinung gegeigt.«

»Ähm. Ja. Danke. Irgendwie … Weswegen ich anrufe … ich will dich nicht von der Arbeit abhalten, aber könntest du eventuell Frau Larssen zu Herrn Wahlers fahren?«

»Klar. Ich habe gerade die letzte Online-Besprechung beendet. Feierabend für heute. Also kein Ding. Wann soll's losgehen?«

»Wann es dir recht ist, wir sind bereit.«

Frau Larssen stand neben mir und tänzelte nervös von einem Bein auf das andere.

»Läuft … bin in zehn Minuten bei euch.«

»Danke!«

»Da nicht für.« Er legte auf.

An diesen norddeutschen Ausdruck würde ich mich vermutlich nie gewöhnen, aber das war egal. Wir hatten einen Fahrer, ohne dass ich Tim-Ove um Hilfe bitten musste. Ich reckte den Daumen in die Höhe. »Sönke kommt vorbei und holt Sie ab.«

»Sönke? Sönke Wahlers? Der Sohn vom Bürgermeister?«

Ich schlug mir die Hand an die Stirn. Ja, vermutlich der. Dass die Welt vor Ort klein war und man sich kannte, wusste ich. Aber dass Sönke der Sohn vom Bürgermeister war, hatte ich nun wirklich nicht ahnen können.

Aber wer weiß? Das konnte auch von Vorteil sein.

Ich nahm Frau Larssen die Unterlagen und die Schnapsflasche ab und wir setzten uns auf die Bank vor dem Haus und warteten auf Sönkes Bus.

»Kommst du auch mit?« Sönke hob die Augenbrauen und ich nickte und stieg mit Frau Larssen hinten in den Bus ein.

Nach wenigen Minuten hielten wir vor einem Bauernhaus mit windschiefem Dach und unebenem Kopfsteinpflaster auf der Auffahrt.

Ich kletterte aus dem Bus und reichte Frau Larssen meinen Arm als Stütze.

»Dat geiht schon, min Deern«, sagte sie und stieg agil aus dem alten Volkswagen.

»Is Vaddern in der Stube oder im Stall?«, fragte sie Sönke und er zeigte auf das Wohnhaus. »Na dann, wünscht mir Glück!« Sie eilte auf die doppelflügelige Haustür zu.

»Ich drücke die Daumen!«, rief ich ihr hinterher. Und ich wünschte mir so sehr, dass sie Erfolg haben würde.

Für mich hing nur der Job vom Erfolg meines Plans ab, für Frau Larssen stand ihr gesamtes Leben, wie sie es kannte, auf dem Spiel.

Ich wollte mir gar nicht vorstellen, wie sie ihren geliebten Rosengarten und alle Fleckchen auf Gut Larssen, die sie mit ihrem verstorbenen Mann verknüpfte, verkaufen musste.

Eine schwere Last legte sich auf meine Schultern und ich war mir nicht mehr sicher, ob mein Plan nur eine naive Idee oder eine wirkliche Möglichkeit zur finanziellen Sanierung des Gutshofes war.

Ach, Quatsch. Ich habe alles durchgerechnet. Der Plan würde funktionieren!

»Lust auf einen kleinen Spaziergang?« Sönke schlug die Tür des VW zu und steckte den Schlüssel in seine Jeanstasche.

»Klar – aber ohne Brennnesseln«, antwortete ich und schlenderte neben ihm die Straße entlang.

»Was war eigentlich los? Ich meine, mit Tim-Ove und dir? Habt ihr das wieder geklärt?«

Ich hob die Schultern und ließ sie wieder fallen. »Ich weiß nicht. Geklärt nicht. Aber er hat ganz schön Scheiße gebaut. So richtig. Und ich weiß nicht, ob ich ihm verzeihen kann.«

Sönke brummte zustimmend, sagte eine Weile nichts und kickte einen hellen Kiesel die dunkle Straße entlang. »Was sagt denn dein Bauchgefühl?«, fragte er und blieb stehen. »Ich meine, ich habe euch gesehen. Am Strand. Das war, wie soll ich sagen. Beeindruckend. Ihr habt ausgesehen, als würdet ihr keine Sekunde ohneeinander überleben.« Er rieb seine Hände aneinander und ich wusste nicht so recht, was er damit darstellen wollte.

Meine Wangen wurden warm und vermutlich lief ich rot an.

»Nee, das muss dir nicht peinlich sein. Als ich mit meiner Freundin zusammengekommen bin, haben wir es viele Monate lang nicht ausgehalten, auch nur einen Tag getrennt zu verbringen.« Er holte sein Handy aus der Hosentasche, entsperrte es und zeigte mir ein Foto von einer dunkelhaarigen Frau, die ihm auf dem Bild den Arm um die Schulter gelegt hatte und ihn ansah, als hätte er ihr die Sterne vom Himmel geholt.

»Das ist sie. Julia. Wow. Ich vermisse sie so sehr.«

»Was ist passiert?« Mein Magen ballte sich zusammen. Sönke wirkte so traurig und ich erwartete das Schlimmste.

»Sie arbeitet als Unternehmensberaterin und ist gerade bei einem Projekt in Barcelona. Noch für drei Monate.« Er steckte das Telefon wieder weg und starrte geradeaus.

»Puh.« Ich atmete erleichtert aus. »Du hast so traurig ausgesehen, ich dachte schon, es wäre etwas Fürchterliches passiert.«

»Das ist fürchterlich!«, sagte er. »Zumindest für mich.« Mit dem Fuß schob er einen neuen Kiesel vom Straßenrand auf die Fahrbahn und kickte ihn im hohen Bogen nach vorne. »Sie hat das Projekt angenommen, ohne mit mir zu sprechen.« Der Stein bekam einen weiteren Tritt und landete im nächstgelegenen Knick.

»Das ist …« Mir fiel kein ausreichend starkes Wort ein.

»Nein. Was ich damit sagen wollte …« Er blieb abrupt stehen und hielt mich am Ärmel fest. »Wenn du ihn liebst, dann bekommt ihr das hin. Manchmal treffen Menschen Entscheidungen und meinen es gut. Julia wollte mit den Auslandszulagen eine Wohnung für uns finanzieren und mich damit überraschen.« Er ging weiter und ich folgte ihm. »Bis ich das rausgefunden habe, waren wir fast getrennt. Ich dachte, sie würde mich nicht mehr lieben, dabei hatte ich ihr nicht die Chance gegeben, es mir zu erklären.«

»Was ist aus der Wohnung geworden?«, fragte ich.

»Ach, wir haben entschieden, dass wir erst einmal gemeinsam etwas mieten und uns lieber ein Segelboot kaufen. Im August fahren wir damit in die dänische Südsee.«

»Hört sich super an.« Ich seufzte. »Aber weißt du, ihr hattet schon eine gemeinsame Basis … bei Timo und mir, da … das ging alles so schnell. Wie ein Strohfeuer. Und irgendwie baute das alles auf Unwahrheiten und nun bin ich verdammt enttäuscht und es kommt mir alles nicht echt vor.«

Eine Weile gingen wir schweigend nebeneinanderher. Die Straße hörte auf, ich stellte meine Schuhe an den Rand und ging barfuß weiter. Der warme Sand massierte meine Zehen bei jedem Schritt und es duftete nach frischem Heu und einem Hauch von Sommerregen. Am Horizont türmten sich Wolken auf, die wie Zuckerwatte nach oben ragten.

Sönkes Handy piepte. Er nahm es in die Hand und drehte sich aus der tiefstehenden Sonne. »Ich glaube, wir können zurück, mein Papa hat sich gemeldet.«

»Und? Weißt du schon was?«

»Worüber?« Seine Augenbrauen wippten fragend auf und ab und ich erzählte ihm von meinen Plan, ließ aber aus, wie schlimm es um die Finanzen von Frau Larssen stand.

»Das ist eine super Idee. Wir vermieten auch eine kleine Wohnung. Läuft mega. Die ist fast fünf Monate im Jahr komplett ausgebucht.«

»Wow!«, sagte ich, hob meine Schuhe auf und spürte den warmen Asphalt an meinen Füßen.

Das Lachen von Frau Larssen und Sönkes Vater hörten wir, bevor wir sie sahen.

Sie saßen vor dem Haus auf einer Bank und die Schnapsflasche in Frau Larssens Arm war nicht einmal mehr halbvoll.

»Meine liebe Ingeborg, das löppt schon. Ich werde ein gutes Wort für Sie einlegen bei der Gemeindeverwaltung. Das Haus und die Wohnungen, das sollte kein Problem sein. Das mit den Wohnmobilen ist etwas kompli…zi-ierter«, er lallte ziemlich, »aber das bekommen wir schon hin.«

»Sie sind ein Goldschatz, Klaus-Peter«, flötete Frau Larssen und stemmte sich nach oben.

Ich eilte zur Bank und dieses Mal nahm sie meine Hilfe an. Mein Bauch kribbelte freudig. Der Plan funktionierte und gleich morgen würde ich anfangen, das Gesindehaus herzurichten.

Es war schon weit nach 22 Uhr und die Dämmerung hatte bereits eingesetzt. Ich schloss die Augen und streckte mich in meiner Schlafkoje aus, bis die Füße an die hintere Wand stießen.

Draußen rüttelte der Wind an den Fenstern und Regen trommelte einen gleichförmigen Takt dazu. Ein kurzer Donner ertönte, danach prasselte der Regen wieder lautstark.

Nebenan hörte Tim-Ove Musik. So wie gestern.

Ein riesiges Gewicht schien auf meinen Brustkorb zu drücken. Ich lauschte den Gitarrenklängen. Irgendeine uralte Punkballade von den Ärzten. Wie alt war er? Fünfzehn?

Ich verdrehte die Augen, sang aber doch leise mit. Der Song war voller verzweifelter Emotionen und schon war mein Gedankenkarussel wieder angesprungen.

Warum konnten wir nicht einfach in Ruhe miteinander reden? Warum gerieten wir so schnell aneinander?

Wenn meine Eltern sich früher gestritten hatten, hatte mir Mama erklärt, dass das normal sei. Denn je mehr man sich liebe, desto tiefer könne der andere einen verletzen und ein verletztes, wildes Tier sei gefährlich. So sei es auch bei den Menschen, hatte Mama gemeint. Wer verletzt werde, teile härter aus, als er vielleicht wolle, und so komme es zum Streit. Das sei nicht schlimm, wenn man danach in Ruhe über alles reden könne. Sie hatte immer gesagt, dass es möglicherweise sogar eine Chance sein könne, gemeinsam zu wachsen.

Ich hatte das damals nicht verstanden. Aber vielleicht war da etwas Wahres dran. Ich legte die Handfläche auf die Wand, von der aus die Musik kam.

Auf der anderen Seite war ein Mensch, für den ich vermutlich mehr Gefühle hatte, als ich mir zugestand.

Ich war so sauer auf ihn, dass ich kein sachliches Gespräch garantieren konnte. Das war anscheinend die Phase des verletzten, wilden Tieres.

Ein ohrenbetäubender Donner ließ das Haus erzittern.

Waren die Fenster alle verschlossen? Ich stand auf und fror in meiner Unterwäsche.

Ein Klopfen ertönte. Oder war das nur der Wind? Ich ging zum Fenster und öffnete langsam den Vorhang.

Timo stand hinter der regentropfenbesprenkelten Scheibe. Die Haare hingen ihm klitschnass in den Augen und er trug irgendetwas bei sich.

Ich öffnete die Tür nur wenige Zentimeter, unschlüssig, ob ich ihn reinlassen oder zu ihm rausgehen oder überhaupt mit ihm reden sollte.

»Was willst du?«, fragte ich durch den Türspalt.

»Reden«, antwortete er und legte seine Stirn an die Fensterscheibe neben mir.

»Aber ich weiß nicht, ob ich mit dir reden möchte.« Ich ballte meine Hände zu Fäusten und spürte meine Fingernägel in den Handballen.

»Du schuldest mir einen Gefallen. Der Fisch. Ich habe dich gerettet. Weißt du noch?« Er grinste schief, aber sein Blick war traurig und wühlte mich auf.

»Das ist albern und das weißt du.« Mit meinem Fuß achtete ich darauf, dass sich die Tür nicht weiter als wenige Zentimeter öffnete.

Er presste die Lippen zusammen. »Mari ich … Es tut mir … ich möchte dir alles erklären.«

Ich schluckte. »Alles?« Ich versuchte, in seinen dunklen Augen zu lesen, ob er die Wahrheit sagte. »Wirklich alles?«

»Ja.«

»Okay.« Ich öffnete die Tür.

Gleichzeitig machten wir einen Schritt nach vorne und prallten zusammen.

Sein schwarzes T-Shirt klebte nass an seiner Haut.

Ich trat einen Schritt beiseite in den Regen.

Ja, es war albern, sich nicht im Trockenen zu unterhalten, aber ich traute mir selber nicht. Diese Leere in meinem Brustkorb wollte durch seine Nähe gefüllt werden, aber ich wollte auch Antworten und so ein Sommerregen würde uns nicht umbringen.

»Draußen. Okay.« Er verdrehte die Augen und biss sich auf die Lippe, als würde er sich etwas verkneifen.

Wir standen uns gegenüber, halb unter dem Vorsprung des Daches, halb im Regen.

Meine Haare hafteten an meiner Wange. Ich rieb mir über die kalten, nassen Arme. »Ja draußen.« Ich fröstelte.

»Was möchtest du wissen?« Seine Stimme war sanft und ruhig. Zögernd streckte er den Arm aus, als würde er mich an sich ziehen wollen, ließ ihn aber kurz darauf wieder sinken.

»Warum hast du mir nichts gesagt? Du hast das alles gewusst, oder? Dass deine Großtante finanziell nicht durchkommt. Und wo sind die Rücklagen? Was hast du damit …?« Die letzten Worte blieben mir im Hals stecken.

Ich wollte es nicht aussprechen.

Ich wollte es nicht glauben.

Er wischte sich die triefenden Haare aus dem Gesicht und sagte: »Okay.« Schnaufte. »Aber darf ich vielleicht?« Er zeigte auf die Terrassentür. »Hier draußen ist es etwas … äh … nass.«

Matt schüttelte ich den Kopf. »Erst antworten.«

Wieder verdrehte er die Augen, holte Luft und begann zu sprechen: »Ja. Du hattest recht. Ich wusste es. Ich hatte mich vor ein paar Monaten eingearbeitet und …« Er schluckte und sein Adamsapfel zuckte angestrengt. »Weißt du, ich habe so viel überlegt.«

»Nun bin ich aber gespannt.« Ich stemmte die Hände in die Seiten. »Warum hast du niemandem davon erzählt? Was hast du damit zu tun?« Meine Stimme zitterte vor Wut und Kälte.

»Ich … Also ich wollte nur helfen, das musst du mir glauben.« Er legte die Arme auf meine Schultern, aber ich wich zurück.

»Mari, ich …« Seine Augen waren glasig.

Ich versuchte, zu erkennen, ob das Tränen oder Regentropfen waren, die über seine Wange liefen.

Der Drang, seine Hand zu nehmen, keimte in mir auf, aber ich knetete meine Finger und hielt sie dadurch zurück.

Er breitete flehend die Arme aus. »Mari, ich konnte es nicht. Ich konnte es Tante Ingeborg nicht sagen. Ich wollte, habe es so oft versucht, aber ich habe es einfach nicht übers Herz gebracht. Und dann … dann habe ich gedacht, ich kann ihr helfen, indem ich …« Er senkte den Kopf. Seine nackten Füße standen mittlerweile in einer Pfütze.

Ich ließ die Arme kraftlos herunterhängen. »Indem du was gemacht hast?«

»Ich habe …« Er zögerte und knetete die Tüte in seiner Hand. »Weißt du, ich wollte die Rücklage investieren und habe sie angelegt.«

»Angelegt?«, rief ich. »Und wo ist diese Anlage jetzt?«

»Ich hab's verkackt, Mari. Es ist nichts mehr wert.« Er nickte schwach und ich rieb mir die Schläfen, als könnte ich so meine Gedanken und Gefühle sortieren. »Und dann hast du jemanden gesucht, der die Verwaltung übernimmt, damit du nicht der Überbringer der schlechten Nachrichten sein musst?«

Wieder nickte er, hob den Kopf und sah mir in die Augen.

Ein Strudel unterschiedlichster Gefühle brachte mein Gleichgewicht durcheinander. Ich stützte mich an der Wand ab. »Feigling!«, schrie ich und taumelte.

Er streckte die Arme nach mir aus und zog mich an sich. Sein mit Regenwasser vollgesogenes Shirt klebte an meinem Unterhemd und ich wehrte mich nicht.

Ich vergrub meinen Kopf an seiner Brust und spürte seine Lippen an meinem Scheitel.

»Es tut mir leid«, flüsterte er. »Du hast recht. Das war feige. So sehr. Sorry, Mari, aber …« Er schluckte. »Ich liebe dich. Ich liebe dich so sehr, dass es wehtut, wenn du nicht bei mir bist, und wenn wir uns streiten und das …« Er schluckte schwer. »Das hat meinen dämlichen Plan ins Wanken gebracht. Das war nicht geplant. Dass ich mein Herz an die Überbringerin der schlechten Nachricht verschenke und du leiden musst, weil ich zu feige war.« Er legte seine Wange an meine und ich wusste nicht, was ich sagen oder fühlen sollte, außer, dass ich nicht wollte, dass er mich losließ.

Ein lauter Donner grollte über das Anwesen hinweg und ich zuckte vor Schreck zusammen. Meine Knie waren weich und meine Augen füllten sich mit Tränen. Meine Füße fühlten sich an wie Eisklumpen und im Gegensatz dazu schien seine warme Handfläche auf meinem Rücken zu glühen. Die Tüte in seiner Hand raschelte.

Es kostete mich Kraft, meinen Kopf von seiner Brust zu nehmen und ihn anzusehen.

Ein Teil von mir wollte ihn nicht loslassen, wollte ihn nie wieder loslassen und dass er mit mir ins Trockene kam. Aber ich spürte auch den Schmerz in meiner Brust.

Er hatte mich benutzt.

Nicht in unserer – wie sollte ich es bezeichnen? Beziehung? Affäre? Bettgeschichte? Das behauptete er jedenfalls.

Aber konnte ich ihm seine Gefühle für mich glauben oder war das wieder nur eine feige Ausrede?

Das alles zerriss mich innerlich und machte es mir umso schwerer, die folgenden Worte auszusprechen, denn tief in meinem Herzen spürte ich meine Zuneigung für ihn, die unter den Wogen meiner Wut verborgen lag.

»Ich … du …« Ich zögerte und sprach mit zitternder Stimme doch weiter: »Ich brauche Zeit und muss über alles nachdenken.« Hastig trat ich einen Schritt zurück und schlang die Arme um meinen Körper.

Seine Lippen waren zu einer schmalen Linie zusammengepresst. Kurz neigte er den Kopf nach unten.

Das fahle Licht, das aus meinem Zimmer schien, reflektierte sich in seinen dunklen Augen, die mich so traurig ansahen, dass es mich wie ein Schlag in die Magengrube traf.

Er schwieg, sein Körper war starr.

Ich schluckte. Ich wollte ihn nicht verlieren, aber ich konnte und wollte ihn nicht einfach so an mich heranlassen. Vertrauen ließ sich nicht von einer Sekunde auf die andere wiederaufbauen.

»Ich starte morgen um neun Uhr am Gesindehaus mit Putzen und Fotosmachen.« Fahrig wischte ich mir den nassen Pony von der Stirn. »Du hast das Geld verspielt und nun helfe ich dir, das wieder in Ordnung zu bringen.«

Tiefe Furchen erschienen auf seiner Stirn. Er holte hörbar Luft und beugte sich zu mir vor. »Ich werde dort sein.« Seine Lippen kitzelten an meinem Ohr und ich hielt meine eigenen Hände fest, damit ich ihn nicht an mich riss.

Ein Blitz schoss in einigen Kilometern Entfernung krachend in die Erde. Mein Verstand kämpfte mit einem Sturm aus Gefühlen, der dem Gewitter in nichts nachstand.

»Danke«, stammelte ich.

Eine Träne rann meine Wange hinunter.

Er wischte sie mit einem gehauchten Kuss von meinem Mundwinkel. Unsicher taumelte er zurück, streckte die Hand mit der Tüte aus und gab sie mir. Dann drehte er sich wortlos um, eilte durch den prasselnden Regen von meiner Terrasse und verschwand in der Nacht.

Ich spürte das nasse Plastik in meiner Hand und starrte noch eine Weile in die Dunkelheit, bis ein Donner den Boden zum Beben brachte und ich mich in meine Wohnung zurückzog.

Kapitel 18

FISCHBRÖTCHEN UND SCHOKOKÜSSE

Der Regen klopfte ans Fenster, als würde er nach Einlass fragen. Ich schloss dennoch den Vorhang nicht. Tief in meinem Herzen wollte ich, dass Timo an meine Tür zurückkehrte, und ich wusste nicht, ob ich ihn noch einmal wegschicken konnte.

Doch in der nassverzerrten Dunkelheit hinter der Tür war niemand zu erkennen.

Unter mir bildete sich eine Pfütze und noch immer hielt ich die Tüte fest umklammert. Gänsehaut breitete sich auf meinem ganzen Körper aus. Ich legte das tropfende Geschenk behutsam auf meinen Nachttisch, zerrte mir die triefend nasse Unterwäsche vom Körper, trocknete mich ab und schlüpfte in ein wärmendes, übergroßes Sweatshirt.

Meine Bewegungen waren mechanisch. Ich fühlte mich ausgelaugt und leer. In meinem Kopf kreisten seine Liebeserklärung und sein Vorwurf, ich würde nur Vollgas und Bremse kennen. Was unsere Beziehung betraf, hatte ich Vollgas gegeben, bis gestern.

Und diese Vollbremsung hatte er sich selbst zuzuschreiben.

Die Tüte.

Ich nahm sie vom Nachtschrank, auf dem sich unter ihr eine Wasserlache gebildet hatte. Hastig schob ich meine dort gestapelten Bücher aus der Gefahrenzone, entknotete das Plastik und …

In meiner Hand lag ein Schokokussbrötchen.

Mein Herzschlag beschleunigte sich und ich lachte und weinte zugleich. War er extra losgefahren? Um mir ein Schokokussbrötchen zu besorgen?

Etwas zerdrückt lag die aufgeschnittene Semmel vor mir. Ich klappte sie ein Stück auf, um den süß-klebrigen Inhalt zu betrachten, und biss hinein, denn morgen würde sie nicht mehr schmecken.

Wärme kehrte in meine Glieder zurück und nach drei Bissen legte ich den Liebesbeweis aus Weißmehl und Zucker beiseite.

An Schlaf war nicht zu denken.

Ich lauschte in die Dunkelheit. Keine Musik, kein einziger Laut drang aus der Wohnung von Timo zu mir. Ich tastete die Wand ab, die uns trennte, und spürte, wie meine Wut gegen ihn verflog und von der Sehnsucht nach seiner Nähe verdrängt wurde.

Am nächsten Morgen strahlte die Sonne, als wäre das Unwetter am vorigen Abend nur ein kurzer Traum gewesen.

»Scheiße!«

Der Küchenschrank im Gesindehaus hing nur noch an einer Schraube. Ich stützte ihn mit einer Hand ab und versuchte, mit der anderen einen Teller nach dem anderen in Sicherheit zu bringen. Nach dem dritten schmerzten meine Muskeln, und mein Arm drohte nachzugeben.

Durch die Wärme an meinem Rücken spürte ich die Anwesenheit von Tim-Ove zuerst. Der Duft von Bergamotte und frischem Heu kitzelte in meiner Nase. Die Last auf meinem Arm wurde leichter.

Er hatte sich hinter mich gestellt und die Haut unter meinem T-Shirt reagierte mit prickelnder Freude.

Eilig stapelte ich die restlichen Teller und stellte sie links von mir auf der Arbeitsfläche ab. Umrahmt von seinen Armen drehte ich mich um. Er hielt den Schrank fest und sah mich mit seinen ehrlichen, dunklen Augen an. Zögernd hob er einen Mundwinkel, bewegte unsicher die Schultern ein wenig auf und ab, als würde er sagen wollen: *»Sorry, dass ich dich umarme, aber der Schrank …«* Aber er schwieg und sah mich einfach nur an.

In meinem Bauch kribbelte es.

Ich folgte meinem Instinkt und legte eine Hand auf seine Wange. Unter meinen Finger spürte ich, wie sich seine Gesichtsmuskeln entspannten. Ich schloss meine Augen und fühlte in mich hinein.

Die Enttäuschung über seinen idiotischen Plan und die gescheiterte Ausführung hatte ich letzte Nacht abgelegt. Sein Handeln erschien mir immer noch verdammt fahrlässig und feige, aber ich erkannte, wie verzweifelt er gewesen sein musste. Er hatte sich nicht anders zu helfen gewusst. Aber reichte das, um ihm wieder vertrauen zu können? Auf der anderen Seite: Was hatte ich zu verlieren?

Im Grunde verlor ich genau dann alles, wenn ich ihm nicht noch eine Chance gab.

Ich griff in seinen Nacken und küsste ihn. Unsere Lippen spielten vorsichtig miteinander, näherten sich an, entfernten sich und öffneten sich sanft. Seine Zungenspitze an meiner zu spüren, jagte ein warmes Prickeln durch meinen Körper. Ich beendete den Kuss und hielt inne.

Er drängte mich zur Seite und mit einem Ruck riss er den schief hängenden, leeren Schrank von der Wand und stellte ihn neben den geretteten Tellern ab.

»Moin.« Er wischte sich die Locken aus dem Gesicht.

»Moin«, antwortete ich. Mein Herzschlag trommelte in meinem Brustkorb. »Danke für das Schokokussbrötchen.«

Er lächelte und legte vorsichtig den Arm auf meine Hüfte. Hatte er Angst, ich würde ihn wieder wegstoßen?

»Bist du deswegen extra losgefahren gestern?«

Er nickte. »Bis nach Eckernförde. Einer der Supermärkte hat bis 22 Uhr offen. Dann habe ich das Brötchen aufgebacken und …« Er rümpfte angeekelt die Nase. »Aber du hattest recht: Das Geräusch, dass der Schokokuss macht, wenn er durch die Brötchenhälften zerquetscht wird, ist sehr befriedigend.« Nun grinste er breit und ohne meine wutverzerrte Brille gefiel er mir deutlich besser. Wie er vor mir stand. In schwarzer Jogginghose mit dunkelgrauem T-Shirt und seinen dunklen Locken.

Ich fühlte seine Ehrlichkeit und vielleicht würden wir darauf aufbauen und neu anfangen können.

»Danke.« Ich schnappte nach seinem T-Shirt und zog ihn an mich. »Aber der Plan, jemanden einzustellen, der dir das fahrlässige Verzocken der Rücklagen nachweist und dann deiner Großtante die Wahrheit über ihre Finanzen sagt, war bescheuert. Sind wir uns da einig?« Ich biss in sein Ohrläppchen.

»Autsch!«, raunte er mehr lustvoll als anklagend. »Ja. Es war dämlich … und kindisch … und feige.« Zwischen jedem Wort küsste er eine andere Stelle an meinem Hals.

Ich legte meine Hände auf seinen Oberkörper und hielt ihn ein wenig auf Abstand.

»Und ja, ich war ein Riesenarsch. Und –« Er schluckte und sein Adamsapfel zuckte. »Es tut mir wirklich leid. So sehr. Ich dachte, dass ich helfen kann. Aber dann war alles weg. Und ohne deine Hilfe wäre alles noch weiter den Bach runtergegangen.« Er biss sich auf die Unterlippe. »Und ich habe nachgedacht, letzte Nacht. Deine Lösung könnte funktionieren«, murmelte er. »Habe heute früh einen Entwurf für eine Homepage gestaltet. Für …«, er schwenkte den Kopf von links nach rechts, »… das hier und das Landcafé.«

»Du glaubst an die Idee?« Ich schaute ihm tief in die Augen und er nickte.

Mein Herz schlug schneller.

»Jo. Vor allem die Vermietung. Das könnte klappen.« Er fuhr sich durch die Haare.

»Und das mit den Touris?«, hakte ich nach. »Stört dich das nicht?«

Er biss sich auf den Daumennagel. »Weißt du, das war nur 'ne Kurzschlussreaktion. Ich war sauer. Vor allem auf mich. Eigentlich finde ich das sogar eine schöne Idee, den Hof mit Urlaubern zu beleben.« Er strich sich über die Bartstoppeln an seinem Kinn. »Und wenn Tante Ingeborg immer frischen Kuchen da hat, bin ich nicht traurig.« Er legte den Kopf schief und rieb sich seinen gut trainierten Bauch, der nicht den Anschein machte, als würde er viel Kuchen bekommen. »Und Matjesbrötchen. Die sind nie verkehrt.«

Ich rümpfte die Nase und schüttelte mich.

»Na ja«, er packte mich und hob mich auf die Arbeitsfläche.

Ich umschlang ihn mit meinen Beinen und streichelte über die warme Haut unter seinem T-Shirt.

Er wanderte mit seinen Lippen meinen Hals hinauf und flüsterte in mein Ohr: »Können wir auch weglassen. Tante Ingeborg hat so gestrahlt, als sie mir von den Kuchen erzählte.«

Ich griff in seine Haare und legte meine Stirn an seine.

Er blinzelte und sagte: »Ich habe mich übrigens bei ihr entschuldigt … aber du hast ihr gar nicht erzählt, dass alles meine Schuld war?«

»Nein, warum sollte ich? Das Geld ist verzockt und es ihr zu sagen, würde es nicht mehr wiederbringen.« Ich spürte seine Hüfte an meiner.

»Danke.« Er strich mir die Haare zur Seite. »Jetzt weiß sie es von mir. Ich wollte keine Lügen mehr.«

Diese Worte legten einen Schalter bei mir um und all die Zuneigung, die ich für ihn empfand, wurde wieder an die Oberfläche gespült. Mein Herz klopfte schneller und ich presste meine Lippen auf seine.

Wir bringen alles wieder in Ordnung.

Gemeinsam.

ZWEI MONATE SPÄTER.

»Mari, Kleines!«, kreischte Mama über den gesamten Bahnsteig. Die Menschen drehten sich nach ihr um und bildeten eine Gasse. Sie winkte hektisch und rannte auf mich zu. Die Handtasche an ihrem Arm flatterte wie ein Segel im Wind.

Ich eilte auf sie zu.

»Mari! Das ist … schön, dich zu sehen!« Sie umarmte mich derart fest, dass mir die Luft wegblieb, und auch ich schloss meine Arme um sie.

»Ganz schön weit«, sagte Papa und legte den Arm um Mama und mich. »Geht's dir gut?«, fragte er, griff nach Mamas Hand und löste sie von mir.

»Ja, sehr«, antwortete ich und wandte mich über meine linke Schulter zu Timo. »Das ist Tim-Ove«, stellte ich ihn meinen Eltern vor.

Papa schüttelte ihm die Hand und Mama rief: »Ich habe schon so viel von dir gehört! Schön, dich kennenzulernen! Alles ist so wundervoll hier!« Sie umarmte Timo und drückte ihm zwei Bussis auf die Wange.

Er riss die Augen überrascht auf, spielte aber mit und begrüßte meine Mama mit einer so herzlichen Umarmung, dass ihr Tränen in den Augen standen. Mir wurde das Herz in meiner Brust federleicht vor Glück.

»Das Meer! Ich kann es riechen.« Mama reckte ihre Nase in die Luft und schnupperte wie ein Hund, der etwas witterte.

»Warte mal ab, gleich siehst du die Ostsee und habe ich euch schon verraten, dass ihr vom Ferienhaus aus über das Wasser sehen könnt?« Ich hakte mich bei Mama ein und zerrte ihren Koffer zum Auto.

Auf der Fahrt kommentierte Mama gefühlt jeden Baum am Wegesrand und ich war froh, als Timo den BMW endlich auf dem Hof parkte.

»Und hier wohnst du also?« Papa fummelte am Kofferraum herum.

»Lassen Sie mich das mal machen, Herr Schwarz. Ich bringe Ihnen Ihr Gepäck direkt ins Ferienhaus.« Mit einer fließenden Bewegung öffnete Timo den Kofferraum und hob die Koffer meiner Eltern aus dem Auto.

Mama legte den Arm um mich und ich führte meine Eltern zum Gesindehaus, das nun nicht mehr so hieß, sondern Haus Fördeblick getauft wurde. Zumindest für die Website, die Timo gestaltet hatte.

»Netter Typ, dein Timmy.« Mama lächelte mich an und mir schoss das Blut in die Wangen.

»Äh. Ja. Normalerweise schon.« Ich dachte an die letzten Wochen. Daran, wie er mich aus der Seenot gerettet hatte, und an die Optionen, an die wir uns hatten halten wollen. Ich sah uns im Regen stehen, als ich so sauer auf ihn war, dass ich ihn nicht einmal in meine Wohnung lassen wollte, und wie wir uns wieder vertragen hatten … genau hier.

Aufgeregt rieb ich meine schwitzenden Handflächen aneinander. Wir hatten viel geschafft in den letzten Wochen. Mit klopfendem Herzen schloss ich die Tür des ehemaligen Gesindehauses auf. Hoffentlich gefiel es meinen Eltern.

Natürlich hing der Schrank wieder. Den ganzen Raum hatten wir geputzt, kleine Macken beseitigt und alles maritim eingerichtet.

»Das ist ja … Wow! Und wir sind die Ersten, die hier Urlaub machen dürfen?« Mein Vater drängte sich durch die hutzelige Tür und klopfte zweimal auf den Holztisch.

»Ja. Und ich wünsche mir, dass ihr nicht die Letzten seid.« Nervös nestelte ich am Saum meines Shirts. Hoffentlich würde der Plan aufgehen und Frau Larssen würde durch die zusätzliche Vermietung finanziell wieder auf die Beine kommen.

Meine Mutter kreischte auf. »Das ist ja ein Traum! Allein schon die Kissen mit den blauen Streifen!« Sie zupfte Papa am Ärmel. »Sieh mal, sogar mit einem Anker drauf!« Sie roch an den Wiesenblumen, die ich in einer Vase arrangiert hatte, und nahm mich in den Arm. »Was für ein wundervoller Ort. Jörg, hast du das Meer gesehen? Da, hinter den Bäumen!«

»Ganz bestimmt sind wir nicht die letzten Mieter«, sagte Papa. »Die Leute werden euch die Bude einrennen. So herrlich hier! Und diese Aussicht!«

Meine Mutter strich mir über die Schulter. »Wir werden allen unseren Freunden in München berichten, wie traumhaft es hier ist.«

Schnaufend stellte Timo die Koffer neben den Tisch und legte den Arm um mich. »Machen Sie sich doch erst mal frisch. Dann können wir uns drüben im Landcafé meiner Großtante treffen. Sie ist schon ganz aufgeregt und hat eine Torte und zwei Kuchen gebacken.«

»Nur für uns? Das wär doch nicht ...« Meine Mutter schlug die Hand vor den Mund.

»Keine Sorge. Es hat sich schon bis Eckernförde rumgesprochen, dass es hier hausgemachten Kuchen gibt.« Er hauchte mir einen Kuss auf die Wange.

»Na wunderbar!« Mama klatschte in die Hände. »Dann bis gleich. Wo finden wir das Café?«

»Ist gleich da vorne, aber wir haben schon ein paar Schilder aufgestellt. Könnt ihr gar nicht verfehlen. Und passt auf die Hühner auf. Die sind ausgesprochen frech.« Ich zeigte in Richtung Haupthaus und zog Timo hinter mir her ins Freie.

»Hühner? Wo? Ich liebe Hühner! Jörg, hast du gehört? Es gibt hier Hühner!« Mamas Stimme wurde leiser. Mein Vater imitierte ein Huhn und beide lachten ausgelassen.

Mit verschränkten Fingern schlenderten Timo und ich über die Wiese. Sein Daumen strich über meinen Handrücken. Mein Herz schien vor Glück nicht mehr in meinen

Brustkorb zu passen und ich blieb stehen, in der Hoffnung, diesen perfekten Moment einfangen zu können.

Er umschlang mich mit seinen kräftigen Armen und raunte in mein Ohr: »Option eins, ich vernasche dich gleich hier auf der Wiese, oder Option zwei, wir verschwinden für eine kleine Weile in meine Wohnung –«

»Oder Option drei …«, fiel ich ihm ins Wort und spielte mit meinen Fingern an seinem Hosenbund. »Ich … ach weißt du was, Option zwei klingt himmlisch.«

Er brummte kehlig und schob meine Haare beiseite. Seine Lippen kitzelten an meinem Hals. Er küsste ihn und wanderte mit seinem Mund zu meinem Ohr hinauf.

Ein hitziges Kribbeln breitete sich blitzschnell in meinem Bauch aus und wanderte tiefer. Ich seufzte, verschränkte meine Hände mit seinen und führte ihn den schmalen Trampelpfad entlang in Richtung Kuhstall.

Ich kicherte. »Sorry, aber ich musste handeln, ansonsten wären wir bei Option eins gelandet.«

»Das wäre ja nichts Neues, dass uns die Hühner beim Sex erwischen«, sagte er lachend und ich verschränkte meine Finger noch etwas fester mit seinen.

»Besser die Hühner als meine Eltern.«

»Frau Larssen, die Obsttorte schmeckt … sie ist ein Traum!« Meine Mutter durchstach mit der Gabel die Sahnehaube und genehmigte sich ein weiteres Stück. »Sie müssen mir unbedingt das Rezept verraten«, sagte sie mit vollem Mund und legte Frau Larssen ihre Hand auf die Schulter.

»Tante Ingeborg, du hast dich mal wieder selbst übertroffen«, lobte Timo die Torte seiner Großtante und zeigte mit dem Kinn auf die anderen Tische um uns herum.

Im Rosengarten des Anwesens waren zahlreiche Sitzgruppen aufgestellt, die fast alle besetzt waren. Die Gäste murmelten, eine Möwe kreischte weiter hinten über der Förde und im Oleanderbusch neben mir raschelte ein scharrendes Huhn.

»Kann ich Ihnen noch etwas bringen, Frau Larssen?«

»Ach, Karin, wie aufmerksam. Ein Kännchen Kaffee wäre wundervoll«, flötete Frau Larssen. »Später helfe ich in der Küche.«

»Aber das ist doch nicht notwendig. Ich schaffe das schon.« Karin nahm die leere Kanne und eilte zum Tisch hinter der Rosenhecke.

»So schön, dass Karin wieder öfter hier ist«, sagte Frau Larssen zu sich selbst und schaute ihr hinterher.

Timo nahm meine Hand und drückte sie fest.

»So, und nun möchte ich alles wissen – du sagtest, das sei alles gerade neu? Hast du das gemacht, Mari?« Mama legte die Kuchengabel beiseite.

»Na ja, nicht alleine.«

»Doch schon«, sagte Timo. »Ohne Mari wären wir verloren gewesen.«

Wir erzählten die Geschichte dieses Sommers und saßen gemeinsam im Rosengarten von Gut Larssen, bis die Sonne tief am Himmel stand.

»Lust auf Abendessen?« Timo rückte seinen Stuhl nach hinten und ging ins Haus, ohne eine Antwort abzuwarten.

»Mari, Kleines.« Mama streichelte meinen Rücken. »Es ist so wundervoll hier. Ich bin … also. Ich wollte mich dafür entschuldigen, dass ich dich so … festgehalten habe.« Ihre Augen waren glasig und sie legte beide Hände auf meine Schultern.

»Ach, Mama.« Ich lächelte sie an. »Du hast mich gehen lassen, und das ist die Hauptsache … und …«, der Duft der Rosen wehte mit einer seichten Brise zu uns herüber, »… wenn ich mich gerne von jemandem festhalten lasse, dann von Papa und dir – und von Timo.« Ich sah auf den leeren Stuhl neben mir und vermisste ihn schon, wenn er nur für wenige Minuten nicht bei mir war.

Mama tupfte sich mit der Serviette die Augen trocken und strich mir über die Haare. Dann wandte sie sich den Rosen hinter ihr zu, die sie in den höchsten Tönen lobte.

»Fischbrötchen für alle!« Timo trug ein Tablett mit aufeinandergestapelten Matjesbrötchen heran und alle am Tisch räumten Kännchen und Tassen beiseite. Papa rieb sich die Hände und schnappte sich gleich das oberste.

»Aber Jörg!«, ermahnte ihn meine Mutter und Papa verzog das Gesicht.

»Entschuldigung«, sagte er, »aber die ganze Fahrt habe ich mich auf ein echtes, norddeutsches Fischbrötchen gefreut.«

»Kein Ding«, beteuerte Timo. »Hauen Sie rein, Herr Schwarz.«

Papa biss mit geschlossenen Augen in das Brötchen. »Hm … so lecker!«, schwärmte er etwas undeutlich und aß gleich noch einen Happs.

»Und was machen wir mit dir?«, raunte Timo mir ins Ohr und die Stelle, an der seine Lippen meine Haut berührten, prickelte. Er nahm eine Papiertüte vom Tisch, holte etwas heraus und legte es auf meinen Teller, als wäre es ein wertvoller Schatz.

»Danke«, hauchte ich und suchte mit meinen Lippen seinen Mund.

Und so saßen wir noch zusammen, bis es dunkel wurde. Mit Fischbrötchen für alle. Nur in meiner Semmel klebten zwei perfekt zerquetschte Schokoküsse.

Liebe Leserin, lieber Leser,

vielen Dank fürs Lesen und Mitfiebern. Da hat Tim-Ove aber ordentlich Mist gebaut. Wie gut, dass durch Maris Hilfe alles wieder geradegebogen werden konnte! Hattest du Spaß beim Lesen? Wenn ja, bitte ich dich um einen kleinen Gefallen: Bewerte das Buch auf den gängigen Online-Buchplattformen, verteile Sterne und empfehle es deinen Freundinnen und Freunden.
Ich bedanke mich von Herzen!

Außerdem freue ich mich auch riesig über Feedback
via jane@janehell.de
Du möchtest keinen Band der Fördeliebe verpassen?
Abonniere meinen Newsletter auf janehell.de

Auf meiner Homepage gibt es immer wieder Hintergrundinformationen zu meinen Romanen. Schau doch mal vorbei!

Bis bald an der Ostsee,
Deine Jane

Ilka vom Landcafé Hof Schwansen
www.hof-schwansen.de
präsentiert:

Obstpudding-Nusstorte

(glutenfrei)

ZUTATEN:

für eine Springform Ø 26 cm

- 200 g Zucker *für den Boden*
- 2 EL Zucker *für den Belag*
- 2–3 Prisen Zucker *für den Obstsalat*
- 4 Eier
- 250 g gemahlene Nüsse
- ½ Pck. Backpulver
- 600 g Obstsalat, Früchte der Saison
- 300 ml Wasser oder Fruchtsaft
- 60 g Puddingpulver
- 500 ml Schlagsahne
- 2 Pck. Sahnesteif
- 70 g gehobelte Mandeln
- 30 g Butter
- Eierlikör
- Backpapier

DER NUSSBODEN

Eier und 200 g Zucker mit dem Rührgerät schaumig schlagen, bis der Zucker sich komplett aufgelöst hat. Gemahlene Nüsse und Backpulver unterheben.

Den Boden der Springform mit Backpapier auslegen, den Teig in die Form geben und im vorgeheizten Backofen bei 180°C Umluft ca. 30 Minuten backen.

Anschließend den Nussboden auskühlen lassen, auf eine Tortenplatte umsetzen und mit einem Tortenring fest umschließen.

DIE FÜLLUNG

Früchte wenn nötig entkernen, säubern und klein schneiden. Das Puddingpulver mit etwas kalter Flüssigkeit glattrühren. Die Früchte mit Wasser oder Fruchtsaft und Zucker kurz aufkochen.

Den Pudding mit den Früchten vermengen. Die Masse aufkochen lassen, bis sie andickt, und dann auf den Nussboden verteilen.

Den Boden mit der Fruchtmasse für ca. 2,5 Stunden in den Kühlschrank stellen.

DER BELAG

Butter in einer Pfanne erwärmen und die Mandeln mit 2 EL Zucker darin karamellisieren. Herausnehmen und abkühlen lassen.

Die Sahne mit Sahnesteif schlagen, auf der Fruchtmasse verteilen und schließlich den Tortenring entfernen.

Die Torte mit Eierlikör nach Belieben dekorieren und die karamellisierten Mandeln darauf verteilen.

ENTDECKE BAND 1, 2 & 3
DER FÖRDELIEBE-REIHE VON JANE HELL

Als E-Book, Taschenbuch und Hörbuch

Fischbrötchen und Zuckerstreusel
ISBN: 978-3947738878

Fischbrötchen und Salzkaramell
ISBN: 978-3947738847

Fischbrötchen und Zimtsterne
ISBN: 978-3947738328

Danksagung

An erster Stelle bedanke ich mich bei dir und allen anderen Leser*innen. Für euch schreibe ich und ich könnte mir keine schönere Herzensaufgabe vorstellen.

Um einen Roman zu veröffentlichen, braucht es mehr als eine Person. Deshalb möchte ich diesen Platz nutzen, um Danke zu sagen.

Danke an meinen Mann und meine Kinder, dass ihr es mir nicht übelnehmt, wenn ich mit den Gedanken mal wieder irgendwo zwischen den Wörtern festhänge, und manchmal auch mitten im Gespräch für einen Moment nicht mehr ganz „da" zu sein scheine.

Ebenfalls ein dickes Dankeschön an Tina, die mir im Haushalt den Rücken freihält und mit Liebe und stoischer Gelassenheit gegen unser Chaos ankämpft.

Nicht vergessen möchte ich meine Kolleginnen Svenja Lassen und Ava Avery, die immer ein offenes Ohr für meine langen und häufig chaotischen Sprachnachrichten haben. Die beiden haben übrigens viele großartige Bücher geschrieben!

Lieben Dank auch an Linda (Instagram: @buchassistenz), die mir bei vielen kleinen und großen Herausforderungen im Autorinnenalltag hilft und mir mit Rat und Tat zur Seite steht. Du machst das großartig und ich freue mich, dich gefunden zu haben.

Meine Vorableserinnen Saskia (Instagram: @sasaray_reads) und Silvia haben ebenfalls ein riesiges Dankeschön verdient. Ihr seid großartig!

Ein besonderer Dank gilt meiner Lektorin Raphaela Schöttler-Potempa (www.zeilenfeuerlektorat.com). Ich habe so viel von dir gelernt. Dein Engagement, deine Sicht auf meine Geschichten und die Gespräche mit dir machen meine Bücher so viel besser. Wer mehr von Rapha lesen möchte als die vielen von mir eingearbeiteten Formulierungen in meinen Romanen, sollte sich nach *Riley Blind* im Buchhandel erkundigen!

Danke auch an Anne Schünemann (www.lektorat-ammeer.de) für das Schlusslektorat und die Korrekturen. Auf dich kann ich mich immer verlassen!

Nicht weniger wichtig, bedanke ich mich bei dem liebenswerten Team von MissMotte und Julia Blankenburg für die wundervollen Hörbücher von meinen Romanen.

Außerdem schicke ich ein dickes Dankeschön in den Süden zum Kampenwandverlag!

Ich könnte ewig so weitermachen, aber wer soll das alles lesen? Also bedanke ich zu guter Letzt bei allen, die mich unterstützen und auf meinem Weg begleiten.

Danke für eine Welt, in der es Bücher gibt!

Jane

ES KÖNNTE
stürmisch
WERDEN
LIEBESROMAN
MAJA
OVERBECK
Bild BEST SELLER
KAWA

Mehr,
ALS DU DENKST
LIEBESROMAN
MAJA
OVERBECK
KAWA